历朝通俗演义（插图版）——元史演义 II

濠南起义

蔡东藩　著

北方联合出版传媒(集团)股份有限公司

万卷出版公司

图书在版编目（CIP）数据

元史演义 . 2, 濠南起义 / 蔡东藩著 . — 沈阳 : 万
卷出版公司, 2015.1（2021.7 重印）
　　（历朝通俗演义）
　　ISBN 978-7-5470-3111-7

　　Ⅰ . ①元… Ⅱ . ①蔡… Ⅲ . ①章回小说—中国—现代
Ⅳ . ① I246.4

中国版本图书馆 CIP 数据核字（2014）第 154356 号

出　品　人：王维良
出版发行：北方联合出版传媒（集团）股份有限公司
　　　　　万卷出版公司
　　　　　（地址：沈阳市和平区十一纬路 25 号　邮编：110003）
印　刷　者：河北盛世彩捷印刷有限公司
经　销　者：全国新华书店
幅面尺寸：168mm×233mm
字　　　数：211 千字
印　　　张：12.75
出版时间：2015 年 1 月第 1 版
印刷时间：2021 年 7 月第 4 次印刷
责任编辑：胡　利
责任校对：佟可竟
封面设计：向阳文化　吕智超
版式设计：范思越
ISBN 978-7-5470-3111-7
定　　　价：30.00 元
联系电话：024-23284090
传　　　真：024-23284448

目 录

第一回

承兄位诛逐奸邪
重儒臣规行科举

却说元武宗至大八年，复议立尚书省，分理财帛。先是世祖嗣位，审定官制，以中书省为行政总枢。长官称中书令，副以左右二丞相。中书令不常置，往往以右丞相兼摄。自阿合马、桑哥等相继用事，恐中书干涉，故特立尚书省，专握政柄。自是廷臣保八、乐实等，请复立尚书省，旧政从中书，新政从尚书，并推举乞台普济脱一作奇塔特伯奇、脱虎脱一作托克托为丞相。武宗准奏，乃命乞台普济脱为右丞相，脱虎脱为左丞相，三宝奴一作三布干。乐实为平章政事，保八为右丞，蒙哥铁木儿为左丞，王罴参知政事。这一班新任大臣，统是阿合马、桑哥流亚，好言理财，其实并没有什么妙法，只管从交钞上着想，滥发纸币，充作银两。从前中统交钞及至元交钞统由计臣创议，颁行天下，民间只有纸币，并没有现银，以致物价日昂，民生日困。行钞无准备金，必受其弊，元代覆辙，今又将蹈之矣。乐实言旧钞未良，应改用新钞，方昭画一。乃改造至大银钞，凡十三等，每一两准至元钞五贯，白银一两，黄金一钱，随路立平准行用库，及常平仓以权物价，毋令沸腾。元代钞法，经此三变，无如有钞无银，总难信用，难道改造至大二字，便可作为金钱么？那计吏上下其手，从中刻削盘剥，却中饱了不少，只百姓又重重受苦了！言之痛心。

武宗反以脱虎脱、三宝奴两人格外出力，加脱虎脱为太师，封义国公；三宝奴为太保，封楚国公。嗣又以乐实为尚书左丞相，封齐国公，这也不在话下。只武宗嗣位数年，已当壮岁，六宫妃嫔，罗列数百，却未曾正式立后，这也是史鉴上所罕闻的。**想因妃嫔统得宠幸，一时难分差等耳。**会皇太子举荐李孟，遣使访求，得孟于许昌陉山，征为中书平章事，集贤大学士。孟入见，首请立后以正阴教，乃立真哥皇后。后亦弘吉剌氏所出，才色轶群。真哥有从妹，名速哥失里，亦得武宗宠幸，武宗又称她为后。**不立后则已，立后则必使匹嫡，元制之不经可知。**还有妃子二人，一系亦乞烈氏，一系唐兀氏。亦乞烈氏实生和世瑓，后为明宗，唐兀氏实生图帖睦尔，后为文宗，后文再表。

单说太后弘吉剌氏颐养兴圣宫，除饬行佛事外，没甚事情，未免安闲得很。她忽然动了一种邪念，暗想妃嫔公主等人多与僧徒结欢喜缘，只自己身为帝母，不便舍身布施，欲保全名节，又是意马心猿，按捺不住。**武宗年已及壮，太后应亦将半百矣，乃犹因逸思淫，求逞肉欲，此逸豫之萌所以最足误人也。**她本是青年守孀，顺宗于二十九岁去世，其时两孤尚幼，嫠妇在帏，孤帐凄清，韶光辜负。亏得同族周亲，有个铁木迭儿常相往来，随时抚恤，每当花晨月夕，独居无聊时，得铁木迭儿与为谈心，倒也解闷不少。**恐不止谈心而已。**后为成宗后伯岳吾氏所忌，出居怀州，遂与铁木迭儿疏远。嗣成宗复令铁木迭儿为云南行省左丞相，路隔万里，一在天涯，一在地角，就是忆念着他，也只好付诸长叹，无可奈何。此次长子为帝，尊做太后，一切举动，无人监制，正好召幸故人，重寻旧约。当下遣一密使，遥征铁木迭儿。看官，你想这铁木迭儿得此机会，哪有不来之理？一鞭就道，两月至京，太后已待得不耐烦，迨见了面，如获异珍。**既见君子，我心则降。**那铁木迭儿向来巧佞，善承意旨，至此越发效力，竟在兴圣宫中，盘桓了好几天，杜门不出。云南行省，不见了铁木迭儿，遂禀报政府，说他擅离职守，应加处分。尚书省即据实奏陈，武宗尚莫名其妙，将奏牍批发下来，令尚书省访查下落，以便定罪。谁知他早入安乐窝中，穿花度柳，快活得很。**吕不韦故事复见元宫。**

过了数日，尚书省复接诏敕，说是奉皇太后旨意，援议亲故例，赦铁木迭儿罪名。**亲若皇父，安得不赦。**尚书省中，统是一班狐群狗党，管什么宫内勾当，自然搁起不提。武宗还想恣意游幸，令筑城中都，饬司徒萧珍监工，调发兵役数万名，限五阅月告竣，逾期加罪。无如福已享尽，天不假年，至大四年正月元旦，百官俱入殿朝贺，待了半日，竟由宫监传旨，帝躬不豫，免行大礼。廷臣始知武宗有疾，相率退班。过了七日，武宗竟崩于玉德殿，在位五年，寿只三十一。先是宦官李邦宁曾乘间入告武宗，谓陛下春秋日富，皇子渐长，自古以来，只有父祚子续，未闻有子立弟，应酌量裁断等语。武宗不悦，并叱邦宁道："朕志已定，你不必与我多言，可自去禀闻东宫。"武宗友于之心，也不可没。

邦宁碰了这大钉子，自然不敢再说。皇太子爱育黎拔力八达方得保全储位。至武宗殂后，遂入理大政，第一着下手，便饬罢尚书省，把丞相脱虎脱、三宝奴、平章乐实、右丞保八、左丞蒙哥帖木儿、参政王罴，一律免官，逮禁狱中。命中书右丞相塔思不花，知枢密院事，铁儿不花等参鞫。讯得脱虎脱等殃民误国，种种不法等情，遂命将脱虎脱、三宝奴、乐实、保八、王罴诸人即日正法；蒙哥帖木儿犯罪较轻，杖了数百，充戍海南。第二着下手，罢城中都，追夺司徒萧珍符印，把他拘禁起来。凡中都所占民田，尽行发还。第三着下手，召还先朝通达政务，及素有闻望的老臣，如前平章程鹏飞、董士选、前太子少傅李谦、少保张闾、右丞陈天祥、尚文、刘正、前左丞郝天挺、前中丞董士珍、前太子宾客萧㪺、前参政刘敏中、王思廉、韩从益、前侍御赵君信、前廉访使程文海、前杭州路达鲁噶齐等十六人统令诣阙议政。只陈天祥、刘敏中、萧㪺不至。一面重用李孟欲授为中书右丞相，偏皇太后已经降旨，将中书右丞相的职任，付与铁木迭儿。皇太子不便违命，只好顺从母意。敝笱之诗，宁尚未读。太后且信阴阳家言，命太子即位隆福宫。御史中丞张珪，以嗣君正位，应在正殿，乃于大明殿即皇帝位，受诸王百官朝贺。并下诏大赦道：

唯昔先帝事皇太后，抚朕藐躬，孝友天至，由朕得托，顺考遗体，重以母弟之嫡，加有削平内难之功，于其践祚，曾未逾月，授以皇太子宝，领中书令枢密使，百揆机务，听所总裁，于今五年。先帝奄弃天下，勋戚元老，咸谓大宝之承，既有成命，非与前圣宾天，而始征集宗亲，议所宜立者比，当稽周、汉、晋、唐故事，正位宸极。朕以国恤方新，诚有未忍，是用经时。今则上奉皇太后勉进之命，下徇诸王劝戴之情，三月十八日，于大都大明殿即皇帝位，凡尚书省误国之臣，先已伏诛，同恶之徒，亦已放殛，百司庶政，悉归中书，命丞相铁木迭儿，平章政事李道复等，从新拯治，可大赦天下。此诏！

诏中所言李道复，就是李孟。孟字道复，因前时翊戴功深，并调停母子兄弟间格外尽力，所以特别推重，称为道复而不名。即位礼毕，复谕以次年改元，议定皇庆二字。小子披览元史，武宗以后，就是仁宗，仁宗即爱育黎拔力八达的庙号，因此小子于他嗣位后，仍循例称作仁宗了。仁宗以脱虎脱等虽已伏诛，党羽尚多，拟尽加鞫讯。延庆使杨朵儿只—作杨多尔济，上书谏阻，大旨以帝王为治，不嗜杀人，今当嗣服初年，尤以省刑为要，应寓恩于威，以敦治道等语。

仁宗感悟，乃改从宽大，只拟用陕西平章字罗铁木儿，江浙平章乌马儿，甘肃平章阔里吉思，河南参政塔失铁木儿，江浙参政万僧，俱由台官纠参，奉旨罢黜，不准再举。

于是尊重文教，优礼师儒，先命释奠先师孔子，行祭丁制，只主祭的人，却遣了一个宦官李邦宁。

邦宁曾在武宗前劝易皇太子，至仁宗登基，左右亦奏述前言，请即加罪。还是仁宗宽弘大量，谕以帝王历数，自有天命，不足介懔，乃置不复问。此次命他为集贤院大学士，且饬释奠先师，衰圣甚矣。那邦宁竟尔受命，摆着仪仗，入大成殿行礼。看官，你想大成至圣文宣王，愿受他拜跪么？太牢方设，鼎俎杂陈，邦宁整肃衣冠，向案前就位。忽然狂风大起，卷入殿中，两庑烛尽吹灭，烛台底下的铁镡，陷入地中尺许，吓得邦宁魂飞天外，慌忙屈膝俯伏，执事诸人，统伏地屏息。约过了几小时，风始停止，才勉强成礼，邦宁惭悔数日。就是仁宗闻知，也悚然起敬，由是益敬礼儒臣。

平章政事李孟，幼擅文名，博学强记，贯穿经史，尝开门授徒，远近争至。嗣入东宫为太子师傅，与仁宗很是契合。至此君臣相得，如鱼投水，尝谕他道："卿系朕的旧学，朕有不及，全仗卿忠心辅佐。"孟受命后，也深感知遇，力以国事为己任，节滥费，汰冗员。贵戚近臣，多言不便，奈因帝眷方隆，无隙可乘，也只好忍耐过去。君子小人，总不相容。

孟又因大德以后，封拜繁多，释道二教，俱设官统治，权抗有司，挠乱政事，大为时害，遂奏请信赏必罚，赏善惩恶，并罢免僧道各官。至若风俗日靡，车服僭拟，上下无章，尊卑无别，孟复请严加限制。仁宗一一准奏，且与之立约道："朕在位一日，卿亦宜在中书一日。"遂赐爵秦国公，命画师图像，词臣加赞。入见必赐坐，与语必称卿，或称字，一面增国子生，为三百人，令孟督率。孟因上言老成凋谢，亟应求材。四方儒士，如有德成艺进，请擢任国学翰林秘书太常，或儒学提举等职，以昭激劝。且谓人材所出，不止一途，汉、唐、宋、金，尝行科举，得人称盛，今欲兴贤举能，不如用科举取士，较诸多门干进，似胜一筹。唯必先德行经术，次及文辞，然后可得真才。仁宗乃决意进行，命中书省臣，规定条制。

先是世祖尝议立科举法，未及举行。至是乃命中书省颁定科条，科场每三岁一次，以皇庆三年八月为始，从士人本籍官司，于诸色户内推举，年及二十五，有孝行可称，信义足述，以及经明行修的士子，以次敦遣。其或徇私滥举，并应举不举的有司，监察御史肃政廉访司，应体察究治。考试程式，蒙古、色目人，第一场经问五条，《大学》《论语》《孟子》《中庸》内设问，用朱氏章句集注，遇有义理精明，文词典雅，乃算中选。第二场，第一道，以时务出题，限五百字以上。汉人、南人第一场，明经、经疑二问，《大学》《论语》《孟子》《中庸》内出题，并用朱氏章句集注，结以己意，限三百字以上。经义一道，各治一经，《诗》以朱氏为主，《尚书》以蔡氏为主，《周易》以程、朱为主，以上三经，兼用古注疏，《春秋》许用三传，及胡氏传，《礼记》用古注疏，限五百字以上，不拘体格。第二场，古赋，诏诰，章表。内科一道，古赋诏诰用古体，章表四六，参用古体。第三场，策一道，经史、时务内出题，不矜浮藻，唯务直述，限一千字以上。蒙古、色目人，愿试汉人、南人科目，中选者加一等注授。蒙古、色目人作一榜，汉人、南人作一榜，第一名赐进士及第，从六品。第二名以下，及第二甲，皆正七品，三甲皆正八品，两榜并同，乃即下诏道：

　　唯我祖宗以神武定天下，世祖皇帝设官分职，征用儒雅，崇学校为育材之地，议科举为取士之方，规模宏远矣。朕以眇躬；获承丕祚，继志述事，祖训是式，若稽三代以来，取士各有科目，要其本末，举人宜以德行为首，试艺则以经术为先，词章次之，浮华过实，则所不取。爰命中书参酌古今，定其条制，其以皇庆三年八月为始。天下郡县，兴其贤者能者，充试有司。次年二月，会试京师，中选者朕将亲策焉。

　　到了皇庆三年，改元延祐，八年开试举人，至次年廷试，赐护都沓儿、张起岩等五十六人及第出身有差，分为两榜。蒙古、色目人为右，汉人、南人为左，嗣是垂为常例。元代之有科举，自延祐始，故详纪之。仁宗复用齐履谦、吴澄为国子司业。履谦字伯恒，汝南人，幼习推步星历诸术，及稍长，读洙泗、伊洛遗书，穷理格物。至元二十九年，授为星历教授，大德二年，擢任保章正，至大三年，升授侍郎，兼领冬官正事。仁宗即位，以履谦学行纯笃，命教国学子弟。与吴澄并司教养。每五鼓入学，风雨寒暑，未尝少怠。

吴澄字幼清，抚州人，宋末举进士不第，隐居布水谷，读书著述，夙负盛名。至元中曾召至燕京，欲授以官，澄乞归养母，遂辞去。至大元年，复石为国子监丞，皇庆元年，授为司业，澄用宋程颢学校奏疏，胡瑗六学教法，朱熹学校贡举私议，约为教法四条：一经学，二行实，三文艺，四治事，逐条规勉，不惮求详。嗣因履谦改金太史院事，澄以同学乏人，托病归籍，学制稍废。

仁宗复调履谦为司业。履谦律己益严，教道益张，尝立升斋、积分等法。每季考生徒学行，以次递升，既升上斋，逾再岁，始与私试。词理俱优为满分，词平理优为半分，岁终积至八分，得充高等，以四十人为额，然后集贤院及礼部岁选六人，充作岁贡。三年不通一经，及在学不满一年，定章黜革，所以人人励志，士多通材。元朝学术，唯皇庆延祐时，推为极盛。师道立则善人多，观此益信。

仁宗又尝将《贞观政要》《大学衍义》，并程复心所著《四书集注》，陆淳所著《春秋纂例》《辨微疑旨》，及《资治通鉴》《农桑集要》等书，悉令刊布，颁行学宫。复以宋儒周敦颐、程颢、程颐、张载、邵雍、司马光、朱熹、张栻、吕祖谦，暨元儒许衡，学宗洙泗，令从祀孔子庙廷，重儒尊道，也可谓元代第一贤君了。小子有诗咏道：

> 大元制典太荒唐，竟把儒生列丐倡！
> 幸有后王能干蛊，莘莘学子尚成行。

仁宗方有心求治，雅意得人，偏偏铁木迭儿得宠太后，从中播弄，举佞斥贤，这也是元朝的气数。欲知详细，下回再述。

　　武宗在位四年，秕政甚多，唯孝友性成，不私天下，较之曹丕、萧绎，相去远矣！仁宗嗣服，首斥憸壬，召用老臣，并尊师重儒，兴学育才，不愧为守文之主。至若科举一端，以一日之长，即第其高下，似不得为良法。然旷观古代，因选举之穷，继以科举，殆亦有不得已之意，存于其间者。况科目亦曷尝不得人乎？即如今日之废科目，复选举，弊端百出，磬竹难书，是选举且不科目若也。元素贱儒，唯仁宗始注意及此，善善从长，故本回特备录之。

第二回

上弹章劾佞无功
信俭言立储背约

却说铁木迭儿奉太后弘吉剌氏敕旨，得居相位，起初还算守法，没甚举动。唯仁宗巡幸上都，留铁木迭儿等留守，铁木迭儿援丞相留治故例，出入张盖，颇为烜赫。廷臣不甚注目，统以为故例如此，不足为怪。越年铁木迭儿偶然得病，自请解职，昼值朝房，夜值宫禁，宜其劳病。乃以秃忽鲁代相。至延祐改元，秃忽鲁免官，仁宗拟命左丞相哈克缴继任，哈克缴自言非世勋族姓，不足当国，请再任铁木迭儿。仁宗乃复拜他为开府仪同三司，录军国重事。居数月，仍进为右丞相，他即想出一条理财政策，毅然上奏道：

臣蒙陛下垂怜，复擢首相，依阿不言，诚负圣眷。比闻内传隔越奉旨者众，倘非禁止，致治实难，请敕诸司，自今中书政务，毋辄干预。又往时富民往诸番商贩，率获厚利，商者益众，中国物轻，番货反重，今请以江、浙右丞曹立领其事，发舟十纲，给牒以往，归则征税如制，私往者没其货，又经用不给，苟不豫为规划，必至愆误。臣等集诸老议，皆谓动钞本则钞法愈虚，加赋税则毒流黎庶，增课额则比国初已倍五十矣，唯预买山东河间运使来岁盐引，及各冶铁货，庶可以足今岁之用。又江南田粮，往岁虽尝经理，多未核实，可始自江浙以及江东西，宜先事严限格，信罪赏，令田主手实顷亩状入官。诸王驸马学校寺观，亦令如之，仍禁私匿民田，贵戚势家，毋得阻挠，请敕台臣协力以成，则国用足矣。谨奏。

据奏中所言，不过清厘宿弊，彻查私贩，有益国用，无损平民，看似正当不易的政策。无如中国官吏，多是贪财黩货，凡遇计臣当道，变更旧制，往往被贪官污吏，乘间营私，无论若何良法，总归弊多利少，结果是民生受苦，国库仍枵，所得金钱，都入一班狗官的囊橐。历代以来，俱蹈此辙，唯前代贪官中饱之资，尚在本国流通，所谓楚得楚失，把彼注兹，犹不足患，今则多寄存外国银行，自涸财源，其患益甚。做皇帝的身居九重，哪里晓得许多弊窦，即如元代仁宗，好算一个明主，览了铁木迭儿奏牍，也道是情真语当，立准施行。铁木迭儿遂分遣属吏，循行各省，括田增税，苛急烦扰，江西使臣昵匝马丁，酷虐尤甚，信丰一县，撤民庐千九百区，夷墓扬骨，作为所增田亩，居民怨恨入骨。

赣州土豪蔡五九，素有武力，且颇任侠，乡民推为首领，抗拒官长。一夫作难，万众响应，顿时江漳诸路，四起为乱，蔡五九乘此机会，占夺汀州、宁化县，戕杀有司，居然称王建号，号令四方。夺了一县，就想为王，器量如此，安能成事。江浙行省平章张闾，奉旨往剿，五九也率着众人，前来抵敌，究竟一时乌合，敌不住多大官军，战了数次，弄得十人九死，那时五九势穷力蹙，逃入山谷，被官军蹑迹追寻，生生拿住，讯实正法，做了无头之鬼。

张闾上章奏捷，仁宗才觉心慰。唯台臣上言五九作乱，由括田增税所致，乞罢各省经理，有旨准奏。只铁木迭儿揽权如故，反且贪虐加甚，凶秽愈彰，朝野虽然侧目，可奈铁木迭儿气焰熏天，欲要把他弹击，好似苍蝇撞石，非但不能动他，而且还要灭身，大家顾命要紧，自然相率钳口。

寻复由太后下旨，令铁木迭儿为太师。中书平章政事张珪，向来嫉恶如仇，至此不禁进言道："太师论道经邦，须有才德兼全的宰辅，方足当此重任，如铁木迭儿辈，恐不称职！"仁宗本器重张珪，奈因迫于母命，不便违悖，只好不从珪言，加铁木迭儿为太师，兼总宣政院事。中国古典，夫死从子，况仁宗身为人主，岂可依徇母后，专擢权奸，是殆徒知有顺不知有孝者。会仁宗如上都，徽政院使失烈门一作锡哩玛勒传太后旨，召珪切责。珪抗论不屈，惹得失烈门性起，竟喝令左右加杖，可怜这为国尽忠的张平章，平白无辜地受了一顿杖责！古时刑不上大夫，张珪身为平章，乃遭幸臣仗责，可叹可恨！皮开血出，奄奄归家。次日即缴还印信，挈了家眷，径出国门。珪子景元，随驾掌玺，宿卫左右，闻父因杖创乞休，遂奏请父病垂危，恳即赐归。仁宗惊问道："卿别时，卿父无病，怎么今称病笃了？"景元顿首涕泣，不敢言父被杖事。仁宗心知有异，乃遣使赐珪酒，进拜大司徒。珪已回籍养疴，上表陈谢便罢。

　　至仁宗还都，并未追究失烈门，廷臣心益不平。会上都富人张弼杀人系狱，纳贿铁木迭儿，铁木迭儿遂密遣家奴，胁上都留守贺巴延，令他释弼。巴延不肯，据实陈奏。侍御史杨朵儿只，已升任中丞，与平章政事萧拜住蓄志除奸，遂邀同监察御史四十余人，联衔抗奏道：

　　铁木迭儿桀黠奸贪，阴贼险狠，蒙上罔下，蠹政害民，布置爪牙，威詟朝野，凡可以诬害善人，要功利己者，靡所不至；取晋王田千余亩，兴教寺后墙园地三十亩，卫兵牧地二十余亩，窃食郊庙供祀马，受诸王哈喇班第使人钞十四万贯，宝珠玉带氍毹币帛，又值钞十余万贯，受杭州永兴寺僧章自福赂金一百五十两，取杀人囚张弼钞五万贯。且既已位极人臣，又领宣政院事，以其子巴尔济苏为之使。诸子无功于国，尽居贵显，纵家奴凌虐官府，为害百端，以致阴阳不和，山移地震，灾异数见，百姓流亡。己乃恬然略无省悔，私家之富，在阿合马桑哥之上，四海疾怨已久，咸愿车裂斩首，以快其心，如蒙早加显戮，以示天下，庶使后之为臣者，知所警戒，臣等不胜迫切待命之至！

　　仁宗览了这奏，震怒有加，立即下诏，逮问铁木迭儿。铁木迭儿至此，也不免惶急起来，忙跑到兴圣宫内，向太后下跪，磕着响头，如同捣蒜。如摇尾乞怜一般。太后惊问何事，铁木迭儿道："老臣赤心报国，偏遭台臣嫉忌，诬臣重罪，务乞太后为臣剖白，臣死且感恩！"赤体报后则有之，赤心报国则未也。太后道："皇儿难道不知么？"铁木迭儿道："皇上已有旨，逮问老臣。"太后道："何故这般糊涂！"如非糊涂，恐不令太后胡行。铁木迭儿道："台臣联衔奏请，怪不得皇上动怒。"太后道："你且起来，无论甚么大事，有我做主，怕他什么！"铁木迭儿碰头道："圣母厚恩，真同再造，但老臣一时无可容身，奈何？"太后笑道："你这老头儿，也会放刁，你在宫中时常进出，今日便住在宫内，自然没人欺你。"铁木迭儿道："明日呢？"太后道："明日也住在这里，可好么？"铁木迭儿道："老臣常住宫中，不更要被人议论么？"太后把他瞅了一眼，便道："你怕议论，快些出去，休来惹我！"那时铁木迭儿故做惊慌，抱住太后玉膝，装出一副泪容，夫是之谓奸臣。果然太后俯加怜恤，用手把他扶起，并命贴身侍女，整备酒肴，替他压惊，是夕，命铁木迭儿匿宿兴圣宫。一语够了。

越日，杨朵儿只复入朝面奏，略说铁木迭儿匿居禁掖，非皇上亲自查拿，余人无从逮问，说得仁宗动容。退了朝，竟踱入兴圣宫来，侍女得知消息，忙去通报太后。太后即命铁木迭儿，避匿别室。待仁宗进来，佯若无事，仁宗谒母毕，由太后赐坐，略问朝事，渐渐说到铁木迭儿。仁宗遂启奏道："铁木迭儿擅纳贿赂，刻剥吏民，御史中丞杨朵儿只等，联衔奏劾，臣儿令刑部逮问，据言查无下落，不知他匿在何处？"太后闻言，怫然道："铁木迭儿是先朝旧臣，现在入居相位，不辞劳怨，所以我命你优待，加任太师。自古忠贤当国，易遭嫉忌，你也应调查确实，方可逮问，难道凭着片言，就可加罪么？"仁宗道："台臣联衔，约有四十余人，所陈奏牍，历叙铁木迭儿罪名，想总有所依据，不能凭空捏造。"太后怒道："我说的话，你全然不信，台臣的奏请，你却作为实据，背母忘兄，不孝不义，恐怕祖宗的江山，要被你送脱了！"强词夺理。说至此，便扑簌簌地流下泪来。老妇也会撒娇。仁宗素具孝思，瞧这形状，心中大为不忍，不由得跪地谢罪。太后尚唠唠叨叨地说了许多，累得仁宗顿首数次，方才趋出。

越日诏下，只罢铁木迭儿右相职，令哈克缴代任，又迁杨朵儿只为集贤学士，台臣相率叹息，无可如何。

会接陕西平章塔察儿急奏，报称周王和世㻋，勾结陕西，变在旦夕了。原来和世㻋系武宗长子，从前武宗嗣位，既立仁宗为太子，丞相三宝奴，欲固位邀宠，曾与康里脱脱密谈，拟劝武宗舍弟立子。康里脱脱道："太弟安定社稷，已经正式立储，入居东宫，将来兄弟叔侄，世世相承，还怕倒乱次序么？"持正不阿，难为脱脱。三宝奴道："今日兄已授弟，他日能保叔侄无嫌么？"康里脱脱道："古语尝云：'宁人负我，毋我负人！'我不负约，此心自可无愧；人若失信，自有天鉴。所以劝立皇子，我不便赞成！"三宝奴嘿然而退。至延祐改元，欲立太子，仁宗颇觉踌躇，以情理言，当立和世㻋，何待踌躇。铁木迭儿窥透上旨，便密奏道：“先皇帝舍子立弟，系为报功起见，若彼时陛下在都，已正大位，还有何人敢说！就是先皇帝亦应退让。今皇嗣年将弱冠，何不早日立储，免人觊觎呢？”仁宗道：“侄儿和世㻋，比朕子年龄较长，且系先帝嫡子，朕承兄位，似宜立侄为嗣，方得慰我先帝。”铁木迭儿道：“宋太宗舍侄立子，后世没有訾议，况宋朝开国，全由太祖威德，太宗无功可录；加以金匮誓言，彼此遵约，他背了前盟，竟立己子，尚是相安无事。今如陛下首清宫禁，继让先皇，以德以功，应传万世，难道皇侄尚得越俎么？”仁宗闻言，尚是沉吟，铁木迭儿又道：“陛下让德，即始终相继，恐后代嗣君，亦未必长久相安。老臣为陛下计，并为国家计，所以不忍缄口，造膝密陈。”仁宗不待说毕，便问道：“你说舍子立侄，不能相安，莫非是争位不成？”铁木迭儿道：“诚如圣论！自古帝王，岂必欲私有天下！特以储位未定，往往有豆箕相煎，骨肉相残的祸端。即如我朝开国，君位相传，非必父子世及，所以海都构衅，三汗连兵，争战数十年，至今尚未大定，陛下何不惩前毖后，妥立弘规，免得后嗣争夺呢？”*佞臣之言，最易入耳，非明目达聪之圣主，鲜有不堕入彀中，试观铁木迭儿之反复陈词，何一非利害关系，动人听闻，此谗口之所以可畏也。*仁宗矍然道：“卿言亦是，容俟徐图。”*已入迷团。*铁木迭儿乃退。

静候年余，未见动静，不免暗中惶急，遂私与失烈门商议。看官，你道失烈门是何等人物？就是前日传太后旨，擅杖张珪的徽政院使。原来太后老而善淫，因铁木迭儿年力垂衰，未能逞欲，有时或出言埋怨。铁木迭儿善承意旨，遂荐贤自代。*仿佛吕不韦之荐嫪毐。*太后得了失烈门，甚为合意，大加宠幸。因此失列门的权势，不亚铁木迭儿。铁木迭儿与他晤谈，叙述前日密陈事，失列门笑道：“太师的陈请，还欠说得动人！”铁木迭儿道：“据你的意思，应如何说法？”失烈门道：“太师才高望重，难道不晓得釜底抽薪的计策么？目今皇侄在都，无甚大过，你教主子如何处置！在下恰有一法，先将他调开远道，那时疏不间亲，自然好立皇子了。”铁木迭儿喜动颜色，不禁拱手道：“这还要仰仗你呢！”失烈门道：“太师放心！在下有三寸舌，不怕此事不行。”*一蟹胜似一蟹。*果然过了数日，有旨封和世㻋为周王，赐他金印，出镇云南。*失烈门之入谗用虚写。*

过了一年，复立皇子硕德八剌—作硕迪巴拉为太子，兼中书令枢密使。和世㻋在云南，已置官属。闻仁宗已立太子，颇滋怨望，遂与属臣秃忽鲁、尚家奴及武宗旧臣鳌日、沙不目丁、哈八儿、秃教化等会议。教化即常侍嘉珲道："天下是我武宗的天下，如王爷出镇，本非上意，大约由谗构所致。请先声闻朝廷，杜塞谗口，一面邀约省臣，即速兴兵，入清君侧，不怕皇上不改前命！"密谋胁君，亦非臣道。大众鼓掌称善。教化复道："陕西丞相阿思罕，前曾职任太师，被铁木迭儿排挤，把他远谪；若令人前去商议，定可使为我助。"和世珠道："既如此，劳你一行。"

教化遂率着数骑，驰至陕西，由阿思罕问明情形，很是赞成。当下召集平章政事塔察儿，行台御史大夫脱里伯，中丞脱欢共议大事。塔察儿等闻命后，口中甚表同情，还说得天花乱坠，如何征兵，如何进军，不由阿思罕不信，议定发关中兵卒，分道自河中府进行，谁知他暗地里写了奏章，飞驿驰报，俗语说得好：

画虎画龙难画骨，知人知面不知心。

未知元廷如何宣敕，请看下回表明。

铁木迭儿之奸，中外咸知，仁宗亦岂不闻之？况台官劾奏，至四十余人之众，即贤明不若仁宗，亦不至袒庇权奸，违众愎谏如此；就令重以母意，不忍遽违，而左迁杨朵儿只，果胡为者，读史者或以愚孝讥之，实则犹未揭仁宗之隐，迨观舍侄立子之举，出自铁木迭儿之密陈，乃知仁宗之心，未尝不以彼为忠。私念一起，宵小得而乘之，是殆所谓木朽而虫生者。然则仁宗之心，得毋谓妇人之仁耶！前回叙仁宗之善政，不忍没其长；此回叙仁宗之失德，不敢讳甚短，瑕不掩瑜，即此可见矣。

第三回

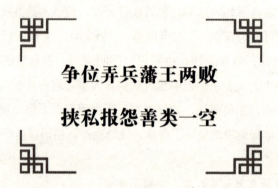

争位弄兵藩王两败
挟私报怨善类一空

　　却说陕西平章塔察儿，驰奏到京，当由仁宗颁发密敕，令他暗中备御。塔察儿奉旨遵行，佯集关中兵，请阿思罕、教化两人带领，先发河中，去迎周王和世瓎，自与脱欢引兵后随，陆续到河中府。待与周王相遇，托词运粮犒云南军，求周王自行检查，周王偏委着阿思罕、教化两人，代为察收。不防车中统藏着兵械，一声暗号，军士齐起，都在车中取出凶器，奔杀阿思罕等。阿思罕、教化手下，只有随骑数十名，哪里抵敌得住，一阵乱杀，将阿思罕、教化两人已剁作数十段。塔察儿遂麾军入周王营，谁知周王命不该绝，已得逃卒禀报，从间道驰去。后来人都嗣位，虽仅半年，然究系一代主子，所以得免于难。塔察儿搜寻无着，还道他奔回云南，饬军士向南追赶，偏周王往北急奔，待至追军回来，再拟转北，那时周王已早远飏了。塔察儿一面奏闻，一面再发兵北追，驰至长城以北，忽遇着一支大军，把他截住，以逸待劳，竟将塔察儿军，杀死了一大半，剩得几个败残兵卒，逃回陕西。

　　看官！你道这支军从何而来？原来是察合台汗也先不花遣来迎接周王的大军。也先不花系笃哇子，笃哇在日，曾劝海都子察八儿共降成宗，事见前文。嗣后察八儿复蓄异谋，由笃哇上书陈变，请元廷遣师，夹击察八儿。时成宗已殂，武宗嗣立，遣和林右丞相月赤察儿发兵应笃哇，至也儿的石河滨，攻破察八儿，察八儿北走，又被笃哇截杀一阵，弄到穷蹙无归，只好入降武宗。窝阔台汗国土地，至是为笃哇所并。笃哇死后，子也先不花袭位，又反抗元廷。初意欲进袭和林，不料弄巧成拙，反被和林留守，将他东边地夺去。他失了东隅，转思西略，方侵入呼罗珊，适周王和世㻋奔至金山，驰书乞援。于是返斾东驰，来迎和世㻋。既与和世㻋相会，遂驻兵界上，专待追军，果然塔察儿发兵驰至，遂大杀一阵，扫尽追兵，得胜而回。和世㻋随他入国，与定约束，彼此颇是亲，安居了好几年。元廷也不再攻讨，总算内外静谧。

　　无如一波未平，一波又起，周王和世㻋，已经北遁，魏王阿木哥，却又东来。这阿木哥是仁宗庶兄。顺宗少时，随裕宗 即故太子真金 入侍宫禁，时世祖尚在，钟爱曾孙，特赐宫女郭氏，侍奉顺宗。郭氏生子阿木哥，顺宗以郭氏出身微贱，虽已生子，究不便立为正室，乃另娶弘吉剌氏为妃，便是武宗、仁宗生母，颐养兴圣宫中，恣情娱乐的皇太后。屡下贬辞，惩淫也。仁宗被徙怀州时，阿木哥亦出居高丽，至武宗时，遥封魏王。到了延祐四年，忽有术者赵子玉，好谈谶纬，与王府司马脱不台往来，私下通信，说是阿木哥名应图谶，将来应为皇帝。脱不台信为真言，潜蓄粮饷，兼备兵器，一面约子玉为内应，遂偕阿木哥率兵，自高丽航海，通道关东，直至利津县。途次遇着探报，子玉等在京事泄，已经伏法，于是脱不台等慌忙东逃，仍至高丽去了。

　　仁宗因两次变乱，都从骨肉启衅，不禁忆起铁木迭儿的密陈，还道他能先几料事，思患预防，幸已先立皇子，方得臣民倾响，平定内讧，事后论功，应推铁木迭儿居首，因此起用的意思，又复发生。这铁木迭儿虽去相位，仍居京邸，与兴圣宫中嬖幸，时通消息。大凡谐臣媚子，专能窥伺上意，仁宗退息宫中，未免提起铁木迭儿的大名。那班铁木迭儿的旧党，自然乘机凑合，撺掇仁宗，复用这位铁太师。仁宗尚有些顾忌，偏偏这兴圣宫中的皇太后，又出来帮忙，可谓有情有义。传旨仁宗，令起用铁木迭儿再为右相。仁宗含糊答应，暗思复相铁木迭儿，台臣必又来攻讦，不如令为太子太师，省得台臣侧目。主意已定，便即下诏。

　　越日即有御史中丞赵世延，呈上奏章，内陈铁不迭儿从前劣迹，凡数十事，仁宗不待览毕，就将原奏搁起。又越数日，内外台官，陆续上奏，差不多有数十本，仁宗略一披览，奏中大意，无非说铁木迭儿如何奸邪，不宜辅导东宫，当下惹起烦恼，索性将所有各奏，统付败纸簏中。适案上有金字佛经数卷，遂顺手取阅，展览了好几页，觉得津津有味，私自叹息道："人生不外生老病苦四字，所以我佛如来，厌住红尘，入山修道。朕名为人主，一日万几，弄到食不得安，寝不得眠，就是任用一个大臣，还惹台臣时来絮聒，古人说得天子最贵，朕想来有甚么趣味！倒不如设一良法，做个逍遥自在的闲人罢。"说毕，复嘿嘿地想了一番，又自言自语道："有了，就照这么办。"便掩好佛经，起身入寝宫去了。故作含蓄。

　　小子录述至此，又要叙那金字佛经的源流。这金字佛经，就是《维摩经》。仁宗尝令番僧缮写，作为御览，共糜金三千余两。一部《维摩经》，需费如此，元僧之多财可知。此时已经缮就，呈入大内，所以仁宗奉若秘本，敬置览奏室内，每于披览奏牍的余暇，讽诵数卷，天子念佛，实是多事。这且不必细表。

　　且说仁宗有心厌世，遂诏命太子参决朝政。廷臣见诏，多半滋疑，统说皇上春秋正富，为何授权太子，莫非铁木迭儿从中播弄不成？当下都密托近侍，微察上旨。侍臣在仁宗前，尝伺候颜色，一时恰探不出什么动静。只仁宗常与语道："卿等以朕居帝位，为可安乐么？朕思祖宗创业艰难，常恐不能守成，无以安我万民，所以宵旰忧劳，几无暇晷，卿等哪里知我苦衷呢？"仁宗之心，不为不善，但受制母后，溺爱子嗣，终非治安之道。侍臣莫名其妙，只好面面相觑，不敢多言。过了数天，复语左右道："前代尝有太上皇的名号，今太子且长，可居大位，朕欲于来岁禅位太子，自为太上皇，与尔等游观西山，优游卒岁，不更好么？"想了多日，原来为此。左右齐声称善，只右司郎中月鲁帖木儿道："陛下年力正强，方当希踪尧舜，为国迎麻，为民造福，若徒慕太上皇的虚名，实属无谓。如臣所闻，前代如唐玄宗、宋徽宗皆身罹祸乱，不得已禅位太子，陛下为什么设此念头？"这一席话，说得仁宗瞪目无词，才把内禅的意思，打消净尽。嗣是复勤求治道，所有一切佛经，也置诸高阁，不甚寓目。

　　会皇姊大长公主祥哥剌吉，令作佛事，释全宁府重囚二十七人，事为仁宗所闻，咈然道："这是历年弊政，若长此不除，人民都好为恶了。"想是回光返照，所以有此清明。遂颁发严旨，按问全宁守臣阿从不法，仍追所释囚，还置狱中。既而中书省臣奏参白云宗总摄沉明仁，强夺民田二万顷，诳诱愚俗十万人，私赂近侍，妄受名爵，应下旨黜免，严汰僧徒，追还民田等语。仁宗一一准奏，并诏沉明仁奸恶不法，饬有司逮鞫从严，毋得庇纵，违者同罪。这两道诏敕，乃是元代未曾见过的事情，不但僧侣为之咋舌，就是元廷臣僚，亦是意料不及。

帝尧任贤图治

到了延祐七年元旦，日食几尽，仁宗斋居损膳，命辍朝贺。甫及二旬，仁宗不豫，太子硕德八剌，焚香祷天，默祝道："至尊以仁慈御天下，庶绩顺成，四海清晏。今天降大厉，不如罚殛我身，使至尊长为民主。天其有灵，幸蒙昭鉴！"叙及此语，不没孝思。祝毕，又拜跪了好几次。次夕，拜祝如故。无如人生修短，各有定数。既已禄命告终，无论如何祈祷，总归没有效验，太子祷告益虔，仁宗抱病益剧。正月二十一日驾崩光天宫，寿三十有六，在位十年。元世祖殂于正月，成、武、仁三宗亦然，这也是元史中一奇。史称仁宗天性慈孝，聪明恭俭，通达儒术，妙悟释典，不事游畋，不喜征伐，不崇货利，可谓元代守文令主。小子以为顺母纵奸，未免愚孝；立子负兄，未免过慈；其他行迹，原有可取，但总不能无缺点呢！得春秋责备贤者之义。

仁宗已殂，太子哀毁过礼，素服寝地，日歠一粥。那时太后弘吉剌氏，便乘机宣旨，令太子太师铁木迭儿为右丞相。越数日，复命江浙行省黑驴一作赫噜，为中书平章政事。黑驴平时没甚功绩，且亦未有令望，只因族母亦列失八，在兴圣宫侍奉太后，颇得宠信，因此黑驴迭蒙超擢，骤列相班。为下文谋逆张本。自是铁木迭儿一班爪牙，又复得势。

参议中书省事乞失监，素谄事铁木迭儿，至是倚势鬻官，被台臣劾奏，坐罪当杖，他即密求铁木迭儿到太后处说情。太后召太子入见，命赦乞失监杖刑。太子不可，太后复命改杖为笞。太子道："法律为天下公器，若稍自徇私，改重从轻，如何能正天下！"卒不从太后言，杖责了案。

徽政院使失烈门，复以太后命，请迁转朝官。太子道："大丧未毕，如何即易朝官！且先帝旧臣，岂宜轻动，俟即位后，集宗亲元老会议，方可任贤黜邪。"失烈门惭沮而退。

于是宫廷内外，颇畏太子英明。独铁木迭儿以太子尚未即真，应乘此报怨复仇，借泄旧恨。当下追溯仇人，第一个是御史中丞杨朵儿只，第二个是前平章政事萧拜住，第三个是上都留守贺巴延，第四个是前御史中丞赵世延，第五个是前中书平章政事李孟。上都距京稍远，不便将贺巴延立逮，赵世延已出为四川平章政事，李孟亦已谢病告归，独杨朵儿只、萧拜住两人，尚在都中供职，遂矫传太后旨，召二人至徽政院，与徽政使失烈门，御史大夫秃秃哈，坐堂鞫问，责他前违太后敕命，应得重罪。杨朵儿只勃然大愤，指铁木迭儿道："朝廷有御史中丞，本为除奸而设，你蠹国殃民，罪不胜言，恨不即斩你以谢天下！我若违太后旨，先已除奸，你还有今日么？"铁木迭儿闻言，又羞又恼，便顾左右道："他擅违太后，不法已极，还敢大言无忌，藐视宰辅，这等人应处何刑？"旁有两御史道："应即正法。"朵儿只唾两御史道："你等也备员风宪，乃做此狗彘事么？"萧拜住对朵儿只道："豺狼当道，安问狐狸？我辈今日，不幸遇此，还是死得爽快。只怕他也是一座冰山了！"两御史不禁俯首。

铁木迭儿怒形于色，顿起身离座，乘马入宫。约二时，即奉敕至徽政院，令将萧拜住、杨朵儿只二人处斩。左右即将二人反绑起来，牵出国门。临刑时，杨朵儿只仰天叹道："天乎！天乎！我朵儿只赤心报国，不知为何得罪，竟致极刑？"萧拜住也呼天不已。**元臣大率信天。**

既就戮，忽然狂飚陡起，沙石飞扬，吓得监刑官魂不附体，飞马逃回。都人士相率叹息，暗暗称冤。

杨朵儿只妻刘氏，颇饶姿容，铁木迭儿有一家奴，曾与觌面，阴加艳羡，至此禀请铁木迭儿，愿纳为己妇。铁木迭儿即令往取。那家奴大喜过望，赶车径去，至杨宅，假太师命令，胁刘氏赴相府。刘氏垂泪道："丞相已杀我夫，还要我去何用？"家奴见她泪珠满面，格外怜惜，便涎着脸道："正为你夫已死，所以丞相怜你，命我来迓，并且将你赏我为妻，你若从我，将来你要什么，管教你快活无忧。"**此奴似熟读嫖经。**

刘氏不待言毕，已竖起柳眉，大声叱道："我夫尽忠，我当尽义，何处狗奴，敢来胡言？"说至此，急转身向案前，取了一剪，向面上划裂两道，顿时血流满面。复将髻子剪下，向家奴掷去，顿足大骂道："你仗着威势，敢来欺我！须知我已视死如归，借你的狗口，回报你主，我死了，定要伸诉冥王，来与你主索冤，教老贼预备要紧！"**骂得痛快，我亦一畅。**家奴无可奈何，引车自去，既返相府，适铁木迭儿在朝办事，便一口气跑至朝房，据实禀陈。铁木迭儿大怒道："这般贱人，不中抬举，你去将她拿来，令她入鬼门关，自去寻夫便了。"旁有左丞张思明闻着这言，便向铁木迭儿道："罪人不孥，古有明训。况山陵甫毕，新君未立，丞相恣行杀戮，万一诸王驸马等，因而滋疑，托词谋变，丞相还能诿咎么？"铁木迭儿沉吟半晌，方悟道："非左丞言，几误我事。"遂叱退家奴，家奴怏怏自回，杨妻刘氏，才得守节终身。**张左**

19

丞保全不少。

铁木迭儿毒心未已，复奏白太后，捏造李孟从前过失，诽谤宫闱，不由太后不信，遂命将前平章政事李孟封爵，尽行夺去，并将李孟先人墓碑，一律扑毁，总算为铁师相稍稍吐气。只赵世延出居四川，一时无隙可寻，他就百计图维，阴令党羽贿诱世延从弟，前来诬告世延。世延从弟胥益儿哈呼，利令智昏，竟诣刑部自首，只说世延如何贪婪，如何诞妄，其实统是无中生有，满口荒唐。刑部早承铁木迭儿微意，据词陈请，诏旨不得不下，饬缇骑至四川，逮问世延。小子有诗刺铁木迭儿道：

> 贤奸自古不相容，欲吁君门隔九重！
> 尤恨元朝铁师相，贪残已甚且淫凶。

未知世延曾否被害，且至下回表明。

仁宗本一守文主，其不能无失德者，类由铁木迭儿一人，炀蔽而成。大奸似忠，大诈似信，非中智以上之君，末由烛其奸诈。仁宗第一中智者耳！故一用不已，至于再用；再用不已，犹且今为太子太师。虽曰太后之主使，要亦仁宗之偏听不明，有以致之也！两藩之变，幸而即平，否则喋血宫门，宁俟他日耶！至仁宗崩逝，铁木迭儿更出为首相，睚眦必报，妄戮忠良，英宗虽明，内迫于太后，外制于师傅，且因居丧尽礼，无暇顾及，是英宗之纵奸，情可曲原，而仁宗之贻谋不臧，未能诿咎可知也，读此回犹慨然于仁宗之失云。

第四回

隆孝养选呈册宝
泄逆谋立正典刑

却说赵世延为四川平章政事，虽经逮问，究竟燕蜀辽远，往返需时，未能刻日到京。京中帝位已虚，太子应承大统，自然择日登陛，遂于三月十一日即帝位于大明殿。循例大赦，当即颁诏道：

洪维太祖皇帝，膺期抚运，肇开帝业；世祖皇帝，神机睿略，统一四海，以圣继圣；迨我先皇帝至仁厚德，涵濡群生，君临万国，十年于兹。以社稷之远图，定天下之大本，协谋宗亲，授予册宝。方春宫之与政，遽昭考之宾天，诸王贵戚，元勋硕辅，咸谓朕宜体先帝付托之重，皇太后拥护之慈，既深系于人心，讵可虚于神器？合词劝进，诚意交孚，乃于三月十一日即皇帝位于大明殿，可大赦天下，咸与维新！此诏。

即位后，追号先帝为仁宗皇帝，尊皇太后弘吉剌氏为太皇太后，皇后鸿吉哩氏为皇太后。先是皇太后拟专国政，以和世㻋少有英气，恐不易制，不若太子硕德八剌，较为谦和，因此亦劝仁宗舍侄立子。仁宗既受权奸的怂恿，复承母后的劝告，所以决定主意，立硕德八剌为太子。

至仁宗殂后，太子居丧，所有政务，太后拟专任铁木迭儿，独断独行，偏太子尝出来干涉，免不得有些介意，到了即位的日子，太后也算来贺。太子见了太后，词色少严。太后回至兴圣宫，暗自悔恨道："我不该命立此儿！"死多活少，亦可少休。嗣是太后变喜成忧，渐渐地酿成疾病了。唯太皇太后册文，元代未有此举，乃由词臣珥笔，敬谨撰成。其文云：

王政之先，无以加孝，人伦之本，莫大尊亲，肆予临御之初，首举推崇之典。恭维太皇太后陛下，仁施溥博，明烛幽微，爰自居渊潜之宫，已有母天下之望。方武宗之北狩，适成庙之宾天，旋克振于乾纲，谅再安于宗祐，虽有在躬之历数，实司创业之艰难，仪式表于慈闱，动协谋于先帝，莫究补天之妙，尤如扶日之升。位履至尊，两翼成于圣子；嗣登大宝，复拥佑于藐躬，刿德迈涂山，功高文母，是宜加于四字，或益衍于徽称。谨奉玉册玉宝，加上尊号，曰：仪天兴圣慈仁昭懿寿元全德泰宁福庆徽文崇佑太皇太后。于戏！兹虽涉于虚名，庶庸申于善颂。九州四海，养未足于孝心；万岁千秋，愿永膺于寿祉。录太皇太后册文，所以愧之也。

又有皇太后册文一篇，亦写得玉润珠圆。其文云：

坤承乾德，所以著两仪之称；母统父尊，所以崇一体之号。故因亲而立爱，宜考礼以正名。恭惟圣母温慈惠和淑哲端懿，上以奉宗祧之重，下以叙伦纪之常，恢王化于二南，嗣徽音于三母，辅佐先考，忧勤警戒之虑深，拥佑眇躬，抚育提携之恩至。迫于今日，绍我丕基，规模一出于慈闱，付托益彰于祖训。致天下之养以为乐，未足尽于孝心；极域中之大以为尊，庶可尊其懿美。式遵贵贵之义，用罄亲亲之情，谨遣某官某奉册上尊号曰皇太后。伏维周宗绵绵，长信穆穆，备洛书之锡福，粲坤极之仪天，启佑后人，永锡胤祚！元代之立皇太后，莫如仁宗后之正，且亦获令终，故亦举册文并录之。

太皇太后及皇太后，递受诸王百官朝贺，说不尽的繁文缛节，小子也不必细叙。

单说太子硕德八剌既已嗣位，因身后庙号英宗，小子此后遂沿称英宗二字。英宗大赦后，复封赏群臣，特进铁木迭儿为上柱国太师，并诏中外毋沮议铁木迭儿敕令。铁木迭儿愈加横行，降李孟为集贤侍讲学士，召他就职。在铁木迭儿的意思，逆料李孟必不肯来，就好说他违旨不臣，心怀怨望，大大的加一罪名。不料李孟闻命，欣然就道。途次遇着翰林学士刘赓，正来慰问，遂与偕行至京，立赴集贤院中。

宣徽使以闻，并奏请李孟到任，例应赐酒。英宗愕然道："李道复乃肯俯就集贤么？"适铁木迭儿子巴尔济苏在侧，便与语道："你等说他不肯奉命，今果何如？"巴尔济苏俯首无言。英宗复召见李孟，慰劳有加，由是谗不得行。李孟尝语人道："老臣待罪中书，无补国事，圣恩高厚，不夺俸禄，今已老了，欲图报称，恐亦无及了！"英宗闻言，格外称善。未几卒于官，御史累章辨诬，有旨复职，寻复追赠太保，进封魏国公，谥文忠。史称皇庆延祐时，每一乱命，人必谓由铁木迭儿所为，得一善政，必归李孟，所以中外知名。可奈母后擅权，金人用事，以致怀忠未遂，赍志以终，这也真是可惜呢！究竟流芳百世，不同遗臭万年，人亦何苦为铁木迭儿，不为李道复耶。

是年五月，英宗幸上都，铁木迭儿随驾同去。他想中害留守贺巴延，使人往报，故意迟延一日。巴延计算道里，须五日方到，不料第四日午后，车驾已抵上都，累得巴延手忙脚乱，不及衣冠，先迎诏使，随后方穿了朝服，出迎英宗。俟英宗入居行宫，铁木迭儿即劾奏巴延便服迎诏，坐大不敬罪，请即严惩。英宗不欲究治，偏铁木迭儿抗声道："如此逆臣，还好姑息么？此时不严行究办，将来臣工玩法，如何处治？"说得英宗不能不从。遂将贺巴延褫职，下五府杂治。铁木迭儿密嘱府吏，令将巴延置死，可怜秉正不阿的贺留守，为了张弼一案，触怒权奸，竟被他倾陷，冤冤枉枉的惨毙狱中。府吏报称巴延病死，由铁木迭儿作证，就使英宗知他舞弊，也只好模糊过去。

嗣铁木迭儿闻知赵世延已械系至都，飞饬刑部从严审讯。刑部又暗嘱世延从弟，教他坚执前言，不得稍纵，于是世延从弟胥益儿哈呼，与世延对簿，全不管弟兄情谊，一味瞎造，咬定世延罪状。货利之坏人心术，至于如此！世延先与争辩，嗣见刑部左袒从弟，转怒为笑道："我的弟兄，从前还是安分，不敢如此撒谎，今日骤然昧良，必是有人导坏。我想你等官吏，也须存点公道，明察曲直，不要专附权奸，构陷善类。须知天道昭彰，报应不爽，一时得势，能保得住将来么？"刑部犹大声呵叱，世延道："何必如此！铁太师仇我一人，只教我死便休，必导人为非，唆吏作奸，计亦太拙呢！"胥益儿哈呼闻着兄言，倒也自知理屈，寂然无语，偏刑部锻炼成狱，奏请置诸极典。会英宗已返燕都，览刑部奏牍，批谕世延犯法，已在赦前，现经大赦，毋庸再议等语。

看官！你想这铁木迭儿，用尽心思，想害世延，如何就肯干休？当下入奏英宗，以世延罪符十恶，不应轻赦。英宗不从，铁木迭儿复命刑部属吏，威吓世延，逼令自裁。世延道："我若负罪，应该明正典刑，借申国法，何必要我自尽！"刑部亦弄得没法，寻思暗杀世延，偏英宗下诏刑部，饬他慎重羁囚，不得私自用刑，想亦由巴延毙狱之故。世延乃得安住狱中。铁木迭儿复令侍臣伺间奏请，会英宗出猎北凉亭，台官或上书谏阻，英宗不允。侍臣遂乘间进言道："狝狩是我朝祖制，例难废辍。台臣无端谏阻，借此邀名，此风殊不可长，即如前御史中丞赵世延，遇事辄言，朝右都称他敢谏，其实都是沽名钓誉，舞文弄法呢。"英宗道："你等为铁木迭儿作说客么？世延忠诚，先帝尚敬礼有加，只铁木迭儿与他有嫌，定欲加他死罪，朕岂肯替铁木迭儿报复私仇？你等亦不必向朕饶舌？"英宗不愧英明，但既明知世延无罪，何不即为昭雪，立命释放，想是明哲有余，刚断不足，所以后辛遇弑。侍臣被英宗窥破私情，不禁面颊发赤，忙跪下叩首，齐称万岁。借此遮羞，亦是一法。

嗣后世延从弟，自思言涉虚诬，不敢再质，竟尔逃去。后来世延尚囚系两年，至拜住入相，代他伸冤，方得释放，这且按下。

再说铁木迭儿欲杀世延，始终不得英宗听信，心中很是愤闷，随入见太皇太后，适太皇太后抱病，奄卧在床，由铁木迭儿慰问一番。太皇太后也无情无绪地答了数语。铁木迭儿复与谈起朝事，太皇太后长叹数声。铁木迭儿道："嗣皇帝很是英明，慈躬何故长叹？"太皇太后道："我老了，你亦须见机知退，一朝天子一朝臣，休得自罹罗网！"为铁木迭儿计，恰是周到。铁木迭儿闻了这语，恍似冷水浇头，把身上的热度，降至冰点以下，顿时瞪目无言。

忽闪出一老妇道："太皇太后慈体不宁，正为了嗣皇帝！"语未说完，已被太皇太后听着，便瞑目视老妇道："你亦不必多说了，我病死后，你等不必入宫，大家若有良心，每岁春秋，肯把老身纪念，奠杯清酒，算不枉伴我半生！"言至此，潸然下泪。这等情形，都是激动人心，后来谋逆，不得谓非彼酿成。那老妇亦陪着呜咽。铁木迭儿也不知不觉地凄楚起来。看官欲知老妇名氏，由小子乘暇补出，此妇非别，就是上文叙过的亦列失八。

亦列失八呜咽了一会，便对着铁木迭儿以目示意，铁木迭儿即起身告别。亦列失八也随了出来，邀铁木迭儿另入别室，彼此坐定。亦列失八道："太皇太后的情状，太师曾瞧透么？"铁木迭儿无语，只用手理须，缓缓儿的拂拭。_{绘出奸状。}惹动亦列失八的焦躁，不禁冷笑道："好一位从容坐镇的太师！事近燃眉，还要理须何用？"铁木迭儿道："国家并没有乱事，你为何这般慌张？"亦列失八道："太皇太后的病源，实从嗣皇激成。太皇太后要做的事，嗣皇帝多半不从，太师身秉国钧，理应为主分忧，奈何袖手旁观，反不若我妇人小子呢？"_{亦列失八也是一长舌妇。}铁木迭儿道："据你说来，教我如何处置？"亦列失八道："这是太师故作痴呆哩。"_{再激一语。}铁木迭儿道："我并非痴呆，实是一时没法。既蒙指示，还须求教！"亦列失八道："我一妇人，何知国计！就使有些愚见，太师亦必不见从。"_{又下激语。}铁木迭儿道："古来智妇，计划多胜过男子，彼此相知，何必过讳！"亦列失八欲言又默，沉吟了好一歇，铁木迭儿起坐，密语亦列失八道："有话不妨直谈，无论什么大事，我誓不漏风声！"亦列失八道："果真么？"铁木迭儿道："有如天日！"亦列失八正要吐谋，复出至门外，四顾一周，然后转入室内，与铁木迭儿附耳密语。铁木迭儿先尚点首，继即摇头，又继即发言道："我却不能！"亦列失八道："太师不泄秘谋，料可行得。"铁木迭儿道："我已宣誓，你休疑心！只我不便帮忙，你等须要谅我！"_{置身局外，习狡尤甚。}亦列失八道："事若得成，太师亦与有力，但未知天意何如？"铁木迭儿道："我不任咎，何敢任功！"随即辞出。

亦列失八遂与平章政事黑驴，徽政使失烈门，及平章政事哈克缴，御史大夫脱武哈，密议了许多次，专待机会到来，以便发作。不意英宗运祚未终，偏出了一位开国元勋的后裔，翊佐新君，窥破奸谋，令一场弑逆大案，化作雾尽烟消。这人为谁？名叫拜住，乃是木华黎后嗣安童之孙。_{每叙大忠大奸，必郑重出名，此是作者令人注目处。}

拜住五岁丧父，赖母教养成人。母怯烈氏年二十二，寡居守节，拜住有所动作，必禀承母训，偶一越礼，母即谯呵不少贷，以此饬躬维谨，炼达成材。_{不没贤母。}初袭为宿卫长，寻进任大司徒，熟谙掌故，饶有声望。英宗在东宫时，已闻拜住名，遣使召见。拜住道："嫌疑所关，君子宜慎！我掌天子宿卫，私自往来东宫，我固得罪，皇太子亦干不便，请为我善辞！"来使返报英宗，英宗称善不置。

既即位，即擢拜住平章政事，且随时召见，令他密访奸党。拜住日夕留意，既略闻黑驴等事，便入奏英宗。英宗命内外官吏设法侦察，果得黑驴等谋变详情。原来英宗有心报本，拟四时躬享太庙，命礼部与中书翰林等集议典礼。议毕复奏，无非踵事增华，所有法驾祭服，应格外修备，先祭三日，宜出宿斋宫，表明诚洁等情，英宗自然准奏。黑驴等既已闻命，便与失烈门商议，将乘英宗出宿斋宫，遣盗入刺。会英宗复擢拜住为左丞相，把哈克缴罢职，命出任岭北行省。哈克缴悻悻不平，走告失烈门，失烈门即引为同志，复阴报亦列失八，决议提早行事，改图废立，谁知谋变益亟，漏泄愈快。

英宗既知此事，立召拜住入议。拜住道："这等奸人，擅权已久，早应把他诛黜；今幸上天瘅恶，得泄逆谋，及此不除，更待何时！"英宗尚未及答，拜住复道："当断不断，反受其乱。万一奸党生疑，弄兵构祸，恐怕都门以内，必致大乱。"英宗动容道："朕志已决，卿为我效力，擒此奸邪！"拜住即退，召集卫士千名，四处擒拿，不到一日，已将黑驴、失烈门、哈克缴、脱忒哈等，一律拿到，复把亦列失八，亦擒出宫中。罪人既得，即复奏英宗，请交刑官鞫问。英宗道："他若借太皇太后为词，朕反措词为难，不如速诛为是！"<u>此言甚是。</u>拜住领命，即饬将四男一妇，如法捆绑，推出国门外，斩首伏法。小子有诗咏此事道：

上苍覆帱本无私，莫谓天心不一知！
祸福惟凭人自召，及身戮没悔嫌迟。

五犯伏法以后，未知铁木迭儿有无获罪！容至下回叙明。

本回赓续前文，仍是叙述奸党，肆行不法事。开首录太皇太后册文，所以明祸阶之有自。太皇太后为顺宗正妃，母以子贵，筑宫颐养，二子一孙，皆为天子，自来后妃之极遇，鲜有逾此者。乃东朝既正，淫恣无忌，内则亦列失八用事，外则铁木迭儿、失烈门、哈克缴等，朋比为奸，至于宫廷谋变，几成大逆，微丞相拜住，不待南坡之弑，而英宗已饮刃矣。故本回为群奸立传，实不啻为太后立传，宫闱浊乱之弊，固有若是其甚者！

第五回

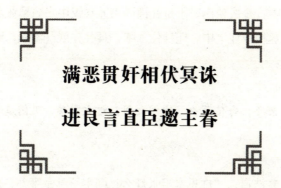

满恶贯奸相伏冥诛
进良言直臣邀主眷

却说铁木迭儿，于黑驴等谋变事，本是置身局外，坐观成败。因此黑驴等同日授首，铁木迭儿不遭牵累，反得了许多赏赐。这赏赐从何而来？因黑驴、失烈门、哈克缴家产，尽付查抄，不得藏匿。各家拥资甚富，失烈门平日仗着太后宠幸，所有内府珍玩，统移置家中。最宝贵的禁脔，犹令尝试，何况珍玩。此外如金银钞币，裘马珠宝，几不胜数。此次经拜住督率卫士，一律抄出，半充国帑，半给功臣。铁木迭儿身居首辅，所得赏给，自然较多。又是他的运气。拜住以下，颁赐有差，奸党失势，正士扬眉，这也不在话下。

到了冬季，英宗始被服衮冕，亲祀太庙，先期斋戒，临事乔皇，这是元代第一次盛典。礼毕还宫，鼓吹交作，道旁人民，莫不耸观，英宗即下诏改元，年号至治。其文道：

朕祗膺贻谋，获承丕绪，念付托之维重，顾继述之敢忘，爰以延祐七年十一月丙子，被服衮冕，恭谢于太庙。既大礼之告成，宜普天之均庆，属兹逾岁，用协纪元，于以导天地之至和，于以法春秋之谨始。可以明年为至治元年，特此布敕，宣告有众。特录英宗改元诏，因其在亲祀宗庙之后，报本反始，嘉其知礼也。

至治元年元旦，英宗御大明殿，受诸王百官朝贺。越日，即令僧侣在文德殿修佛事。朝右诸臣，已有异议，只因元代素重佛教，不便奏阻。兼且英宗嗣位，曾饬各郡建帝师拔思巴殿，规制视孔庙有加，大家微窥上意，哪个肯来抗争，转瞬间已近元宵，英宗欲张灯禁中，叠成鳌山，于是礼部尚书兼参议中书省事张养浩，忍耐不住，缮具奏疏，亲至左丞相拜住宅中，托拜住入陈，拜住先展开奏牍，略去起首套语，览读要文道：

世祖临御三十余年，每值元夕，间阎之间，灯火亦禁，况阙庭之严，宫掖之邃，尤当戒慎！

读至此，顾张养浩道："你思奏阻张灯么？闻主子已命筹办，恐怕未必照准。"随又读下道：

今灯出之构，臣以为所玩者小，所系者大，所乐者浅，所患者深。伏愿以崇俭虑远为法，以喜奢乐近为戒，国家幸甚！臣民幸甚！

拜住又道："说得痛切！"张养浩接着道："大事多从小事起，今日张灯，明日酣歌，色荒酒荒，不期自至。公为大臣，蒙主亲信，所以养浩特来亲托。若主子肯纳刍言，就是杜渐防微的至计。公意以为何如？"拜住道："此等美举，自当玉成，我当即刻进去，奏闻主子便了。"养浩称谢而别。

拜住果即袖疏入宫，由英宗特别命见，问他何事，拜住即陈上养浩奏章。经英宗览毕，勃然道："朕以为什么要政，区区张灯的事情，也来谏阻，难道做主子的只可日日愁劳，连一日消遣，都动不得么？"拜住免冠叩首道："孔子说的为君难，为君有什么难？只因一举一动，史官必书，宁善毋恶，宁得毋失，所以称作难为。张灯虽是小事，怎奈一夕消遣，千载遗传，倘后王因此借口，以致纵欲败度，岂不是贻讥作俑么？还求陛下明察！"英宗乃改怒为喜道："非张希孟不敢言，非卿亦不能再谏，朕即命他停办罢。"拜住复叩首而退。希孟系养浩字，呼字不呼名，系特别敬重的意思。

越宿，又诏赐张养浩尚服金织币帛各一袭，旌他忠直。**君明臣良，故特书之。**未几，复饬改建上都行宫。拜住又进谏道："北地苦寒，入夏始种粟麦，陛下初登大宝，未曾轸恤民瘼，先自劳动大役，恐妨害农务，致失民望，不如宽待数年，再议兴工。"英宗点首称善，亦命停止工役。唯敕建万寿山大刹，驱役数万人，并冶铜五十万斤，铸造佛像。

监察御史观音保、锁咬儿哈的迷失及成珪李谦亨等，上书直谏，大旨以连岁渐饥，宜休民力，且时当春季，东作方兴，更不应病民动众。这书入奏，偏恼动英宗性子，把书驳斥，适铁木迭儿次子锁南，为治书侍御史，与观音保等有隙，密奏他讪上沽直，坐大不敬罪。英宗便饬逮观音保等，亲加鞫讯，观音保道："谏诤是人臣的职务，臣甘为龙逢、比干，不愿陛下为桀纣！"锁咬儿哈的迷失道："辇毂以下，僧侣横行，陛下还要这般迷信，难道靠着这班秃头，果可治国安家么？如治御史锁南，劾臣等讪上不敬，锁南专逢君恶，臣等愿格君非，孰为有罪？孰为无罪？就使一时不明，后世自有公论呢。"英宗道："你等谤朕犹可，诋僧及佛，实是有罪，朕不便宽恕！"**僧徒比皇帝尤大，无怪不宜谤毁。**便命交刑部谳罪，刑部复称应加大辟，遂诏杀观音保及锁咬儿哈的迷失，只成珪、李谦亨两人，罪从末减，杖徙辽东奴儿干地。

铁木迭儿以锁南得宠，自己亦好乘此图谋笼络英宗，左思右想，复将从前做过的把戏，再演一出。看官曾记忆周王和世瓎么？仁宗为了铁木迭儿一言，把和世瓎调往云南，激成变衅，逐出漠北。还有和世瓎胞弟图帖睦尔，安居燕都，未曾受累。偏铁木迭儿暗里藏刀，又想将他驱逐出去，当下与中政使咬住商议，咬住本是个蔑片朋友，见了铁木迭儿，非常奉承。至谈及图帖睦尔事，咬住道："不劳师相费心，但教晚辈一言，包管他徙谪远方。"铁木迭儿大喜，拱手告别。

咬住即密上奏疏，果然一牍甫陈，诏书即下，命图帖睦尔出居琼州。琼州系南海大岛，属粤东管辖，与京师相距七千余里，地多蛮瘴，炎燠逼人。廷右诸臣，尚不知图帖睦尔犯了何罪，充放到这般远地，嗣复接读诏敕，系禁术士交通诸王驸马，并掌阴阳五科吏士，不得妄泄占候，大众才有些觉悟起来。嗣复侦得咬住密奏，系说图帖睦尔与术士往来，恐将谋为不轨，魏王覆辙，可为前鉴，请先事预防，毋致噬脐等语。看官！你想九五之尊，谁人不欲？英宗的位置，本是从武宗两子中，攘夺而来，他在位一日，防着一日，此次得咬住密疏，比枪矢还要厉害，不论他是真是假，究不若先发制人，因此把图帖睦尔充发远方，免得他在京作梗。这是人情同然，不要怪这英宗呢！讽刺得妙。

铁木迭儿以事事得手，复思专宠，并引参知政事张思明为左丞，作为臂助。思明忌拜住方正，每与党人密谋，设计构陷。或告拜住预为戒备，拜住慨然道："我祖宗为国元勋，世笃忠贞，百有余年，我今年少，叨受宠命，无非因皇上念我祖功，俾得相承勿替。每念国家大利，莫如大臣协和。今若因右相仇我，我便思报，是朝局水火，自召纷争，非但吾两人不幸，就是国家亦必不利。我唯知尽我心力，上不负君父，下不负士民，此外一切功怨，非我思存，死生凭诸命，祸福听诸天，请你等不必多言！"言固甚是，然杀机已伏于此。自是拜住愈加效力，张思明等亦无隙可乘。会铁木迭儿奏请杀平章王毅，右丞高昉。英宗密问拜住，是否当诛。拜住惊问何事？英宗道："据原奏言在京诸仓，粮储亏耗，王、高两臣，责任清理，负恩溺职，罪在不赦，所以应加严刑！"拜住道："平章右丞，统是宰臣的副手，宰相应论道经邦，不应责他钱榖琐务。况且王、高二臣，曾由右相奏委，莫非他不善逢迎，因成嫌隙，否则，何故出尔反尔，前日奏委，今日奏诛？"料事如见。英宗沉思良久道："卿言亦是！"遂不从铁木迭儿言。

铁木迭儿大为失望，便奏请病假，数日不朝。英宗亦未尝慰问，只册立皇后亦启烈氏，命他持节往迎，专授册宝。立后礼成，铁木迭儿仍称疾不出。会拜住奉旨，回范阳原籍，为祖安童立忠宪王碑。铁木迭儿竟乘舆入朝，至内门，英宗遣左丞速速，赐以酒道："卿年老，宜自爱重！待新年入朝，亦未为晚。"铁木迭儿怏怏退出。

是时奸党布满朝端，遇有政务，必至铁木迭儿家，禀陈底细，铁木迭儿屡思倾陷拜住，无如拜住方得重用，任他百计营谋，终不得遂，因此这位铁师相，也弄得神志懊丧，咄咄书空。不到数旬，竟尔疾病缠身，卧床不起。假病弄成真病。偏偏不如意事，杂沓而来，他的心腹张思明，随英宗至上都，被拜住奏了一本，杖责数十，逐回原籍。铁木迭儿闻着，已经不安，不意拜住又叠奏两案，都牵连铁木迭儿，那时铁太师不是病死，也要气死。一案是司徒刘夔夔买田数千亩，赂宣政使八剌吉思，托词买给僧寺，矫诏出库钞六百五十万贯，偿付田直。八剌吉思免不得与铁木迭儿商量，铁木迭儿父子，及御史大夫铁失，共得赃巨万，经拜住讦发，刘夔夔、八剌吉思自然坐罪，不得复活，只赦了铁失一人。何不将他并诛。一案是术士蔡道泰，私通良家妇女，妒奸杀人，狱已备具，道泰论抵，他偏私赂铁木迭儿，打通关节，运动狱官，改供缓狱，又经拜住讦发，立诛道泰，狱官亦坐罪。铁木迭儿虽未曾拿问，毕竟贼胆心虚，又惊又愧，又恨又悔，恹恹床蓐，服药无灵，结果是一命呜呼，魂登鬼箓。**不服明刑，难逃冥戮。**

事有凑巧，那太皇太后弘吉剌氏，亦病势沉重，奄然逝世。距铁木迭儿病死，不过一二十日。**总算亲昵。**原来太皇太后自英宗即位后，便已得病，接连是失烈门伏诛，失了一个贴肉的幸臣，亦列失八骈戮，又少了一个知情的伴娼，一枕凄凉，万股苦楚，且又不便说明，好似哑子吃黄连，只有自知，无人分晓，亏得参苓等物，朝晚服饵，总算勉勉强强的拖了一年，嗣复闻得铁木迭儿身死，不禁唏嘘道："痴儿负我！痴儿负我！"嗣是病益加重，困顿了十数日，也即告终。英宗仍照例举丧，追谥昭献元圣皇后。**特录谥法，与上叙述册文意同。**

礼官以十月有事太庙，奏请国哀期以日易月，待旬有二日后，乃举祀事。英宗道："太庙礼不可废，迎香去乐便了。"冬祭后，特授拜住为右丞相，兼监修国史。拜住辞不敢受，英宗道："卿佐朕二年，不避权贵，敢任劳怨，朕看满廷王公，无出卿右，意欲授卿公爵，为卿酬劳，至若右相一职，除卿外还有何人？卿毋再辞！"拜住顿首道："陛下必欲以右相授臣，臣敢不祗遵上命，若三公秩位，所以崇德报功，臣无功德，何堪当此？"英宗道："朕知道了。"

越日，即以立右丞相拜住，颁诏天下。唯左丞相一缺，不另设人。在英宗的意见，实是倚畀独专，不使掣肘，拜住亦感激图报，首荐张珪，令复为平章政事，并召用旧臣王约、韩从益等，令他食禄家居，每日一至中书省议事。又起吴澄为翰林直学士。澄年已老，因闻拜住求贤若渴，乃杖策入朝。

会英宗命写金字藏经，令左丞速速代传诏旨，饬澄为序，澄瞿然道："主上写经，为民祈福，原是盛举，若用以追荐，臣所未解，如佛氏好言轮回，不过谓善人死去，上通高明，光齐日月，恶人死去，下沦汙秽，微等虫沙。徒侣不明此旨，反谓诵经设醮，可以超荐灵魂。试思我朝的列祖列宗，功德盖世，何用荐拔？且自国初以来，写经追荐，已不知若干次，若谓未效，是为蔑佛；若谓已效，是谓诬祖，是此两难，教臣如何下笔？就使遵旨撰就，也是一时欺人，不能示后，请左丞为我复奏罢！"**至理名言。**

速速据实奏陈，适拜住在侧，便道："吴学士的言语，很是有理，从古以来，帝王得天下，总以得民心为本，失民心便失天下，若徒索虚无，何关实际？梁武帝以佞佛亡国，愿陛下详察！"英宗道："近有人谓佛教可治天下，难道此言不确么？"拜住道："清净寂灭，只可自治；若要治天下，除仁义道德外，殊无他法！陛下试想佛教宗旨，无君臣，无父子，无兄弟夫妇，天下若照此通行，人种都要灭绝，还有什么纲常呢！"剀切详明。英宗道："唐太宗时有魏徵，不愧谏臣，卿亦可算一魏徵了！"拜住道："槃圆水圆，盂方水方，有纳谏的太宗，自有敢谏的魏徵，陛下能从谏如流，台官中不乏忠臣，何止一臣呢！"英宗道："卿言甚善！朕当听卿，所有政务，亦愿卿熟虑慎行！"拜住遵旨而退。

越数日，监察御史盖继元、宋翼，奏言铁木迭儿奸贪负国，生逃显戮，死有余辜！应追夺官爵，籍没家资等语。英宗复问拜住，拜住道："诚如御史等言。"英宗便诏夺铁木迭儿原官，并一切封赠，又令卫士查抄家产，金珠玉帛，价值累万。于是铁木迭儿的遗党，人人自危，朝思夜想，彼筹此划，遂闹出一场天大的逆案。小子有诗咏道：

艾恶宜如艾草严，胡为奸党未全歼？
须知蜂螫犹留毒，一误何堪再误添！

欲知逆案详细，请看下回便知。

英宗之失德，莫如杀观音保等一事。然观音保等之死，实铁木迭儿父子构成之。元自世祖以来，阿合马、卢世荣、桑哥等，相继为奸，累遭显戮。至如铁木迭儿之贪淫怯虐，较阿合马等为尤甚，而乃权宠终身，安死牖下，后虽夺官籍产，而放恣一生，竟逃国法，未始非仁、英二宗之失刑也！拜住专任相职，不可谓不得君，观其任贤去邪，陈善纳诲，亦不可谓不尽忠，然朝右奸党，未尽戮逐，死灰尚且复燃，能保奸党之不肆反噬乎？故本回为英宗君相合传，而褒中寓贬，自有微意，读者可于言外见之，毋徒视作断烂朝报也！

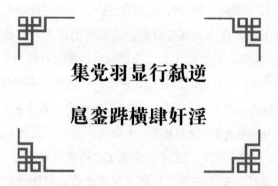

第六回

集党羽显行弑逆
扈銮跸横肆奸淫

　　且说御史大夫铁失，本是铁木迭儿的走狗，尝拜铁木迭儿为义父，自称干儿。至铁木迭儿夺官籍爵，其子锁南亦免职，两人很是怨愤，恨不得将英宗拜住两人，立刻挥去。无如君臣相得，如漆投胶，拜住说一事，英宗依一事，拜住说两事，英宗依两事，铁失、锁南只恐拜住再行奏劾，重必授首，轻必加谴，因此日夜筹谋，时思下手。还有知枢密院事也先铁木儿、大司农失秃儿、前平章政事赤斤铁木儿、前云南平章政事完者、典瑞院使脱火赤、枢密院副使阿散、金书枢密院事章台、卫士秃满及诸王按梯不花、孛罗月鲁不花、曲吕不花、兀鲁思不花及铁失弟索诺木等，统联结一气，伺机待发。巧值英宗幸上都，拜住随去，奸党或从或不从，内外煽谋，势愈急迫。

　　一夕，英宗在行宫，忽觉心惊肉跳，坐立欠安，上床就寝，仿佛似有神鬼在侧，倏寐倏醒。为被弑预兆。自思夜睡不宁，莫非有魔障不成，遂于次日起床，饬左右传旨，命作佛事。拜住闻命，即入奏道："国用未足，佛事无益，请陛下收回成命。"英宗迟疑半晌，方道："不作佛事，也属无妨。"拜住退后，不到半日，又有西僧进奏，略言陛下惊悸，国当有厄，非大作佛事，及普救罪囚，恐难禳灾徼福。英宗道："右相说佛事无益，所以罢休，你去与右相说知，再作计较。"

西僧奉旨，即往与拜住商议。拜住瞋目道："你等专借佛事为名，谋得金帛，这还可以曲恕；唯一作佛事，便赦罪犯，你想朝廷宪典，所以正治万民，岂容你僧徒弄坏？纵庇一囚，贻害数十百人，以此类推，酿恶不少，你等借此敛财，佛如有灵，先当诛殛！我辅政一日，你等一日休想，快与我退去，不必在此晓舌！"

西僧撞了一鼻子灰，便出去通知奸党。原来西僧进言，实是奸党主使，意欲借此赦罪，免得谴戮。偏偏拜住铁面无私，疾词呵斥。那时奸党愤不可遏，齐声呼道："不杀拜住，誓不干休！"铁失时亦在场，便道："你等亦不要瞎闹，须计出万全，方可成功。今日的事情，只杀一个拜住，也恐不能成事，看来须要和根发掘呢！" 恶人除善，唯恐不尽，故小则废主，大则弑君。大众连声道："甚好！这等主子，要他何用？不如并杀了他。"铁失道："去了一个主子，后来当立何人？"这一语却问住众口。铁失笑道："我早已安排定当了！晋王现镇北边，何妨迎立？"大众都齐声赞成。铁失道："晋王府史倒剌沙，与我往来甚密，他子哈散，曾宿卫宫中，我前已令哈散回告乃父，继复使宣徽使探忒密语晋王，诸已接洽，总教大事一成，便可往迎。"大众道："嗣皇已有着落，大事如何行得？"铁失道："闻昏君将回燕京，途次便可行事。好在我领着阿克苏卫兵，教他围住行幄，不怕两人不入我手，就使插翅也难飞去！"言毕，呵呵大笑。大众道："好极！好极！但也须遣人密报，免得临事仓皇。"铁失道："这个自然，我便着人去报便了。"当下派遣斡罗思北行。

斡罗思即日趱程，一行数日，方到晋王府中。闻晋王出猎秃剌，只探忒留着，两下接谈。探忒道："我与倒剌沙已议过数次，倒剌沙很是赞成。只王意尚是未定。"斡罗思道："倒剌沙内史，想伴王同去。"探忒道："是的！"斡罗思道："事在速行，我与你同去见王，何如？"探忒应着，便跑至秃剌地方，入见晋王。

晋王问有何事？斡罗思道："铁御史令我前来，致词王爷，现已与也先铁木儿、失秃儿、哈散等，谋定大事。若能成功，当推立王爷为嗣皇帝！"这语说出，总道晋王笑脸相迎，不意晋王颜色骤变，大声叱道："你敢教我谋死皇侄么？这等奸臣，留他何用，快推出斩讫！"斡罗思被他一吓，身子似杀鸡般抖将起来，但见旁边走过一人，跪禀晋王道："王爷如诛斡罗思，转使皇帝疑为擅杀，不如囚解上都，使证逆谋，较为妥当。"晋王视之，乃是府史别烈迷失，便道："你说得很是！便命你押解去罢。"于是命左右抬过槛车，把斡罗思加上镣铐，推入车内，由别烈迷失，带了卫卒百名，解送上都。

看官欲知晋王为谁？待小子补叙详明。晋王名也孙铁木儿一作伊逊特穆尔系裕宗真金长孙，晋王甘麻剌嫡子。甘麻剌曾封镇漠北，管辖太祖发祥的基址，领四大鄂尔多地，蒙语称为四大斡耳朵。世祖殂时，甘麻剌闻讣奔丧，至上都，拥立成宗。大德二年，甘麻剌殁，子也孙铁木儿袭位，仍镇北边。武宗、仁宗先后嗣立，也孙铁木儿统共翊戴，立有盟书。至是不愿附逆，因囚遣斡罗思赴上都。偏值英宗南还，祸机已发，好好一位英明皇帝，及一个忠良右相，竟被铁失兄弟等害死南坡。*一声河满子。*

原来南坡距上都，约百余里，英宗自上都启跸，必至南坡暂驻。这日夜间，铁失已密命阿克苏卫兵，守住行幄，他即率领奸党，持刀而入。拜住正要就寝，蓦听外面有喧嚷声，即持烛出来，只见铁失弟索诺木，执着明晃晃的刀，首先奔至。拜住厉声喝道："你等意欲何为？"言未已，索诺木已抢前一步，手起刀落，将拜住持烛的右臂，剁落地上，拜住大叫一声，随仆于地，逆党乘势乱砍，眼见得不能活了。拜住已死，铁失复带着逆党，闯入帝寝。英宗时已就卧，闻声方起，正在披衣下床，逆党已劈门而入。英宗忙叫宿卫护驾，谁知卫士统不知去向，那罪大恶极的铁失，居然走至榻前，亲自动手，把刀一挥，将英宗杀死。英宗在位三年，年仅二十一，天姿明睿，史称他刑戮太严，奸党畏诛，因构大变。小子以为铁失、锁南早罹罪案，若英宗先已加诛，便是斩草除根，难道还能图变么？这是史官论断太偏，不足凭信。*小说中有此评笔，方合历史演义本旨。*

这且休表，且说铁失等已杀了拜住，弑了英宗，便推按梯不花、也先铁木儿为首，奉着玺绶，北迎晋王也孙铁木儿。也孙铁木儿闻着此变，一时不好究治逆党，就在龙居河即克鲁伦河旁，设起黄幄，受了御宝，先即皇帝位，布告天下。这诏敕却用蒙文，很足发噱，抄录如下道：

薛禅皇帝！*蒙语尊称，世祖为薛禅皇帝，薛禅云者，聪明天纵之谓。*可怜见嫡孙裕宗皇帝长子，我仁慈甘麻剌爷爷，根底封授晋王，统领成吉思皇帝四个大斡耳朵，及军马达达达即鞑子。国土都付来，依着薛禅皇帝圣旨，小心谨慎。但凡军马人民的，不拣甚么勾留里，遵守正道行来的。上头数年之间，百姓得安业，在后完泽笃皇帝，蒙语称成宗为完泽笃皇帝，完泽笃者，有寿之谓。教我继承位次，大斡耳朵里委付了来，已委付了的大营盘看守着。扶立了两个哥哥，曲律皇帝，蒙语称武宗为曲律皇帝，曲律者，杰出之谓。普颜笃皇帝，蒙语称仁宗为普颜笃皇帝，普颜笃者有福之谓。侄硕德八剌皇帝。我累朝皇帝根底，不谋异心，不图位次，依次本分，与国家出气力行来。诸王兄弟每，众百姓每，也都理会的也者。今我侄的皇帝，升天了也么，道迤南诸王大臣军士的，诸王驸马臣僚达之百姓每，众人商量著大位次不宜久虚，惟我是薛禅皇帝嫡派，裕宗皇帝长孙，大位次里合坐体例有，其余争立的哥哥兄弟也无有。这般晏驾，其间比及整治以来，人心难测，宜安抚百姓，使天下人心得宁，早就这里即位。提说上头，从著众人的心，九月初四日，于成吉思皇帝的大斡耳朵里大位次里坐了也，交众百姓每心安的，上头赦书行有。此诏录诸《元史》，系是蒙文，原底未曾就译，故有数语在可解不可解之间，中国近日欲通行白话，恐其弊亦必至此，迁乔入谷，令人不解！

是日，即命也先铁木儿为中书右丞相，倒剌沙为中书平章政事，铁失知枢密院事，余如失秃儿、赤斤铁木儿、完者秃满等，俱授官有差。晋王初因斡罗思，遣别烈迷失首告逆谋，可谓守正不亏，及闻英宗遇弑，不思入朝讨贼，即受玺践位加封逆党，是毋亦利令智昏耶！当下遣使赴上都，祭告天地宗庙社稷；一面令右相也先铁木儿准备法驾，调集侍从，择日启程，向京师进发。

也先铁木儿自恃功高，又得大位，心中欣慰异常，便致书铁失，教他前来迎驾。铁失以京师重地，不便轻离，彼非有意留守，实是固位希宠。只遣完者、锁南、秃满等，驰奉贺表，且表欢迎。完者等到了行在，谒见嗣皇，奉谕优奖，喜得心花怒开，欢跃得很！慢着！至与也先铁木儿相见，彼此道贺，大家都说铁失妙策，赞扬不尽。也先铁木儿掀着短须道："老铁的功劳，原是不可没的；但非我帮助老铁，恐怕老铁也不能成事的。况现在的嗣皇帝，前已因解斡罗思，拟告逆谋，后来我奉着玺绶，驰到此处，他还出言诘责，亏我把三寸妙舌，说得面面俱到，方得他应允即位，各给封赏，列位试想，我的功绩，比老铁何如？"言毕，呵呵大笑。完者等本是拍马长技，至此见也先铁木儿位居首辅，权势烜赫，乐得见风使舵，曲意奉承，且齐声说的是"全仗栽培"四字。那时也先铁木儿笑容可掬道："诸君是我知己，我在位一日，总界诸君安乐一日，富贵与共，子女玉帛亦与共，诸君以为好否？"你的相位，不过数日可保，奈何？完者等复连声称谢。也先铁木儿便命摆酒接风，大家吃得酩酊大醉，方才散去。

越数日，车驾扈从等，都已备齐，就禀闻嗣皇帝，启跸登程。沿途侍卫人员，统归也先铁木儿节制，跋山涉水，不在话下。只也先铁木儿行辕，比嗣皇帝的行幄，几不相上下。所有命令，反较嗣皇帝为尊严。看官试想：这时的也先铁木儿，你道他荣不荣呢，乐不乐呢？*层层翻跌，亦文中蓄势之法。*

既到上都，留守官吏，都出城迎接，谒过嗣皇帝，复谒右丞相，也先铁木儿只在马上点首。*写尽骄态。*入城后，免不得有一番筵宴。嗣拟留驻数日，再行启銮。上都旧有行宫，及中书行省各署，彼此都按着职掌，分班列居。是时正当秋暮，气候本尚未严寒，偏是年格外凛冽，朔风猎猎，雨雪霏霏，官吏拥着重裘，尚觉冷入肌骨。大宁、蒙古等地方，尤为奇冷，牛羊驼畜等，大半冻毙。*疑是小人道长之兆。*嗣皇帝念切民依，令发京米赈饥。朔方正在施赈，南方又报水灾，漳州、南康诸路，霪雨连旬，洪波泛滥，庐舍漂没，不计其数。当由中书省循例请赈，即奉旨照准，帝泽虽是如春，百姓终难全活。独也先铁木儿意气自豪，毫不把民生国计，系在心上，镇日里围炉御冷，饮酒陶情。

一日天气少暖，与完者、锁南等，并仆役数人，出门闲逛。只见盈山皆白，淡日微红，一片萧飒景象，无甚悦目。约行里许，愈觉寒风侵袂，景色苍凉。也先铁木儿便道："天寒得很，不如回去罢！"完者等自然遵谕，便循原路回来。将到门首，忽有两舆迎面而至，当先的舆内，坐着一位半老佳人，红颜绿鬓，姿色未衰，也先铁木儿映入眼波，已是暗暗喝采。随后的舆中，恰是一个娉婷妙女，艳如桃李，嫩若芙蕖，望将过去，差不多是破瓜年纪，初月丰神。便失声道："好一个女郎！不知是谁家掌珠？"

锁南道："何不问他一声！"完者即命仆役，询问舆夫，舆夫答是朱太医家眷。也先铁木儿闻着，也只好站住一旁，让他过去。一面低语完者道："想她们总是母女，若得这般佳人，作为眷属，也不枉虚过一生了！"完者道："相爷的权力，何事不可行？"也先铁木儿道："难道去抢劫不成？"完者道："这亦何妨！"也先铁木儿道："她是宦家妻女，比不得一个平民，如何可以抢劫？"*难道平民的妻女，便可抢劫么？*锁南道："朱太医是一个微员，相爷若取他女为妾，还是把他赏收哩！"完者道："我却去问他允否？再作计较。"也先铁木儿道："也好！"

完者即领着仆役，抢前数步，喝舆夫停舆。舆夫尚不肯从，偏如虎如狼的仆役，将舆揪住，口称相爷有命，教你回舆，你敢不从么？舆夫无奈，把舆抬转至中书省门前，勒令停住，叫妇女二人下舆，吓得朱家母女，呆坐无言，只簌簌的乱抖。完者道："装什么妇女腔？相爷要女郎为妾，你等快即下舆！"二人仍是坐着，完者叱仆役道："快拽她出来！"仆役闻言，就一齐动手，把母女两人拽出，送入也先铁木儿寝所。*也先铁木儿，并未命他强取，由完者等助成之，可见助纣为虐，罪尤甚于桀也。*遂随也先铁木儿入门，并拱手作贺道："相爷今日入温柔乡，明日要赏我等一杯喜酒哩！"

也先铁木儿道："事已如此，倘她母女不从，奈何？"完者、锁南齐声道："相爷这么权力，不能制此妇女，如何可以制人？"说得也先铁木儿无词可答。二人遂告别欲行，也先铁木儿道："且慢，你等且为我劝此母女，何如？"完者奉命入也先铁木儿寝室，好一歇，方出来道："她母女并不发言，想已是默许了！我等且退，何必在此观戏。"当下挈锁南手，与也先铁木儿告别。

也先铁木儿送出两人，竟入寝室，来视朱太医妻女。但见她二人相对坐着，玉容惨澹，珠泪双垂，不由得淫兴勃发，竟去抱这少女。谁知少女未曾入怀，面上已扑的一声，竟着了一掌。正是：

> 弑逆已难逃史笔，奸淫尚不顾刑章。

毕竟掌声从何而来？且至下回续叙。

英宗之被弑，人以为英宗之过严，吾以为英宗之过宽，其评已见上回。惟晋王即位，不先声明讨贼，且令也先铁木儿为首相，试思彼能弑英宗，独不能弑自己乎？且自漠北入上都，一切命令，皆出也先铁木儿之手，以致威权愈甚，肆意妄行，甚至太医家眷，亦可强拽入门，恣情奸宿，前如阿合马、卢世荣等，尚不若此凶横。国家愈衰，奸恶愈滋，读史者能无废书三叹乎！虽然，弑君之罪，尚可幸逃，强奸之罪，亦奚悍乎？大憝不诛，天下固无宁日也。

第七回

正刑戮众恶骈诛
纵奸盗百官抗议

却说也先铁木儿欲拥着少女寻欢，面上忽被击一掌。这掌非少女所击，乃是这半老佳人，旁击过来的。当下恼了也先铁木儿，出外呼婢媪多人，将她母女褫去衣裳，赤条条地系住床上，覆以重衾。一面煨着炉炭，借御寒气，一面煮着春酒，狂饮了几大觥。乘着酒兴，揭被探娇，先采老阴，后及少阴。朱家母女没法可施，口中虽是痛詈，奈身子不得动弹，只好任他淫污。事毕，就覆衾拥卧，呼呼地睡去了。*令人发指。*

次日起床，仍把她母女系住不放，只令侍媪强给饮食。到了晚间，依着昨夕的老法儿，复去奸淫两次。可怜这朱家母女，求生不得，求死不能，满望朱医设法相救，谁知望眼将穿，毫无音耗。只见这穷凶极恶的奸贼，日夕淫媟，直至三日将尽，方有侍媪进来，令母女穿好衣服，把她梳洗，拥出省门，勒上便舆，由舆夫抬还朱家去了。看官，试想朱家母女，得邀释放，不是朱太医从中运动，哪里有这般容易。原来朱太医闻妻女被留，早知情势不佳，先至中书省中，挽人设法，一些儿没有效果，转身去吁请留守。留守以新皇继统，方宠任也先铁木儿，不便在虎头搔痒。况他是随驾大臣，扈从人员，统归节制，亦非留守所得越俎劾奏，因此反劝朱太医得休便休，省得弄巧成拙。*此何事也，乃便休乎！* 朱太医焦急万分，抓头挖耳的思想，竟没有头路可钻。哪里晓得天道祸淫，奸人数绝，竟来了一个大大的救星，不但拔出朱太医妻女，并且将元恶大憝，及一班狐群狗党，尽行伏法！这也是绝大的快事。**好笔仗。**那位救星恰是何人？乃是元朝宗室中一位王爷，名叫买奴。**一作满努**这买奴前曾随着英宗，自上都扈跸还京。至南坡变起，买奴孤掌难鸣，竟奔投晋邸，愿效力讨逆。偏晋王急于嗣位，将讨逆事暂搁不提，且命他在晋邸中，收拾简牍等件，自己启跸先发。及新皇帝寓上都，他方趱程到京。朱太医曾与相识，忙去谒见，求他怜救妻女。买奴闻言，不由得怒发冲冠，指天示朱太医道："我誓不与逆贼共戴此天！你回去候着消息，待我入见新帝，总有回报。"朱太医拜谢欲去，买奴复道："奸淫事尚小，弑逆事实大，我为你计，亦不应说及奸淫，且与你面子上，亦过不下去，不如仍从讨逆入手，方好一网打尽哩。"**买奴计划，很是妥当。**朱太医道："全凭大力！"于是朱医归家，买奴入觐。经新皇帝慰劳毕，买奴乞屏去左右，以便密陈。新帝照准，立命侍从退出，买奴遂密启道："陛下嗣位，应天顺人，奈何命也先铁木儿作为首相呢？"新帝道："他有奉玺的功劳，所以命为右相。"买奴道："他若可自立为帝，早已黄袍加身了，还肯来奉玺么？他与奸贼铁失，合谋图逆，共弑英宗，陛下首宜把他正法，方觉名正言顺哩！"新帝默然不答，买奴道："逆贼等忍弑先皇，岂真愿事陛下？他因陛下前镇漠北，恐声罪致讨，无术自全，所以奉上玺绶，请驾入都。若权归他手，陛下转成傀儡，此后一举一动，反被逆党所制，他得安享荣利，陛下反蒙恶名，天下后世，将疑陛下为篡国哩！"**理正词醇，真好口才。**新帝愕然道："朕何尝有心篡逆？据汝说来，是朕且为彼受过，朕亦不得不急图讨逆了！"买奴道："前后左右，多是逆贼心腹，陛下既决意讨逆，事不宜迟，便在今夕，休使他狗急跳墙！"新帝道："甚善，劳汝替朕拿斩逆党。"买奴请即书诏。新帝即手写数行，给了买奴，并命遣晋邸卫兵，即夕前拿也先铁木儿等。买奴趋出，立即召集卫士，至中书省。此时也先铁木儿，已有人报知买奴密奏状，他只道是奸淫事泄，但发放朱医妻女，勒令归家，便好消灭证据，洗释罪恶；且可劾奏买奴诬妄，反坐罪名。因此将朱家母女逼归后，把酒浇愁，从容自在。**偏偏不由你算，奈何？**买奴率着卫士，急驰而入，见他兀坐自斟，便笑着道："右相在此独酌么？何不令朱医妻女陪饮，格外欢畅哩！"也先铁木儿起座，佯作惊讶道："王爷说什么？何来朱医妇女，休要含血喷人！"买奴道："朱家事不遑追究，有旨拿你逆贼！"也先铁木儿道："我是保主功臣，何贼可言！

敢是你思谋逆么?"买奴道:"我不暇与你辩论,叫你去见先皇罢!"随喝令卫士快行动手。也先铁木儿尚欲抵拒,怎禁得卫士齐上,把他反翦起来,上了镣械,牵出省门,一面将完者、锁南、秃满等尽行拿到。也先铁木儿请入见嗣皇,面陈委曲。买奴道:"你是先皇的旧臣,应在先皇前自伏,何必再觐新帝!"当下设着御案,上供先皇帝灵牌,令也先铁木儿等,就案跪着,然后由买奴朗声宣诏道:

也先铁木儿、完者、锁南、秀满等,合谋弑逆,神人共愤,饬王买奴带领卫卒,即夕密拿。该逆等凶恶昭彰,罪在不赦;拿住后,着即斩首以谢天下,毋庸再鞫!

宣诏毕,即将也先铁木儿等绑出,一声炮响,刽子手刀随声落,统是身首两分!何苦为恶。当下奏闻新帝,遂改命宣政院使旭迈杰为中书右丞相,陕西行中书左丞秃鲁,及通政院使纽泽,并为御史大夫,速速为御史中丞,并令旭迈杰、纽泽率兵至京师,搜除逆党。旭迈杰恐铁失在京,抗命作乱,遂亶夜前进,既到京城,先遣使人报铁失,暨失秃儿、赤斤铁木儿、脱火赤、章台等,令他出城迎驾。铁失等曾邀封赏,至此不防有诈,便坦然出迎。旭迈杰、纽泽早已密嘱兵士,令他列队站着。待铁失等下骑相见,便命跪听诏敕。当由旭迈杰宣诏道:

先皇帝御宇三年,未闻失德,而铁失、也先铁木儿等,敢行大逆,竟有南坡之变,骇人听闻!朕因诸王大臣推戴,嗣登宸极,若非首除奸恶,既无以妥先帝之灵,并无以泄天下之愤,为此甫抵上都,即将也先铁木儿等,声罪正法。唯在京逆党,如铁失辈,尚逍遥法外,特命中书右丞相旭迈杰,御史大夫纽泽,率兵到京,立将铁失、失秃儿、赤斤铁木儿、脱火赤、章台等,拿下正法,余如逆党爪牙,亦饬令旭迈杰、纽泽,彻底查拿,毋得瞻徇,应加刑法,候复奏定议。

铁失等听着旭迈杰宣诏,开口便抬出先皇帝三字,已是魂魄飞扬;及读到"拿下正法"四字,越吓得心惊胆战,意欲起身逃窜,只见两边排着卫士,好似天罗地网一般,插翅难飞。旭迈杰读罢诏敕,即叫卫士过来,将铁失等除去冠带,命即正法。霎时间头都落地,数道灵魂,入阿鼻地狱中去了。若有地狱,当为此辈特设。

铁失等既伏诛,旭迈杰即刻进城。搜拿诸王月鲁不花、按梯不花、曲吕不花、孛罗兀鲁思不花及铁失弟索诺木,一并发交法司,并查得御史台经历朵儿只班、御史撤儿塔罕、兀都蛮郭、也先忽都等,素依附铁失,朋比为奸,遂并行奏复。月鲁不花等拟赐死,朵儿只班等拟充戍,至复诏到来,俱减罪一等,拟赐死的减为充戍,拟充戍的减为免官。

时中书平章政事张珪,闻得此诏,独勃然道:"国法上强盗不分首从,发冢伤尸者亦死;索诺木尝从弑逆,亲斫丞相拜住右臂,乃反欲保他生命么?"遂缮就奏牍,遣陈行在,略称贼党不宜逭诛,索诺木加刃故相,亲与逆谋,乞速付显戮以快人心等语。于是新帝准奏,即将索诺木枭首,流月鲁不花于云南,按梯不花于海南,曲吕不花于奴儿干,孛罗及兀鲁思不花于海岛,朵儿只班等皆褫职为民,一场逆案,总算处置明白,内外肃清。

新帝乃启驾入京,亲御大明殿,受诸王百官朝贺。礼成,追尊皇考晋王为皇帝,庙号显宗,皇妣弘吉剌氏为宣懿淑圣皇后。嗣复上先皇尊谥为睿圣文孝皇帝,庙号英宗。拟定次年改元,号为泰定元年。

台官复奏言曩时铁木迭儿专政,诬杀杨朵儿只、萧拜住、贺伯颜、观音保、锁咬儿哈的迷失,杖审李谦亨成珪,罢免王毅、高昉、张志弼,天下咸知蒙冤,请旨昭雪。随即颁诏,命存者召还录用,死者赠官有差。旭迈杰又上言逆党作乱,诸王买奴赶赴晋邸,愿效死力,且言不除元凶,陛下美名不著,天下后世,无从察知。圣衷嘉纳,屡承奖谕,令臣等考察懿戚,能自拔逆党,为国效忠,莫如买奴一人,应加封赏以示激劝。因此买奴将赏泰宁县五千户,受爵泰宁王。又颁赏讨逆功臣,赐旭迈杰金十锭,银三十锭,钞七十锭;倒剌沙为中书左丞相;倒剌沙曾与铁失密议,理应加罪,胡反得迁擢,其私可知!知枢密院事马某沙,御史大夫纽泽,宣政院使锁秃,应加授光禄大夫,各赐金银钞有差;追赠故丞相拜住为太师,爵东平王,谥忠献,称为清忠一德功臣,授其子答儿麻失里为宗仁卫亲军都指挥使,赏功录旧,恤死褒生,泰定初政,人民称美。转瞬间已是元年,小子因新帝殁后,木得立谥,史家亦称为泰定帝,所以后此称帝,我亦云然。上文统称新帝,与前数帝继位时名号不同,即是此意。元夕御殿,朝贺礼仪,悉如旧制,不必赘述。唯敕诸王各还本部,并召还图帖睦尔于琼州,阿木哥于大同。会浙江行省左丞赵简，能开经筵，及择师傅，令太子及诸王大臣子孙受学，泰定帝乃命平章政事张珪，翰林学士承旨忽都儿都鲁迷失，学士吴澄，集贤直学士邓文原，以《帝范》《资治通鉴》《大学衍义》《贞观政要》等书，指日进讲。一面册定皇后弘吉剌氏，名叫巴巴罕。**特书其名，一正《元史本纪》误名为氏之讹，一正后来下嫁燕帖木儿之罪。**并立皇子阿速吉八一作阿苏奇布为皇太子。册立之日，天大风雨，四面晦霾，官民颇为惊愕。**已兆不祥。**泰定帝不以为意，复选了两个丽妹，作为妃嫔，一名必罕，一名速哥答里，皆出弘吉剌氏，且系一对姊妹花。父名买住罕，曾封衮王，这且按下慢表。**都为后文埋根。**

且说泰定帝即位改元后，有事太庙，忽然庙内神主，失去两座，一是仁宗神主，一是仁宗后神主。先是太常博士李好文，曾建议在庙神主，应用木制，不宜金饰，所有金玉祭器，须贮诸别室，免致遗失等语。无如元代定制，神主概制以金，当时以李博士议论近迂，不足采用，况且宗庙社稷，各有守官，何人敢来盗窃，因此率由旧章，并未改革。至此竟有神主被盗一事，当令守京各官，派捕缉获，偏偏追索十日，毫无赃证。监察御史宋本、赵成庆、李嘉宾等，奏言盗窃太庙神主，由太常守卫不谨，应即议罪。奏入不报。是时参知政事马剌，兼领太常礼仪使，且有升迁左丞消息。恼动了平章政事张珪，抗言太常奉守宗祐，责有攸归，今神主被窃，应待罪而反迁官，赏罚不明，纪纲倒置，上何以谢祖灵，下何以惩盗风，应持以宸断，严核功过，方可报本追远，黜贪惩邪。这数语说得详明痛切，总道泰定帝准词究办，不料待了数日，也无批敕，只马剌升迁事，才算打消。

还有武备卿即烈，故太尉不花，受家吏撒梯贿托，强收寡妇古哈。古哈系郑国宝妻，曾为命妇。国宝死后，遗产颇多，撒梯阴加艳羡，且见古哈尚在中年，自己又值丧偶，遂浼人往讽古哈，劝她再醮。古哈以门阀相沿，颇欲守节，拒绝不从。偏这撒梯贪财恋色，定欲取她到手，就去请托即烈、不花两人，硬行出头，逼她改嫁撒梯。古哈仍不肯允，即烈等骑虎难下，诈称奉旨令古哈再嫁。**逼令再嫁之旨，虽是诈传，然亦由元代之不尚节烈，致有此弊。**看官！你想古哈是一介孀妇，哪里抗得过圣旨？只好除了丧服，改着艳装，乘舆至撒梯家，与他成婚。**何不就死，但死节最难，到欢娱时，或亦感念帝德。**撒梯得了古哈，欢爱非常，并将她家人畜产，一并取来。偏台官不肯玉成，竟尔据实陈奏，**殊杀风景。**并劾即烈、不花矫旨的罪状，有旨令刑部讯鞫。即烈、不花无从图赖，暗中恰向左丞相倒剌沙处，奉送金银钞若干，托他挽回。果然钱神有灵，可以买命，不消两日，竟下了一道赦诏，只说是世祖旧臣，加恩贷罪。

又有辽王脱脱，镇守辽东，乘泰定帝新立，颁诏大赦以前，竟报复私仇，妄杀亲王妃主百余人，占夺羊马畜产。经台官奏请废徙，亦不见报。会值山崩地震，雷迅风烈诸灾异，泰定帝只令番僧大作佛事，以期禳解。且令在寿安山寺，集僧讽经，约以三年，自己却巡幸上都，备驾前去。于是平章政事张珪，邀集枢密院御史台翰林集贤两院官，会议时弊，决计谏诤。适上都亦有诏到来，戒饬百官，并命大都守臣，详言利病，各官遂公推张珪主稿。珪正满怀痛愤，即草就数千言，成了一篇旷前绝后的大奏章，拟亲至上都面奏。大众见了，无不称为大手笔，小子有诗咏道：

> 事君无隐由来久，千古争传谏士言。
> 留得一编遗草在，大元久邈直声存。

欲知奏疏中如何措词，待下回觍缕陈明。

泰定帝至上都，从买奴之请，诛也先铁木儿等，看似锄凶罚恶，足快人心，实则仍为一己计，欲自免助逆之名，不得不讨除逆党。《春秋》之法法在诛心，桃园之弒，史书赵盾，泰定帝虽稍差一间，其心固不可问也。况倒剌沙亦与逆谋，卒因前时私宠，不加其罪，反擢其官；盗神主者得逃法外；逼再嫁者且恕罪名；藩王有辜不之问；佛事屡修不之省，种种失政，安知不由倒剌沙辈，从中蛊惑乎？是回叙述，已将泰定帝之心迹，揭明纸上，史称其能守祖宪，号称治平，岂其然乎！

第八回

众大臣联衔入奏
老平章嫉俗辞官

却说平章政事张珪，既拟就奏稿，出示百官，由员外郎宋文瓒，代读奏稿，其词云：

国之安危，在乎论相。昔唐玄宗前用姚崇、宋璟则治，后用李林甫、杨国忠，天下骚动，几致亡国，虽赖郭子仪诸将，效忠竭力，克复旧物，然自是藩镇纵横，纪纲亦不复振矣。良由李林甫妒害忠良，布置邪党，奸惑蒙蔽，保禄养祸所致，死有余辜。如前宰相铁木迭儿，奸狡险深，阴谋丛出，专政十年，凡宗戚忤已者，巧饰危间，阴中以法，忠直被诛，窜者甚众。始以脏败，谄附权奸失烈门，及璧幸也里失班之徒，苟全其生。寻任太子太师。未几仁宗宾天，乘时幸变，再入中书。当英庙之初，与失烈门等恩义相许，表里为奸，诬杀萧、杨等以快私怨，天讨元凶，失烈门之党既诛，坐邀上功，遂获信任。诸子内布宿卫，外据显要，蔽上抑下，杜绝言路，卖官鬻狱，威福已出，一令发口，上下股栗，稍不附己，其祸立至，权势日炽，中外寒心。由是群邪并进，如逆贼铁失之徒，名为义子，实其腹心，忠良屏迹，坐待收系，先帝悟其奸恶，仆碑夺爵，籍没其家，终以遗患，构成弑逆。其子锁南，亲与逆谋，所由来者渐矣。虽剖棺戮尸，夷灭其家，犹不足以塞责。今复回给所籍家产，诸子尚

45

在京师，夤缘再入宿卫，世祖时，阿合马贪残败事，虽死犹正其罪，况如铁木迭儿之奸恶者哉！臣等宜遵成宪，仍籍铁木迭儿家产，远窜其子孙于外郡，以惩大奸。

君父之仇，不共戴天，所以明纲常，别上下也。铁失之党，结谋弑逆，君相遇害，天下之人，痛心疾首，所不忍闻，比奉旨以铁失之徒，既伏其辜，诸王按梯不花、李罗、月鲁不花、曲吕不花、兀鲁思不花，亦已流窜，逆党胁从者众，何可尽诛，后之言事者，其勿复举。臣等议古法弑逆，凡在官者杀无赦，圣朝立法，强盗劫杀庶民，其同情者犹且首从俱罪，况弑逆之党，天地不容，宜诛按梯不花之徒以谢天下。

书曰：唯辟作福，唯辟作威，臣无有作福作威。臣而有作福作威，害于而家，凶于而国。盖生杀予夺，天子之权，非臣下所得盗用也。辽王脱脱，位冠宗室，居镇辽东，属任非轻。国家不幸有非常之变，不能讨贼，而乃觊幸赦恩，报复仇怨，杀亲王妃主百余人，分其羊马畜产，残忍骨肉，盗窃主权，闻者切齿。今不之罪，乃复厚赐放还，仍守爵土，臣恐国之纪纲，由此不振，设或效尤，何法以治。且辽东地广，素号重镇，若使脱脱久居，彼既纵肆，得无忌惮；况令死者含冤，感伤和气，臣等议累朝宪典，闻赦杀人，罪在不原，宜夺削其爵土，置之他所，以彰天威。

刑以惩恶，国有常宪。武备卿即烈，前太尉不花，以累朝待遇之隆，俱致高列，不思补报，专务奸欺，诈称奉旨，令撒梯强收郑国宝妻古哈，贪其家人畜产，自恃权贵，莫敢如何，事闻之官，刑曹逮鞫服实，竟原其罪，辇毂之下，肆行无忌，远在外郡，何事不为！夫京师天下之本，纵恶如此，何以为政？古人有言："一妇衔冤，三年不雨。"以此论之，即非细务。臣等议宜以即烈、不花，付刑曹鞫之中卖宝物，世祖时不闻其事，自成宗以来，始有此弊。分珠寸石，售直数万，当时民怀愤怨，台察交言。且所酹之钞。率皆天下穷民膏血，锱铢取之，从以箠挞，何其用之不吝！夫以经国有用之宝，而易此不济饥寒之物，是皆时贵与斡脱中宝之人，妄称呈献，冒给回赐，高其直且十倍。蚕蠹国财，暗行分用，如沙不丁之徒，顷以增价中宝事败，具存吏牍。陛下即位之初，首知其弊，下令禁止，天下欣幸。臣等比闻中书，乃复奏给累朝未酬宝价四十余万锭，较其元直，利已数倍。有事经年远者，计三十余万锭。复令给以市舶番货。计今天下所征包银差发，岁入止十一万锭，已是四年征入之数，比以经费弗足，急于科征。臣等议番舶之货，宜以资国用，纾民力，宝价请俟国用饶给之日议之。

太庙神主，祖宗之所妥灵。国家孝治天下，四时大祀，诚为重典。比者仁宗皇帝皇后神主，盗利其金而窃之，至今未获，斯乃非常之事，而捕盗官兵，不闻杖责。臣等议庶民失盗，应捕官兵，尚有三限之法，监临主守，倘失官物，亦有不行知觉之罪。今失神主，宜罪太常，请拣其官属免之。

国家经费，皆出于民。量入为出，有司之事。比者建西山寺，损军害民，费以亿万计，刺绣经幡，驰驿江浙，逼迫郡县，杂役男女，动经年岁，穷奢致怨。近诏虽已罢之，又闻奸人乘间，奏请复欲兴修，流言喧播，群情惊骇。臣等议宜守前诏。示民有信，其创造刺绣事，非岁用之常者悉罢之。

人有怨抑，必当昭雪，事有枉直，尤宜明辨。平章政事萧拜住，中丞杨朵儿只等，枉遭铁木迭儿诬陷，籍其家以分赐人，闻者嗟悼。比奉明诏，还给原业，子孙奉祀家庙，修葺苟完，未及宁处，复以其家财仍赐旧人，止酬以直，即与再雁断没无异。臣等议宜如前诏，以原业还之，量其直以酬后所赐者，则人无冤愤矣。

德以出治，刑以防奸。若刑罚不立，奸宄滋长，虽有智者，不能禁止。比者也先铁木儿之徒，遇朱太医妻女，过省门外，强拽以入，奸宿馆所。事闻有司，以扈从上都为解，竟勿就鞠。元恶虽诛，羽翼未戢。臣等议宜遵世祖成宪，凡助恶为虐者，悉执付有司鞠之。臣等又议天下囚系，不无冤滞，方今盛夏，宜命省台选官审录，结正重刑，疏决轻系，疑者申问详谳。

边镇利病，宜命行省行台，体究兴除。广海镇戍卒更病者给粥食药，力死者人给钞二十五贯，责所司及同乡者归骨于其家。岁贡方物有常制，广州东莞县大步海，及惠州珠池，始自大德元年，奸民刘进、程连言利，分蜑户七百余家官给之粮，三年一采，仅获小珠五六两，入水为虫鱼伤死者众，遂罢珠户为民。其后同知广州路事塔察儿等，又献利于失列门，创设提举司监采。廉访司言其扰民，复罢归有司。既而内正少卿魏暗都剌，冒启中旨，驰驿督采，耗廪食，疲民驿，非旧制，请悉罢遣归民。

善良死于非命，国法当为昭雪。铁失弑逆之变，学士不花，指挥不颜忽里，院使秃古思，皆以无罪死，未得褒赠。铁木迭儿专权之际，御史徐元素以言事锁项死东平，及贾秃坚不花之属，皆未申理。臣等议宜追赠死者，优叙其子孙，且命刑部及监察御史体勘，其余有冤抑者具实以闻。

政出多门，古人所戒。今内外增置官署，员冗俸滥，白丁骤升，出身入流，壅塞日甚，军民俱蒙其害。夫为治之要，莫先于安民，安民之道，莫急于除滥费，汰冗员。世祖设官分职，俱有定制。至元三十年以后，改升创设，日积月增，虽尝奉旨取勘减降，近侍各私其署，夤缘保禄，姑息中止。至英宗时，始锐然减罢崇祥寿福院之属十有三署，徽政院断事官江淮财赋之属六十余署，不幸遭罹大故，未竟其余。比奉诏凡事悉遵世祖成宪，若复寻常取勘调虚文，延岁月必无实效，即与诏旨异矣。臣等议宜敕中外军民，署置官吏，有非世祖之制，及至元三十年已后，改升创设员冗者，诏至日悉减除之。

自古圣君，唯诚于治政，可以动天地，感鬼神，初未尝徼福于僧道，以厉民病国也。且以至元三十年言之，醮事佛事之目，止百有二，大德七年，再立功德使司，积五百有余。今年一增其目，明年即指为例，已倍四之上矣。僧徒又复营干近侍，买作佛事，自称特奉传奉，所司不敢致问，供给恐后。夫佛以清净为本，不奢不欲，而僧徒贪慕货利，自违其教，一事所需，金银钞币，不可数计，岁用钞数千万锭，数倍于至元间矣。凡所供物，悉为己有，布施等钞，复出其外，生民脂膏，纵其所欲，取以自利，畜养妻子，彼既行不修洁，适足亵慢天神，何以邀福？比年佛事愈繁，累朝享国不永，致灾愈远，事无应验，断可知矣。臣等议宜罢功德使司，其在至元三十年以前，及累朝忌日醮祠佛事名目，止令宣政院主领修举，余悉减罢。近侍之属，并不得巧计擅奏，妄增名目。若有特奉传奉，从中书复奏乃行。

古今帝王治国理财之要，莫先于节用。盖侈用则伤财，伤财必至于害民。国用匮而重敛生，如盐课增价之类，皆足以厉民矣。比年游惰之徒，妄投宿卫部属，及官者女红太医阴阳之属，不可胜数。一人收籍，一门蠲复，一岁所请衣马刍粮，数十户所征入，不足以给之，耗国损民，莫此为甚。臣等议诸宿卫宦女之属，宜如世祖时支请之数给之，余悉简汰。

阔端赤牧养马驼，岁有常法，分布郡县，各有常数。而宿卫近侍，委之仆御，役民放牧，始至即夺其居，俾饮食之，残伤桑果，百害蜂起，其仆御四出，无所拘钤，私鬻刍豆，瘠损马驼。大德中始责州县正官监视，盖暖棚团槽枥以牧之。至治初复散之民间，其害如故。监察御史及河间路守臣屡言之。臣等议宜如大德团槽之制，正官监临，阅视肥瘠，拘钤宿卫仆御，著为令。

兵戎之兴，号为凶器，擅开边衅，非国之福。蛮夷无如，少梗王化，得之无益，失之无损。至治三年，参卜郎盗劫杀使臣，利其财物而已，至用大师，期年不戢，伤我士卒，费国资粮。臣等议好生恶死，人之恒性，宜令宣政院督守将，严边防，遣良使抵巢招谕，简罢冗兵，明敕边吏，谨守御，勿生事，则远人格矣。天下官田岁入，所以赡卫士，给戍卒。自至元三十一年以后，累朝以是田分赐诸王公主驸马，及百官宦者寺观之属，遂令中书酬直海漕，虚耗国储。其受田之家，各任土著，奸吏为赃官，催甲斗级，巧名多取，又且驱迫邮传，征求饩廪，折辱州县，闭偿逋负。至仓之日，变鬻以归，官司交恣，农民窘窜。臣等议惟诸王公主驸马寺观，如所与公主桑哥剌吉，及普安三寺之制输之公廪，计月直折支以钞，令有司。兼令输之省部，给之大都。其所赐百官及宦者之田，悉拘还官著为令。

国家经费，皆取于民。世祖时，淮北内地，唯输丁税。铁木迭儿为相，专务聚敛，遣使括勘两淮、河南田土，重并科粮，又以两淮、荆襄沙碛，作熟收征，徽名兴利，农民流徙。臣等议宜如旧制，止征丁税，其括勘重并之粮，及沙碛不可田亩之税悉除之。世祖之制，凡有田者悉役之民，典卖田随收入户。铁木迭儿为相，纳江南诸寺贿赂，奏令僧人买民田者，毋役之以里正主首之属，逮今流毒细民。臣等议唯累朝所赐僧寺田，及亡宋旧业，如旧制勿征；其僧道典买民田，及民间所施产业，宜悉役之著为令。

僧道出家，屏绝妻孥，盖欲超出世表，是以国家优视，无所徭役。且处之官寺，宜清净绝俗为心，诵经祝寿。比年僧道，往往畜妻子无异常人。如蔡道泰、班讲主之徒，伤人逞欲，坏教干刑者，何可胜数？俾奉祠典，岂不衰天渎神！臣等议僧道之畜妻子者，宜罪以旧刑，罢遣为民。

赏功劝善，人主大柄，岂宜轻以与人？世祖临御三十五年，左右之臣，虽甚爱幸，未闻无功而给一赏者。比年赏赐泛滥，盖因近侍之人，窥伺天颜喜悦之际，或称乏财无居，或称嫁女取妇，或以技物呈献。殊无寸功小善，递互奏请，要求赏赐，奄有国家金银珠玉，及断没人畜产业。似此无功受赏，何以激劝？既伤财用，复启幸门。臣等议非有功勋劳效，著明实迹，不宜加以赏赐，乞著为令。

臣等所言弑逆未讨，奸恶未除，忠愤未雪，冤枉未理，政令不信，赏罚不公，赋役不均，财用不节，民怨神怒，感伤和气，唯陛下裁择以答天意，消弭灾变。臣等不

胜翘切待命之至!

　　宋文瓒一气读毕,枢密院御史台翰林集贤两院官,统鼓掌道:"近今弊窦,统由张平章说尽。若此奏上去,能邀圣上允准,——施行,乃是国家的大幸了!"张珪道:"我拟亲至上都,面陈此疏,免得内臣沮格。"宋文瓒道:"晚生愿随老平章同去,何如?"张珪道:"好极!但缮录奏稿,还仗大笔!我已老朽,不愿作蝇头小楷了。"文瓒道:"晚生理当效劳。"

　　当下百官散归,文瓒亦回寓,把奏稿恭楷录正,差不多至半日余,方才告竣。并将会议各官,联衔署名。到了次日,便偕张珪赴上都。珪即入觐泰定帝,递上奏疏。泰定帝展览多时,似乎有些讨厌的神气。<u>张珪呕尽心血,不值泰定帝一顾奈何?</u>淡淡的答道:"朕知道了!卿自京至此,未免劳顿,且在行辕休息,再作区处。"张珪叩谢而出。

　　待了两日,并不见有诏敕下来,转增烦闷。适宋文瓒亦来谒谈,张珪道:"我等奏议,共有数条,偏似大石沉海,一条未蒙敕行,难道就此过去,便好治国么?"文瓒道:"老平章何不再行谒奏?总要宸衷酌行,方可渐除时弊。"张珪点头。次晨复至行宫朝泰定帝,行礼毕,复启奏道:"臣闻日食修德,月食修刑。应天以实不以文,动民以行不以言。目今刑政失平,所以天象垂变,陛下仰承天心,务乞矜察,臣等逐条奏议,即请施行!"泰定帝答道:"待朕返京师后,择要施行便了。"珪不便再陈,只得告退。

　　既而御史台臣秃忽鲁、纽泽等,复奏陈灾异屡见,宰相宜避位以应天变,可否仰自圣裁。且言臣等为陛下耳目,不能纠察奸吏,慢官失守,宜先退避以授贤能。泰定帝览了此奏,便批谕:"御史所言,失在朕躬,卿等不必辞职。"台官等无可奈何。只丞相旭迈杰、倒剌沙两人,心中未安,也递呈一疏。略说天象告儆,陛下以忧天心为心,反躬自责,谨遵祖宗圣训,修德慎行,饬臣等各勤乃职。手诏至大都,居守省臣,皆引罪自劾,臣等为左右相,才下识昏,当国大任,无所襄赞,以致灾祲迭见,罪在臣等,理应退黜。此外诸臣,各勤职守,无罪可言!<u>语中带刺。</u>泰定帝仍批谕道:"卿等若皆辞避,国家大事,谁与共理?总教靖供尔职,勉迪百工,自可徐回天变,不必再辞!"嗣是以后,不闻再诏,连回跸京师的期限,也悬宕过去。

张珪愤闷得很，遂托称老病，上表辞职。有诏常见免拜跪，并赐小车，得乘至殿门下。珪复请克日还京，总算邀准。回銮后，只望泰定帝践着前言，如议施行，偏诏旨下来，一道是禁言赦前事，一道是将赦前籍没的家产，如数给还。看官，你想此时的张平章，还肯在朝委蛇么？当下奏陈病势日剧，非扶掖不能行，恳即日放归，得返首邱，死且感恩云云。

小子有诗咏张平章道：

> 忠臣不肯效阿容，可奈良言未见从！
> 从此挂冠林下隐，白云深处住行踪。

未知泰定帝曾否允准，且至下回叙明。

张珪一疏，为《元史》中仅见之文，列传中备录无遗。本回亦就此采入，一以扬张平章之忠，一以明泰定帝之失。泰定以旁支入承大统，龙飞九五，仰荷天休，不于此时从贤纳谏，除害兴利，何以孚舆望而贻孙谋乎？卒致晏驾以后，即滋内变，生无德政，殁无美谥，一代嗣君，反成国位，是不得谓非咎由自取也！张珪屡谏不从，即托病乞归。古人云，以道事君，不可则止，吾于珪殆遇之焉。

第九回

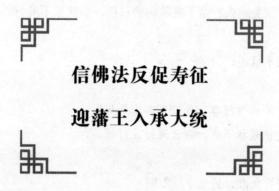

信佛法反促寿征
迎藩王入承大统

却说张珪辞职甚力，泰定帝尚是未允，只命养病西山，并加封蔡国公，知经筵事，别刻蔡国公印作为特赐。<small>不听良言，留他何用？</small>张珪移居西山，过了残腊，复上疏乞归，乃蒙允准，解组归里，还我自由。未几复接朝旨，召他商议中书省事。珪不肯就征，引疾告免，至泰定四年卒于里，遗命上蔡国公印。珪系弘范子，字公端。少时从父灭宋，宋礼部侍郎邓光荐将赴水死，为弘范所救，待以宾礼，命珪就学。光荐乃以平生所得，著成相业一书，授珪熟读，珪因此成文武材。元朝中叶，要推这位老平章是一位纯臣了。<small>补叙履历，所以旌善，且亦是文中绵密处。</small>

这且休表。单说张珪回籍，朝右少一个直臣，泰定帝朝罢无事，一意佞佛。每作佛事，辄饭僧数万人，赐钞数千锭，并命各处建寺，雕玉为楹，刻金为像，所费以亿万计，毫不知惜。泰定帝又亲受佛法于帝师，连皇后弘吉剌氏以下，也都至帝师前受戒。这时候的帝师，名叫亦思宅卜，每年所得赏赐，不可胜计。帝师弟衮噶伊实戬，自西域远来，诏令中书持酒效劳，非常敬礼。帝师兄索诺木藏布，领西番三道宣慰司事，封白兰王，赐金印，给圆符，使尚公主。<small>僧可尚公主，大约亦舍身大布施耳。</small>僧徒多号司空、司徒、国公，佩带金玉印章，因此气焰薰灼，无所不为。在京尚敢横行，出都愈加恣肆，见有子女玉帛，无不喜欢，所求不遂，即大肆咆哮。西台御史李昌，尝痛心疾首，据实抗奏道：

> 臣尝经平凉府，静会、定西等州，见西番僧佩金字圆符，络绎道途，驰骑累百。传舍至不能容，则假馆民舍，因而迫逐男子，奸污妇女。奉元一路，自正月至七月，往返百八十五次，用马至八百四十余匹，较之诸王行省之使，十多六七，驿户无所控诉，台察莫得谁何。且国家之制圆符，本为边防警报之虞，僧人何事而辄佩之？乞更正僧人给驿法，且得以纠察良莠，毋使混淆；是所以肃僧规，即所以遵佛戒也，伏乞陛下准奏施行！

奏入不报，后闻僧侣扰民益甚，乃颁诏禁止，其实仍是一纸空文，敷衍了事。未几又命建显宗神御殿于卢师寺。这卢师寺在宛平县卢邱山，向称大刹，此次奉安御容，大兴土木，役卒数万人，糜财数百万两，装饰得金碧辉煌，一时无两。然后另建显宗神主，奉置殿中，悬额署名，号为大天源延圣寺。赐住持僧钞二万锭，并吉安、临江二路田千顷。中书省臣，未免看不过去，又联名奏道：

> 臣等闻养给军民，必借地利。地之所生有限，军民犹惧不足，况移供他用乎？昔世祖建大宣文、弘教等寺，赐僧永业，当时已号虚费。而成宗复构天寿万宁寺，较之世祖，用增倍半。若武宗之崇恩、福元，仁宗之承华、普庆，租榷所入，益又甚焉。英宗凿山开寺，损兵伤农，而卒无益。夫土地祖宗所有，子孙当共惜之，臣恐兹后借为口实，妄兴工役，徼福利以逞私欲，福未至而祸已集矣。唯陛下察之！

泰定帝得此奏后，却也优诏旌直。但心中总是迷信，遇着天变人异，总令番僧虔修佛事，默祈解禳。番僧依着故例，请释赦囚，所以赦诏叠见。凡有奸盗贪淫诸罪，统得遇赦邀恩，一律洗刷；就是出狱重犯，再被逮系，转瞬间又得释放。看官试想，天下有几个悔过的罪人？愈宽愈坏，辇毂之下，尚无王法，外省更不必论了。*屡言佞佛之弊，是为痴人说法。*

泰定帝始终未悟，并因次子诞生，疑为佛佑，甫离襁褓，即令受戒。为了拜佛情殷，反把郊天禘祖的大礼，搁过一边。监察御史赵思鲁，以大礼未举，奏言天子亲祀郊庙，所以通精诚，迎福厘，生蒸民，阜万物，历代帝王，莫不躬亲将事，应讲求故例，虔诚对越，方可隐格纯嘏。泰定帝不以为然。有了佛佑，自可不必郊祀。全台大哗，复入朝面陈。泰定帝道："世祖成宪，不闻亲祀郊庙。朕只知效法世祖，世祖所行的事件，朕必遵行；世祖未行的事件，朕也不愿增添。此后郊天祭庙，可遣大臣恭代便了。"台官还想再陈，泰定帝竟拂袖退朝。

嗣因帝师圆寂，大修佛事，命塔失铁木儿、纽泽监督，召集京畿僧侣，诵经讽咒，差不多有数十天；一面另延西僧藏班藏卜为帝师，赍奉玉印，诏谕天下。又命作成宗神御殿于天寿万宁寺，一切规模，与显宗神御殿相似。

正在百堵皆兴的时候，忽由太常入奏，宗庙中的武宗金主，及所有祭器，统被盗窃去了。前时盗窃仁宗神主，至此又窃武宗神主，堂堂太庙，窝留盗贼，令人不解。泰定帝命再作金主，奉安庙中，应行捕盗等情，也模糊过去。后复因台官劾奏，才酌斥太常礼仪等官，只神主不翼而飞，终无下落。

会扬州路崇明州、海门县海溢，汴梁路扶沟、兰阳河溢，建德、杭州、衢州属县水溢，还有真定、晋宁、延安、河南等路屯田遇了旱灾，大都河间、奉元、怀庆等路遇了蝗灾，巩昌府通漕县山崩，砀门地震，有声如雷，昼色晦暝，天全道山亦爆裂，飞石毙人，凤翔、兴元、成都、峡州、江陵同日地震。各处警报络绎。泰定帝只与西僧商量，教他朝嗖梵语，暮鼓钟钹，膜拜顶礼，祈福消灾。且遍饬京内外各官，恭祀五岳四渎名山大川。总道是神佛有灵，暗中庇佑，谁料旱荒水荒，虫灾风灾，种种状况，杂沓而来。百姓报官长，官长报皇上，弄得泰定帝胸无定见，却想了一个法儿，下诏改元！祈佛无益，改元更属无谓。当由廷臣议定"致和"二字，于泰定五年春季，改泰定为致和。且仍诏告帝师，命各僧佛事加虔；并饬于沿海各地，建造浮屠二百一十六座，镇压海隘。真是捣鬼。

帝师藏班藏卜上言，皇帝虽已受佛法，但欲增福延寿，还须亲受无量寿佛戒，泰定帝当即允准。择日御兴圣殿，邀请帝师到来，督设经坛，上供无量寿佛金牌，下设幢幡宝盖，乐虡钟悬。当由帝师座下的僧徒，吹起法螺，摇动金铃，接着大锣大钹，敲击起来。帝师着红衣，戴毗卢帽，先至坛前焚香祷告，口中不知念着什么番语，嘛咪叭吽地说了一回，然后导引泰定帝至坛前跪着，帝师在旁虔诵祝词，复念了无数佛号，方令泰定帝学着僧规，膜拜受戒。是时后妃人等，亦群集坛前，兴圣殿内外，拥挤得什么相似。那一班僧侣，多是张头探脑，摇目擦睛，你说是那个美丽，我说是这个妖娆，彼此评头品足，觑艳偷香，就是口中所念的波罗密多，阿弥陀佛，也觉颠倒错乱，语无伦次。**无量寿佛未曾请到，女观音等先已莅坛，安得不令僧侣动心？**至受戒礼毕，泰定帝出殿，大众散去，帝师亦回寺，僧徒等也都退归，饮酒拥娇去了。**乐得过。**

次日，由宫中发出金银钞，赏给僧徒，又费了若干万两。泰定帝以福寿双增，非常欣慰。会出猎柳林，偶受感冒，不怿累日，遂思巡幸上都，游春解闷。当命西安王阿剌忒纳失里，及签书枢密院事燕帖木儿，**一作雅克特穆尔**，留守京师，自率皇后、皇太子，及丞相倒剌沙等，命驾北去。自春至夏，留寓行宫，整日里流连酒色，不闻朝政。

会殊祥院使也先捏，自建康北来，密语丞相倒剌沙，以怀王将有他变，不可不防。倒剌沙立即奏闻，请旨徙怀王居江陵。这怀王却是何人？就是武宗次子图帖睦尔。先是泰定帝即位，召诸王还邸，图帖睦尔亦自琼州召归，受封怀王。泰定二年，命出居建康，以也先捏为怀王卫士。也先捏与怀王不协，乃私至上都，密进谗言。泰定帝不遑查察，竟照倒剌沙奏议，遣宗正扎鲁忽赤、雍古台南下，命怀王徙居江陵。怀王遵旨西迁，扎鲁忽赤等回报。时泰定帝已遘疾病，日甚一日，竟于七月新秋，晏驾上都，寿仅三十六。**无量寿佛戒之效何如？**

丞相倒剌沙言太子年幼，不即拥立，竟擅权自恣，独行独断，于是天怒人怨，众叛亲离，国家大变，又复从此发生。倡难的人，便是留守京师的燕帖木儿。**燕帖木儿是元季大蠹，所以特别点醒。**

燕帖木儿是从前的钦察都指挥使床兀儿第三子，武宗镇朔方时，已备列宿卫，深得宠幸。床兀儿殁，承袭左卫亲军都指挥使。泰定二年，加授太仆卿，致和元年，进签书枢密院事，留守京都，实掌枢密院符印。自闻泰定帝罹疾，遂怀异谋，自思身受武宗宠遇，不能辅他二子，入承帝位，未免有负主恩。**泰定帝亦擢你高官，何不自思图报。**因此与继母察吉儿公主，族党阿剌帖木儿，及密友字伦赤等商议，将乘泰定帝病殂后，迎立怀王图帖睦尔，篡承武宗遗统。

至泰定帝崩，皇后弘吉剌氏，遣使诣京，命平章政事乌都伯剌，**一作额卜德呼勒**，收掌百司印章，谕安百姓。燕帖木儿知势难再缓，即进语西安王道："故主已殂，太子尚幼，国家须择立长君，乃可无虞。况天下正统，应属武宗嗣子，英宗已不当立，大行皇帝，更出旁支，益加淆杂，今日宜正名定分，迎立武宗嗣子，时不可失，功在速成，王爷以为何如？"**无非希定策功耳，遑期忠义。**西安王阿剌忒纳失里道："言固甚是，但周王远居漠北，奈何？"燕帖木儿道："怀王曾居江陵，何不先行迎立？"西安王道："弟不先兄，此处还须商酌！"燕帖木儿道："先迎怀王入都，安定人心，然后再迓周王，仁宗故事，何妨踵行。"西安王道："上都方有命令，饬乌都伯剌收集印章，我欲举事，彼竟不从，这又未免为难了！"燕帖木儿道："昔人有言，先发制人，王爷果允行义举，只教募赏勇士，立可成功！"西安王点头道："你去妥行布置，我总无不赞成。"

燕帖木儿趋出，即日召集心腹，准备停当。翌日黎明，由西安王下令，召集百官至兴圣宫，会议要事。平章政事乌都伯剌、伯颜察儿，偕官属先到，西安王亦乘车而来。

既入座，乌都伯剌正要宣布后敕，令百官齐缴印章，忽见燕帖木儿，率着阿剌帖木儿、字伦赤等十七人，带刀奔入，外面并有勇士数百人，趋立门外。乌都伯剌料知有变，遂叱问道："签书意欲何为？"燕帖木儿厉声道："武宗皇帝有子二人，孝友仁文，播名远迩，今乃一居朔漠，一处南陲，武宗有知，亦当深恫，况天下系武宗的天下，一误宁可再误？今日正统，应归还武宗嗣子，敢有再紊邦纪，不从义举，是与乱贼相等，例当处斩！"言毕，拔刀出鞘，怒目而立。**仿佛强盗。**

乌都伯剌、伯颜察儿两人，欲抗词答辩，偏燕帖木儿不容分说，竟令阿剌帖木儿、字伦赤等，一齐动手，将他二人拿下。中书左丞朵朵等道："签书莫非造反不成？"言未已，已被燕帖木儿砍倒，顿时阖座大乱。燕帖木儿指挥勇士，缚住朵朵，并执参知政事王士熙，参议中书省事脱脱、吴秉道，侍御史铁木哥、邱士杰，治书侍御史脱欢，太子詹事丞王桓等，概置狱中，自与西安王入守内廷，分布腹心于枢密院，自东华门夹道，重列军士，使人传命往来，严防他变。一面再召百官，入内听命。即令前河南行省参知政事明里董阿，前宣政院使答剌麻失里，乘着快驿，迎怀王图帖睦尔于江陵。且使嘱河南行省平章伯颜，选兵扈驾，不得有误。

明里董阿等既去，遂封府库，拘百司印，遣兵守诸要害，推前湖广行省左丞相别不花为中书左丞相，詹事塔失海涯为平章，前湖广行省右丞速速为中书左丞，前陕西行省参政王不怜台吉为枢密副使，萧忙古解仍为通政院使，与中书右丞赵世延等，分典庶务。于是募死士，买战马，运京仓米，饷输士卒，复遣使至各行省征发钱帛兵器。

当时有卫军失统，暨谒选与罢退军官，俱发给符牌，静候调遣。诸人受命后，未知所谢，各瞪目立着。当由中书省官，指使南向拜谢，大众惊悚，毛发凛然，方知内廷意属怀王了。*极写秘密。*

燕帖木儿宿卫禁中，一夕数徙，莫如所处，有时或坐以待旦。*你亦怕死么？* 暗思母弟撒敦，子唐其势，尚在上都，因密遣塔失帖木儿，召使归京。两人都弃了家眷，星夜奔还。是时京内无主，群议沸腾，燕帖木儿恐人心未安，诈令塔失帖木儿充作南使，只云怀王旦夕且至，民勿疑惧；又令乃马台诈为北使，称周王亦已南来。*用心亦苦。* 复命撒敦率兵守居庸关，唐其势率兵屯古北口，抗御上都。一面再遣撒里不花、锁南班，往江陵促驾早发。

时董里明阿等早至河南，晤着平章伯颜，与语密谋，伯颜告知平章曲烈，右丞别铁木儿，令发兵南迎。偏两人不识时务，硬行阻拦，伯颜叹道："我本受武皇厚恩，委以心膂，今爵位至此，还有何望？只因大义相临，不敢推诿，所以为此转告，愿两公不要阻挠。"曲烈仍是不从，惹得伯颜性起，竟将两人杀毙，遂别募勇士五千人，令蒙哥不花带着，驰迎怀王。自己亦秣马厉兵，严装以俟。参政脱别台进谏道："今蒙古兵马，与卫卒同在上都，内地诸隘，守兵单弱，恐此事不易成功哩。"伯颜怒叱道："你敢挠乱士心么？违令者斩！"脱别台慌忙退出。是夕竟怀刃入刺伯颜，被伯颜察觉，拔剑砍死，并夺他所部军器，收马千二百骑。会怀王在江陵，经撒里不花等催促，即日动身。先令撒里不花往报伯颜，封为河南行省左丞相。至怀王到河南，伯颜属櫜鞬，擐甲胄，率百官父老，肃迎郊外，既导入，复俯伏称万岁，并上前叩首劝进，怀王解金铠御服宝刀，亲赐伯颜，又命他扈从北行。正是：

> 万骑遥从南陆发，六飞快向北郊来。

欲知入京后如何情状，容待下回表明。

元代之佞佛，自世祖始，后世子孙，益增迷信，此创业垂统之君，所由贵慎自贻谋者也。本回于泰定佞佛事，慨乎言之，至受无量寿佛戒一段，尤写出僧侣情弊。禹鼎铸奸，神犀照怪，无逾于此。此非著书人好为描摹，实因淫僧贼秃，大都尔尔，奉劝世间，善男信女，速即回头，毋为若辈播弄，其苦心固可见也。且泰定帝在位五年，乏善可述，所诛逆党，亦非本心，至其后好作佛事，意者其恐逆党之冥中报复，姑借此为忏悔计乎？晏驾以后，即生内变，佛其果有灵耶？抑无灵耶？彼如燕帖木儿之图立怀王，抗拒上都，尤足以见佞佛之主，非徒无益，反且速祸，读史者当亦知所戒矣。

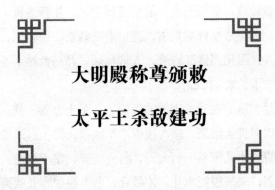

第十回

大明殿称尊颁敕
太平王杀敌建功

却说怀王图帖睦尔，既至河南，令伯颜从行，以前翰林学士承旨阿不海牙，继伯颜后任，遣前万户孛罗等将兵守潼关；并分道遣使，召宣靖王买奴，镇南王铁木儿不花，威顺王宽彻不花，高昌王铁木儿补化等，率属来会。诸王陆续到来，然后整驾北发。是时上都诸王满秃、阿马剌台，宗正扎鲁忽赤、阔阔出，前河南平章政事买闾，集贤侍读学士兀鲁思不花，太常礼仪院使哈海赤等十八人，已得燕帖木儿密函，令他即日起事，响应京师，正在暗中安排。不料事机漏泄，被倒剌沙闻知，竟亲率卫兵，各处搜拿，不到一日，竟将十八人捉住九双，请了泰定皇后命令，斥他谋逆，个个处斩。

倒剌沙自思逾月无主，究竟不妥，遂入谒泰定皇后，愿拥立皇太子阿速吉八为帝，克期登位。泰定皇后自然乐从，遂于致和元年八月，召集梁王王禅一作旺辰，辽王脱脱，右丞相塔什特穆尔，旧作塔失铁木儿，因与前大都使臣名重复，故用新名，太尉不花，御史大夫纽泽等，奉皇太子阿速吉八即位上都，尊皇后弘吉剌氏为皇太后，拟定次年改元天顺。泰定帝在位五年，其子已早为储贰，依父终子及之例，则阿速吉八之嗣位，亦属正当，故特书改元，以存书法。天顺帝年才九龄，书天顺帝，亦有微意。朝贺时统由倒剌沙护持，方得终礼。遂命诸王失剌，平章政事乃马台，此乃马台与上文异人同名。詹事钦察，率兵袭京畿。巧值阿速卫指挥使脱脱木儿，由上都自拔来归，奉京师命令，驻守古北口。他已预知失剌等潜师进袭，遂领兵出据宜兴，四面埋伏。

失剌分军三队，先后南下。第一队归乃马台统率，第二队归钦察统率，第三队方由自己领着，乘着锐气，倍道而来。前军甫到宜兴，扎营造饭，炊烟甫起，号炮骤闻。大众正在四望，蓦见敌军蜂拥来前，连忙上马截杀。说时迟，那时快，众军未曾排齐，敌兵已经杀入，眼见得辙乱旗靡，人仰马翻，乃马台措手不及，被脱脱木儿刺落马下，生擒活捉去了。第一队已了。

脱脱木儿已扫尽前队，便趁着现成的饭锅，令军士饱餐一顿，前驱疾进。那边第二队兵士，由詹事钦察押队前来，途次接得溃卒败报，忙上前来援，未达数里，已与脱脱木儿军相遇。脱脱木儿握着一柄大刀，当先突阵，麾下军士，随势冲入，钦察不知好歹，也拨马舞刀，来战脱脱木儿，才数合，忽听脱脱木儿喝声道着，那钦察的头颅，不知不觉地滚落地上。奇语。俗语说得好，蛇无头不行，钦察已身首两分，还有何人敢来抵敌？霎时间纷纷逃溃，走得慢的一大半都做了矮脚鬼，暴骨沙场。第二队又了。

还有失剌的所领的后军，惘惘南来，接连得着两队败耗，料知不能抵挡，忙令后队变作前队，前队变作后队，向北退还。待脱脱木儿赶去，失剌已逃得很远，只有殿卒数百名，被脱脱木儿军屠杀净尽，其余统侥幸生免了。失剌还算见几。

脱脱木儿追赶十余里，不及而还，当即报捷京师。燕帖木儿等属酒相贺。方在满座庆宴的时候，忽见撒里不花驰入，报称怀王已自河南登途，现距京师只百里了。燕帖木儿道：“甚好！”撒里不花道：“还有一事贺公，已奉命升公知枢密院事了！”燕帖木儿大喜，便于席间派使远迎。至宴飨毕后，即令太常礼仪使，整备法驾。

越两日，闻怀王驾已抵郊，遂偕诸王百官，恭奉法驾，出迎郊外。怀王慰劳有加，改乘法驾，驰入京师。燕帖木儿与西安王阿剌忒纳失里等，立即劝进。怀王道：“大兄尚在朔方，我不得越次僭位，俟两都平靖，当遣使迎兄。目下暂由我监国，愿卿等勿生异议！”初意原是不错。燕帖木儿道：“大王让德，卓越古今，唯时势相迫，亦贵从权，既承钧命，容后再议！”怀王乃入居宫中。

越宿命速速为中书平章政事，前御史中丞曹立为中书右丞，江浙行省参知政事张友谅为中书参知政事，河南行省左丞相伯颜为御史大夫，中书右丞赵世延为御史中丞，各官俱受职视事，不必细表。

又越两日，由侦骑入报，上都梁王王禅，右丞相塔什特穆尔，太尉不花，御史大夫纽泽等，又兴兵南犯了。怀王召燕帖木儿，商议军务，燕帖木儿自请效劳。怀王甚喜，遂发兵数万，供燕帖木儿调遣，命他便宜行事，不为遥制。燕帖木儿遂带兵至居庸关，由其弟撒敦迎入。燕帖木儿道："闻北兵已发上都，吾弟何不率兵急进，反在此游疑观望？难道待他自毙么？"撒敦道："闻兄奉命督师，所以静候调度，不敢妄进。"燕帖木儿道："我不害人，人将害我，你快率万人前去，截住北军，我当为你后应便了。"

撒敦依言，就率兵出关，浩浩荡荡的杀奔榆林。适值北军到来，也无暇答话，即麾兵猛击。北军不及布阵，顿时被他踹入，乱砍乱戳，不消片时，已将北军杀得七零八落，往北奔逃。

撒敦乘胜长驱，直到怀来，才见燕帖木儿督军到来。当下叩马报捷，并请径攻上都。燕帖木儿道："且慢前进，回关再商。"撒敦道："兄前责弟，今弟将诘兄；北军既已败去，不乘此入捣上都，还待何时？"燕帖木儿道："吾弟有所未知，兵以气动，气盛乃胜，气馁必败。我前日并非责你，实所以激动弟心，鼓气御寇。今已得胜，锐气将衰，若再进兵，顿师城下，那时再衰三竭，不要进退两难么？"论兵却是有识。撒敦无言，乃随返关中。燕帖木儿即驰书报捷。嗣得复命，令他即日还京，燕帖木儿乃留弟守关，奉命还朝。入京后，把前时拿下的乌都伯剌，及擒住的乃马台，统置大辟。一面约诸王大臣，伏阙上书，请早正大位以安天下。怀王尚是固辞。燕帖木儿道："人心向背，间不容发，现在兵戈扰攘，非速正大名，不足以系人心，万一中外失望，后悔何及？"怀王道："必不得已，亦须将我的本意，明示天下，方可权摄帝位。"古时唯王莽称摄皇帝，怀王亦欲居摄，染鼎之意已动矣。乃命中书省臣，拟定诏旨，于九月十三日，即帝位于大明殿，受诸王百官朝贺，颁诏天下道：

洪维我太祖皇帝，混一海宇，爰立定制以一统绪，宗亲各受分地，勿敢妄生觊觎，此不易之成规，万世所共守者也。世祖之后，成宗、武宗、仁宗、英宗，以公天下之心，以次相传，宗王贵戚，咸遵祖训。至于晋邸，具有盟书，愿守藩服，而与贼臣铁失、也先铁木儿等，潜通阴谋，冒干宝位，使英宗不幸罹于大故。朕兄弟播越南北，备历艰险，临御之事，岂获与闻？朕以叔父之故，顺承唯谨。于今六年，灾异迭见，权臣倒剌沙、乌都伯剌等，专权自用，疏远勋旧，废弃忠良，变乱祖宗法度，空府库以私其党类。大行上宾，利于立幼，显握国柄，用成其奸。宗王大臣以宗社之重，统绪之正，协谋推戴，属于眇躬。朕以菲德，宜俟大兄，固让再三，宗戚将相，百僚耆老，以为神器不可以久虚，天下不可以无主，周王辽隔朔漠，民庶皇皇，已及三月，诚恳迫切，朕固从其请，谨俟大兄之至，以遂朕固让之心。已于致和元年九月十三日，即皇帝位于大明殿，其以致和元年为天历元年，可大赦天下。自九月十三日昧爽以前，除谋杀祖父母父母，妻妾杀夫，奴婢杀主，谋故杀人，但犯强盗印造伪钞不赦外，其余罪无轻重，咸赦除之。于戏！朕岂有意于天下哉！重念祖宗开创之艰，恐隳大业，是以勉徇舆请，尚赖尔中外文武臣僚，协心相予，辑宁亿兆，以成治功，咨尔多方，体予至意！

是日封赏群臣，并赐大都将士金银钞，多寡有差。流朵朵、王士熙、伯颜察儿、脱欢等于远州，各籍没家资，分给诸王大臣。忽警报自辽东传来，平章秃满迭儿，及诸王也先帖木儿等，率兵入迁民镇，进袭蓟州。怀王已即帝位，本文仍称怀王，一因天顺正位，国无两君，一因周王在北，怀王暂摄帝位故也，乃封燕帖木儿为太平王，以太平路为食邑，并命为中书右丞相，兼知枢密院事，赐黄金五百两，白金二千五百两，钞万锭，金素织缎色缯二千匹，平江官地二百顷，即日诏促出师蓟州，拒辽东军。

燕帖木儿闻命即行，且调撒敦会师北进。方到三河，接着通州急报，梁王王禅等已入居庸关，不由得大惊道："居庸被破，不特通州吃紧，连京师也要戒严。我军须回保京师，休被蹂躏为是！"乃留兵拒辽东军，自与撒敦星夜驰还。

既抵榆河关，闻怀王已出齐化门视师，益觉焦急万分。遂驱马直奔京城，谒见怀王，并面启道："陛下何故亲自视师？"怀王道："寇兵已入居庸关，将要来犯京师了。"燕帖木儿道："陛下一出，民心必惊，凡翦寇事尽可责臣。陛下亟宜还宫，安定人民，请勿轻动！"此时燕帖木儿确是怀王忠臣。怀王道："待卿未来，所以躬自督师，今已到此，朕心安了，军事由卿作主，朕当从卿言，还宫安民。"言毕，即与燕帖木儿别去。

燕帖木儿复还至军中。梁王王禅等亦乘胜进逼，与燕帖木儿军遇于榆河。燕帖木儿升座誓师道："寇已深入，大都戒严，孰胜孰负，在此一举。将士等为国前驱，理宜奋力杀敌，若有退避不前，本爵帅只有军法从事，休得后悔！"将士等唯唯听命，燕帖木儿遂命开营逆战。

两下里交锋起来，正是棋逢敌手，将遇良材，一边是誓扶幼主，期立大功；一边是力保长君，目无全虏，足足战了三四个时辰，不分胜败。燕帖木儿执旗当先，引军突阵。部下见主帅奋勇，格外效力，无不以一当十，以十当百，北军渐渐败却，退至红桥。

燕帖木儿步步进逼，一些儿不肯放松，恼动了梁王部将。一名阿剌帖木儿，曾为枢密副使，一名忽都帖木儿，曾为上都指挥，两人素称骁勇，至此气愤填胸，挺身还战，竟攻入燕帖木儿阵中。燕帖木儿正挥刀前进，适值阿剌帖木儿突至马前，挺戈刺来，亏得燕帖木儿眼明手快，将身闪过一边，右手用刀格住戈铤，左手拔剑砍去，不偏不倚，正中阿剌帖木儿左臂。阿剌帖木儿狂叫一声，拨马就逃。燕帖木儿紧紧追去，又来了忽都帖木儿，接住厮杀，奋斗了数十合，彼此尚不相让，仍恶狠狠的搏战。燕帖木儿手下，有一矮将名和尚，短悍绝伦，善使双锤，他恐主帅有失，忙拨马助战。忽都帖木儿欺他短小，不以为意，谁知这和尚煞是矫捷，左右驰击，防不胜防，忽都帖木儿方思退避，左臂上已着了一锤，几乎跌落马下，幸他将前来救护，才得走脱。**两帖木儿不敌一帖木儿，无愧为太平王。**北军见两将败衄，人人夺气，遂驰过红桥，阻水而阵。燕帖木儿恐军士力疲，不欲再战，只命弓弩手用矢攒射，把北军一阵射退，然后收兵。

次日复分军为三队，令也速答儿率左，八都儿率右，进逼北军。时北军退至白浮，因燕帖木儿挑战，也出来对仗。燕帖木儿麾兵佯退，俟北军追来，命左右两队包抄过去。北军正杀得高兴，猛见也速答儿从右边杀来，忙分军抵敌。方在酣战，左边又遇着八都儿军，又分军敌住，不意燕帖木儿复转身杀到，所向披靡。那时北军招架不住，只好且战且走，复退十里下寨。燕帖木儿见北军虽败，行列尚是整齐，也即鸣金收军。

越宿复战，北军抖擞精神，前来冲突，燕帖木儿也不肯稍让，督军猛击，自辰至午，相持不下。蓦见燕帖木儿阵中，跳出锐卒数百名，由燕帖木儿亲自督领，冲杀过去。北军前来抵截，被燕帖木儿手刃七人，方才退却。燕帖木儿也即鸣金收军。

甘宁酌酒厉兵劫曹营

是夜二鼓，燕帖木儿召孛伦赤、岳来吉入帐，密议道："连日酣战，两军俱疲，长此坚持，何以退敌？"孛伦赤道："不如今夜发兵劫营，想寇兵应亦疲倦，定中我计！"燕帖木儿道："我亦想及此着，但彼此对垒下营，岂有不防之理？从前甘宁百骑，夜劫曹营，我何不仿他一行，也可扰乱敌心，使他自退？"**燕帖木儿想曾阅过《三国演义》**。孛伦赤、岳来吉二人齐声道："末将等愿效死力！"燕帖木儿大喜，便调集锐卒百骑，令各带弓箭，并持战鼓，随孛伦赤、岳来吉二人同去。临行时又吩咐道："你等抵敌营时，只宜左右鼓噪，四面驰射，不必与他厮杀，但能使他惊扰，便算头功。"孛伦赤等领命去讫。燕帖木儿恰高枕自卧。

那边梁王王禅，正恐燕帖木儿劫营，令兵士小心严防。到了三鼓，突闻外面鼓声大震，忙令各营出战，兵士开营出去，只见来兵东驰西射，散无纪律。当下冒矢追杀，走到这边，他到那边；走到那边，他到这边。嗣后来兵越多，混战一回，互有杀伤。战到天明，彼此相见，才知所杀伤的统是自家人，不禁懊丧异常。这时的孛伦赤、岳来吉两人，早已收集百骑，回营报功去了。小子有诗赞燕帖木儿道：

力战何如智取工？榆关犹忆大王风。

须知兵事无嫌诈，燕邸当年固善攻。

毕竟北军曾否再退，请看官续阅下回。

怀王之立，不当立也。以泰定之正统言，则皇太子已即位上都，怀王固不当立；以武宗之正统言，则嗣位者应属周王和世球，怀王亦不当立也。燕帖木儿希宠取媚，南迎劝进；借使怀王正言抗斥，则燕帖木儿之志不得逞，而兵祸可立弭矣。乃江陵遽发，飘然入都，御殿即真，封王拜爵，彼已南面称尊，讵尚肯北面为臣耶？让兄之言，徒虚文尔。然发难之首，实出自燕帖木儿，故本回中叙述各事，皆以燕帖木儿为前提，西安以下，概置后列。至如出师战胜之举，尤写得机变神智，非称美燕帖木儿，实隐诛燕帖木儿也。曹阿瞒以知兵闻，阿瞒得谓汉之忠臣否耶？吾于燕帖木儿亦云。

第十一回

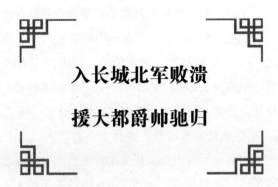

入长城北军败溃

援大都爵帅驰归

却说孛伦赤、岳来吉等，回营报功，燕帖木儿时已起床，即将二人功绩，书录簿上；并命撒敦带着偏师，出营巡哨。是日大雾迷濛，眼不见影，撒敦巡至敌营，已是空空洞洞，留着虚垒。走将进去，只有敌卒数名，尚在寨中收拾行李，见了撒敦等，一哄而逃，被撒敦兵追上，擒住二卒。经撒敦审讯，才知北军已窜匿山谷中。撒敦即将二卒带还，报知燕帖木儿。

燕帖木儿道："王禅未曾大挫，即行遁匿，我料他必有诈计，将乘我不备，前来掩击哩！"料事如神。便下令将士，教他裹粮坐甲，静待后命，不得私自出营，违令者斩！越夕，又命坚壁严装，如遇寇至，只准固守，不准出战，违令者斩！到了夜间，防备尤密，四面布着侦骑，探听消息。未几鸡声报晓，远远地接吹角声，燕帖木儿听着道："寇兵来了！"忙出升帐，见侦骑亦来禀报，说是北军成列出山，距此只数里了。燕帖木儿仍饬各军守着前令，不得有违。约一时许，北军鼓噪而至，冲突数次，坚不能入，没奈何退后下营。

燕帖木儿命撒敦、八都儿两人各率一军，分授密计，命俟至天晚，分头趋出。两人依计而行。是夜天色愈暝，四面阴霾，北军也严行准备，不遑就寝。一更以后，但听后面有铜角声，吹得非常响亮，不由得慌忙起来，梁王王禅，惩着前辙，只令各营静守，不敢出头。忽前面又起角声，亦觉激越异常。时值深秋，寨外草衰，正是风声鹤唳，草木皆兵的时候，加以角声震荡，前后相应，益令军心胆怯，不寒而栗。梁王王禅，尚兀自守着，偏营内各兵，自相骚扰，不肯镇定。至三鼓以后，角声越吹得厉害，仿佛有千军万马，四面杀来，那时军心益乱，情势仓皇，任你王禅如何禁遏，也是弹压不住，遂不禁叹息道："罢了！罢了！看来幼主无福，偏遇这燕帖木儿，不如就此退兵罢！"*你自己无将帅才，不足胜敌，反说看幼主无福，是谓肚痛埋怨灶司。*当下撤营遁去。

看官道这铜角声如何而来？就是撒敦与八都儿，奉着燕帖木儿密计，虚吓敌兵。原来撒敦自营后出师，潜绕北军后部，吹角惧敌；八都儿自营前出师，直逼北军前面，鸣角相应。两军并不去厮杀，只仗这铜角为号，虚声恫喝，那北军竟堕计中，趁夜遁去。

撒敦等来报燕帖木儿，燕帖木儿即命倾寨穷追，直到昌平州，方见北军还在前面。一声鼓号，驱马杀去，北军心胆俱裂，哪个还敢拦阻？你奔我溃，彼跌此仆，被燕帖木儿军，乘势掩杀一阵，斩首约数千级，所有逃不及的北军，顾命要紧，管不得什么面子，只好匍匐乞降。燕帖木儿准他投诚，收降至万余人。

正拟饬兵再追，适值钦使到来，忙下马接旨。诏中所说，略称丞相亲冒矢石，恐有不测，万一受伤，朕恃谁人？自今以后，但教凭高督战，视察将士，用命行赏，不用命行罚，毋得再自冒险，以滋朕忧！燕帖木儿谢旨毕，即语来使道："我非好死恶生，但猝遇大敌，不得不身先士卒，为诸将法。现在寇已败退，自当遵旨小心，请钦使转达御前，免劳圣虑为是。"钦使应着，即行别去。

燕帖木儿麾军再上，杀得王禅等弃甲抛戈，抱头窜逸。于是燕帖木儿勒马中途，但令也速答儿、也不伦及弟撒敦，率兵三万，再追北军，自率余军徐徐后行。将到居庸关，接也速答儿军报，北军已逃出关外去了。燕帖木儿即遣使上追，驰马入关，会也速答儿等亦已回军，遂命也速答儿居守，辅以金院彻里帖木儿，并就他统卒三万名，留供驱遣，自率得胜军南还。

至昌平南，来了古北口急报，上都军已入古北口，进掠石漕。燕帖木儿愤愤道："居庸关才得收回，古北口又闻失守，如何是好！"撒敦即上前进言道："水来土掩，兵来将挡，怕他何为？弟愿前去，杀他片甲不回！"燕帖木儿道："吾弟前去，须要小心！"撒敦应命，即领着万人，倍道去讫。燕帖木儿，率军后应，亦兼程而进。

撒敦驱军至石漕，不管甚么利害，竟上前掩击，敌军正在午炊，仓猝遇敌，不及拦阻，便向北窜去。撒敦追击数十里，杀毙敌军无数。

正拟下营，燕帖木儿大军亦到，两下相会，当由撒敦报明胜仗。燕帖木儿问敌军主将，系是何人？撒敦嘿然。燕帖木儿道："吾弟杀了一日，难道连敌将姓名，尚未查明么？"撒敦道："问他何为？我只知见敌就杀，得胜报功。"是一员莽将口吻。燕帖木儿微笑道："幸你所遇的都是庸将，倘使遇着将材，恐怕有败无胜哩！"

当下令侦骑探明，返报敌将姓氏，一个是驸马孛罗帖木儿，一个是平章答失雅失帖木儿，一个是院使撒儿讨温。此处叙敌将姓氏，恰从侦骑探报，无非避文笔复沓耳。燕帖木儿道："这等乳臭小儿，也来将兵，真是可着！待我用一条小计，便好擒住三人。"撒敦道："用什么计？小弟出去，包管擒来。"燕帖木儿道："你只知力战，不知智取，难道他束着双手，任你擒获么？"言毕，便问侦骑道："我见前面有一大山，此山叫作何名？"为将须明地理，观此益信。侦骑道："名叫牛头山。"撒敦道："哥哥专会使刁，查了敌将姓氏，还要问着山名，有何用处？"燕帖木儿之狡，借撒敦口中叙出，映带无痕。燕帖木儿怒道："你不要瞎说！我非顾着兄弟情谊，管教你一顿杖责。"从燕帖木儿口中自陈私弊，用笔尤妙。撒敦伸舌而退。燕帖木儿换了微服，带着侦骑数名，出营自去，直到天晚，方才回营。

次日升帐，召诸将面嘱道："我昨晚登牛头山，望见敌营扎住山后，料他是倚山自固的意思，但山中有小路可通，我若乘高压下，便可踏破敌营，可奈敌营虽破，敌将必逃，若要追擒，也是难事，不若引他入山，使入陷穽，我却前后夹攻，令他无路可走，自然一鼓成擒了。"众将都拍手称善，燕帖木儿命八都儿道："你今夜引兵千名，潜上牛头山，就小路中掘着陷坑，斩木掩覆，上表暗记，令我军便于趋避，敌兵易致误入，方好成功。至陷坑造就，你可越山劫营，准败不准胜，俟敌兵赶来，你却诱他入小路，我自有兵接应，休得违慢！"八都儿依令去讫。又命禅将亦讷思道："你率兵千名，备着挠钩，就山上小路旁，左右伏着，待敌兵入穽，便好一一擒住哩。"亦讷思亦去。又命撒敦道："你领兵万人，沿山绕转，就敌营左右埋伏，但听山上有号炮声，你便杀出，断他后路，不得有违！"撒敦亦领命去了。复命诸将道：

"你等随我上山，视我大纛所向，奋力杀敌，明日可灭此朝食了。"众将唯唯听命。到了傍晚，命将士饱餐毕，随饬各带干粮火具，向牛头山进发。

是时八都儿已掘好陷坑，乘夜越山，去劫敌营。敌营中设有探马，侦得八都儿到来，便去禀报主将。驸马孛罗帖木儿，年轻好胜，就上马领兵，出营搦战。八都儿上前对仗，略战数合，佯作慌张的形状，弃戈退走。孛罗帖木儿不知是计，即趋马奋追，平章答失雅失帖木儿，与院使撒儿讨温亦出营接应，撒儿讨温道："驸马追去，恐防有失，况夜色凄其，山岭狭隘，倘有不测，必致败挫，不如遣人禁他前进，方可无虞。"答失雅失帖木儿闻言，便遣使去讫，俄得去使回报，驸马言月色甚明，可以夜战，请平章院使速即接应，可以杀尽敌人。撒儿讨温复道："营寨亦是要紧，请平章守住勿动，我带兵接应便了。撒儿讨温，亦颇仔细。答失雅失帖木儿应着，便分兵与撒儿讨温，长驱进发。

时孛罗帖木儿已被八都儿诱进山中，走入间道，猛听得一声鼓响，山冈上火炬齐明，竖着一面大纛，上书太平王右丞相等字样。孛罗帖木儿道："燕帖木儿在此，我等快上冈去，刺杀了他。"言未毕，山上已驰下将士，来敌孛罗帖木儿。孛罗帖木儿尚不畏怯，奈因岭路逼窄，不便战斗，只好勒马退回，不期扑塌一声，连人带马，跌入陷坑去了。亦讷思早已留意，便命军士钩起孛罗帖木儿，捆绑而去。

孛罗帖木儿部下士卒，争思来救，无如走近一个，陷落一个，走近两个，陷落两个，那时也只好寻路逃走。偏偏燕帖木儿的将士，四面杀来，心中一慌，足下更走立不稳，一半跌入陷坑，一半死于刃下。

此时的撒儿讨温，尚未知前军败状，领兵入山，步步为营。一入间道，已望见大纛飞扬，料知孛罗帖木儿必遇伏兵，前去定必无幸。奈又不能不急急驰救，只好硬着头皮，驱马进去，一面令左右分射，以备不虞。谁知山上的喊杀声，渐渐逼紧，虽是严行备御，究竟不免心虚。转瞬间敌已四至，任你如何放箭，总是射他不住。撒儿讨温，命军士随射随退，未及数武，见军士都钻入地中，慌忙察视，自身亦随马而陷。几似《封神传》中的土行孙。两旁突出亦讷思军，又被他搭上挠钩，捆缚去了。余众走投无路，只得大呼乞降。

答失雅失帖木儿坐守营盘，专听军报。远远地闻有炮声，心中正忐忑不定，忽营外有兵到来，还道是撒儿讨温等回营。正欲出来探问，不意来兵很是凶猛，如搅海

元兵骑射图

龙一般，捣入营中。答失雅失帖木儿急上马抵敌，凑巧遇着撒敦，一枪刺来，正中左腕，倒仆马下。撒敦麾下的军士，便来抓住，拖了过去。

北军顿时骇散，由撒敦追击一阵，杀死多名。是时天尚未明，撒敦即缚送答失雅失帖木儿，上山报命。燕帖木儿复命他追赶溃卒，他即回马下山，逐溃卒出古北口，然后回军。

这边的燕帖木儿，收集各军，整辔回营。时方天晓，由军士推上孛罗帖木儿及撒儿讨温、答失雅失帖木儿。燕帖木儿拍案道："你等助逆叛顺，死有余辜，本爵帅不便饶你！"孛罗帖木儿等亦大声话詈，即由燕帖木儿申明军法，喝令斩首。须臾，已将首级三颗，呈上帐前。

燕帖木儿方遣人奏捷，帐外又递到紧急文书，由燕帖木儿展阅一周，即语诸将道："叛王也先帖木儿，与秃满迭儿，又陷通州，将到京师。京中已召我还援，我等勤王要紧，速即启程。"此处北军，借燕帖木儿叙明，又是一种笔法。诸将不敢有慢，当即随燕帖木儿拔营而南。趱途两日，即到通州，时已日色衔山，晚烟四起。诸将请择地立营，燕帖木儿道："寇敌将近，不驰去杀他一阵，还待何时！"说着，已挥兵疾进，约数里，即遇敌兵。敌兵未曾防备，狼狈奔趋，燕帖木儿追杀里许，因天色昏暮，才命下营。

次日黎明，复整兵追敌，西至潞河，见北军已在河北，列阵以待，人如排墙，燕帖木儿倒也不敢进逼。至夜间，欲渡河击敌，奈隔岸火光透澈，映入河流，好似掣电空中，群芒四射，因此按兵不动。待到黎明，遥望敌营中已无声响，只有人影模糊，尚是沿河立着。此时也无暇细辨，便麾兵结筏渡河，各军安然西渡。及达彼岸，各持刀砍人，不意统是黍秸做成，上披毡衣，地土积草，尚有余焰未熄，才晓得敌已夜遁，但放火植秸，作为疑兵罢了。燕帖木儿也有被欺之时。

燕帖木儿愤甚，复率兵穷追，将抵檀子山，四面都是枣林。这枣林中恰有敌兵伏着，陡从斜刺里杀出，亏得燕帖木儿军律素严，不为所迫，猛见也速帖木儿、秃满迭儿，纠合阳翟王太平，国王朵罗台，平章塔海军，踊跃前来，差不多有五六万人。燕帖木儿不敢轻敌，只先令军士列好阵势，前面持弓矢，后面执刀盾，又后面挺戈矛。直待敌兵逼近，一声令发，万矢齐射，势似飞蝗，偏敌兵持盾而前，冒死上来。燕帖木儿复令止射，驱刀盾、戈矛两队，直前抵格。两军混战一场，互有死伤，看看红日将落，敌兵毫不退却，只管舍命相持。

燕帖木儿子唐其势，见各军战敌不下，恼动性子，拨马临阵。阳翟王太平，挺枪来战，唐其势大吼一声，吓得太平倒退。未及数步，已被唐其势用戈刺着，翻身落马。军士乘势蹴踏，把太平肉体，变作烂尿相似了。敌兵见太平被杀，顿时惊溃。燕帖木儿就此赶上，杀得尸横遍野，血流成渠。方欲收军，巧值撒敦到来，得了一支生力军，便命引兵再追，自率大军南归。撒敦追了数十里，见敌兵四散逃去，杀毙了数百名，也即回来。

会上都诸王忽刺台，指挥阿刺铁木儿及安童等，复攻入紫荆关，进犯良乡，游骑径逼京南。*此处用直叙法，视前又变。*燕帖木儿闻警，即循北山西行，令将士脱衔系囊，盛莝豆饲马，且行且食。晨夜兼程，至芦沟河，并不见敌。嗣得探报，忽刺台等已闻风西窜了。

燕帖木儿因已抵京师，遂入觐怀王，甫至肃清门，都人士焚香迎接，罗拜马前。燕帖木儿辞不敢受，都人齐声道："非王爷忠诚报国，民等何能更生？此恩此德，敢不拜谢！"燕帖木儿下马慰劳道："此皆天子威灵，我有何力可言？"*此时的燕帖木儿，几似古之名将，无以加之。*及至内城，怀王亲出迎师。燕帖木儿下马行礼，由御手扶起，相偕入城。随即赐宴兴圣殿，赏给无算，亲授太平王黄金印，尽欢乃散。燕帖木儿拟休息数日，再行出兵，忽接撒敦军报，古北口又被陷了。正是：

> 两都军报无虚日，万里烽烟未靖时。

未知何人陷入古北口，且看下回分解。

本回纯叙燕帖木儿战事，见得上都各军，均不足与燕帖木儿相敌，燕帖木儿，信一元代之枭雄哉？读《元史·燕帖木儿列传》，未尝不胪叙战迹，而写生妙手，却不若此书之为良。盖彼第直录事实，而此且曲为描摹；不特渲染战争，并举燕帖木儿之权诈，亦揭露纸上，吴道子之手笔，亦无以过之。且旋师入京时，卑以自牧，让美君王，处处似忠，实处处是诈；周公恐惧流言日，王恭谦恭下士时，读此益无限生感矣。

第十二回

倒剌沙奉宝出降

泰定后别州安置

却说燕帖木儿得撒敦来文，报言古北口复陷，心中大愤，即日召集各军，出京北去。途次又接紫荆关急报，苦难分身，只得遣快足至辽东，飞调脱脱木儿西援。看官！你道陷古北口及紫荆关的兵马，从何而来？原来就是秃满迭儿，及忽剌台、阿剌铁木儿等军。秃满迭儿等，被燕帖木儿杀败，逃出口外，会集散卒，定议分攻，秃满迭儿自率一军袭古北口，忽剌台、阿剌铁木儿、安童、朵罗台、塔海等，联军袭紫荆关，意欲两面夹攻，令燕帖木儿无暇兼顾，可以转败为胜。**计非不佳，奈庸驽何？** 不意燕帖木儿煞是神勇，秃满迭儿方入古北口，燕帖木儿已到檀州，两军南北各进，即行对垒，一场大战，秃满迭儿复败，溃走辽东。后军被燕帖木儿截住，无处投奔，统军的头目，乃是东路蒙古万户哈剌那怀，看得兵势垂危，只好束手乞降。燕帖木儿收了降众，共得万人，也不暇悉心检查，只留部将数人，约束士卒，守住古北口，自率健卒兼程西进，去援脱脱木儿。**余勇可贾。**

脱脱木儿前奉调发兵，只带着四千人，到紫荆关，与忽剌台等对阵。两造人数，相去甚远，北军约三四万名，脱脱木儿与关上守将相合，尚不达万人。暗思众寡不敌，恐遭败仗，不如固关严守，还好勉力支持。至燕帖木儿星夜赶到，很是喜慰。燕帖木儿查明情形，便与脱脱木儿道："我兵远来，敌人尚未知晓，你且开关搦战，诱他入关，我出大军伏在关内，他若冒昧进来，便好闭住关门，杀他一个精光哩。"

脱脱木儿领命，即率本部四千人，大开关门，来战北军。北军逗留关外，已是数日，猛见脱脱木儿出战，倒也吃了一惊；及见出关的兵士，不过数千人，顿觉胆大起来，当下分作两翼，来围脱脱木儿。脱脱木儿不及退还，已被敌军裹住，他本恃有后援，一些儿没有害怕，便奋起精神，驰突围中。

燕帖木儿在关内觑着，见脱脱木儿不能脱身，恰变了一计，令关上故意鸣金，促脱脱木儿退归，一面命关吏虚掩半扉，照燕帖木儿原计故意参换，是文中化板为活法。敌军里面的阿剌铁木儿，望着关中的模样，大叫道："此时不急抢关，尚待何时？"言未毕，已挺戈跃马，奔入关中。自来寻死。忽剌台、安童、朵罗台、塔海等，只恐阿剌铁木儿占着头功，也即策马随入。一入关门，见守卒在前散走，还道他是避锋逃命，又紧紧地追了一程。蓦然间四面八方，互发炮声，伏兵一时齐起，统行杀到。忽剌台、安童、朵罗台、塔海等，知事不妙，忙即退回，奈后面的兵士，相率入关。前后挤紧，运动不灵。待退近关门，已是多半被杀。那时忽剌台、安童等，如漏网鱼，如丧家狗，只想跑出关外，逃脱性命，偏偏关门已闭得很紧。这一吓非同小可，险些儿连三魂六魄，都飞至鬼门关！如果吓死，或得保全首领。忙麾兵斩关欲遁，忽关门左右，又闪出无数健卒，大刀阔斧，前来阻住。背后又是燕帖木儿领军追来，忽剌台等只是哭不出的苦，勉强驰突，不消片刻，安童、塔海两人，马首被刺，俱堕马下，活活地被人擒去。忽剌台、朵罗台急得没法，左右乱撞，骤被流矢射着，一同坠马，也只得闭目就擒了。

是时的阿剌铁木儿尚似疯犬一般，东冲西突。燕帖木儿知他骁悍，但令部将缠住了他，与他车轮般的厮杀。至忽剌台等俱擒住，便一拥上前，任他力大如牛，也被众人牵倒。待捆缚停当，已是身受数创，奄奄一息。燕帖木儿宣令道："降者免死。"于是入关的北军，都做了矮人儿，情愿投诚。

当下重开关门，接应脱脱木儿，谁知关门外已虚无一人。惊人之笔。看官道是何故？原来阿剌铁木儿等入关时，各军俱随着主帅，一拥入关，外面与脱脱木儿相持，也不过数千人。脱脱木儿见北军中计，格外奋勇，一枝大戟，随手飞舞，触着他原是丧生，让着他还要颠仆，敌军正支持不住，又见关门忽闭，越加惊慌，一股脑儿向北遁去。脱脱木儿驱军力追，复斩杀了一大半，只有寥寥数百人，命不该死，四散逃

脱。<small>叙得明净。</small>

脱脱木儿已经回军，方遇着大军接应，彼此说明，统喜欢得了不得，大家奏着凯歌，陆续归营。燕帖木儿休兵两日，即亲押囚车，送至京师。怀王迎入，又有一番宴赏，无庸细说。

先是燕帖木儿曾遣人召陕西平章探马赤，行台御史马扎儿台，皆不至。及怀王即位，颁诏陕甘，复被他焚毁诏纸，执使送上都。既而浙江省臣，亦拒绝诏使。由使臣还报，怀王大怒，即与燕帖木儿商议，欲一律诛戮。燕帖木儿模棱两可，因此诏尚未下。左司郎中自当，闻着此信，谒见燕帖木儿道："云南、四川，今尚未定，若复杀行省大臣，转恐激变，不如俟上都平定，再议降罚未迟！"燕帖木儿尚沉吟未决，俄得河南警报，靖安王阔不花等，<small>一作库库布哈，</small>叛应上都，自陕西破潼关，克阌乡、陕州，复分兵北渡河中，趋怀孟，南过武关，逼襄阳，猖獗得了不得了。燕帖木儿阅毕，便进谒怀王，详述河南军事，并把自当所说的言语，亦复陈一遍。怀王道："上都未平，原是可虑，看来又要劳卿一行。"燕帖木儿道："毋劳圣虑，臣已密令齐王月鲁帖木儿，及东路蒙古元帅不花帖木儿，进攻上都去了。"<small>遣齐王等攻上都，原是燕帖木儿妙算，但怀王尚未闻知，已见燕帖木儿擅权之渐。</small>怀王道："卿算无遗策，料必成功。"燕帖木儿谢奖而退。过了旬日，果然红旗报捷，上都已降服了。

自梁王王禅等败回上都，声势日衰，幸都城尚未被兵，所以残喘苟延。至齐王月鲁帖木儿，元帅不花帖木儿等，受燕帖木儿密令，举兵趋上都，于是都城受围。王禅等率兵出战，屡为所败，人心大骇。且因秃满迭儿逃还辽东，忽刺台等统已败没，城孤援绝，士无斗志。独倒刺沙谈笑自若，恰似没事一般。<small>存心已坏，自可无忧。</small>王禅与他会议数次，也不见有什么法儿，自思身陷围城，危险万状，不若乘夜逃走，还是三十六计中的上计。主意已定，便于夜间托词巡城，登陴四望，叹息了一口气，竟缒城自去了。

城中失了王禅，越加惶惧，倒刺沙竟暗中遣使，通款齐王，约定次日出降。齐王月鲁帖木儿，自然准约。越日迟明，果见南门大启，任他进去。月鲁帖木儿等，即麾兵入城，倒刺沙奉着御玺，伺候道旁，由齐王接着，他即屈膝请安，把玺呈上，且口称请死。齐王道："这事我难作主，须候大都裁夺！"遂令左右带着倒刺沙，一面将御玺藏好。方思驱马再进，忽见辽王脱脱，领着数十骑，持刀前来。齐王望将过去，不是来降的情状，即整备迎敌。脱脱到了齐王马前，竟用刀刺入，亏得齐王早已防着，也用刀相抵，不到数合，齐王麾下的将士，都上前效劳，你一枪，我一刀，兵锋环绕，将脱脱剁成数段，其余数十骑，统死于乱军之中。*脱脱还不愧为忠。*齐王驰入行宫，查明后妃人等，俱还住着，只小皇帝阿速吉八，不知去向。及诘问泰定皇后，但有满面泪痕，呜呜哭泣，反令人厌烦得很，遂抽身出外，只命部兵监守宫门，盘查出入罢了。*阿速吉八想为倒剌沙杀毙。*

上都已定，当由齐王饬使赍奉御宝，及诸王百司符印，概携送入京。还有倒剌沙等一班俘虏，也派兵押解京师。怀王闻上都捷音，快慰异常，诸王百官等统上表庆贺。中书省臣且奏言上都诸王大臣，不思祖宗成宪，遽被倒剌沙所惑，屡犯京畿，幸赖陛下神武，王禅等相继败亡，今上都亦已平靖，所有俘囚，应明正典刑，传首四方，借示与众共弃之意。奏入照准，先将阿剌帖木儿、忽剌台、安童、朵罗台、塔海等，斩首示众。一面御门受俘，命将倒剌沙等，暂羁狱中，自登兴圣殿受了御宝，分檄行省内郡，罢兵安民。

是时靖安王阔不花，方大破河南守兵，获辎重数万，进拔虎牢，转入汴梁。忽闻上都被陷，咨嗟不已。嗣又得怀王诏谕，料知独木难支，乃遂巡引去。唯四川平章政事曩嘉岱，自称镇西王，以左丞托克托为平章，前云南廉访杨静为左丞，烧绝栈道，独霸一隅。其余行省各官，都随风转篷，但教禄位保存，无不拱手听命。*一班饭桶。*

怀王又封赏功臣，以燕帖木儿为首功，赐号答剌罕，子孙世袭，又赐他珠衣两件，七宝带一条，白金瓮一，黄金瓶二，还有海东白鹘青鹘，及白鹰文豹等物，不计其数；寻设大都督府，令他统辖，饬佩第一等降虎符，并命他驱至上都，迁置泰定后妃，并料清军务。

至燕帖木儿出发后，又下诏悬赏，购缉逃犯。于是王禅、纽泽撒的迷失、也先铁水儿及倒剌沙兄马某沙等，尽被拿到。还有湘宁王八剌失里，曾附和忽剌台等南侵冀宁，至是被元帅也速答儿捕获，械送京师。怀王命将倒剌沙磔死，王禅赐自尽，纽泽撒的迷失、也先铁木儿、马某沙等皆弃市。*倒剌沙最不值得，若早知如此，想亦不愿奉宝出降了！*并将罪犯的妻孥家产，分给功臣。只八剌失里，罪从末减，留锢狱中，总算还保全首领，九死一生，这且慢表。

且说燕帖木儿到了上都，由齐王月鲁帖木儿，及元帅不花帖木儿，出城迎入，彼此叙过寒暄，方谈及迁置后妃的命令。月鲁帖木儿道："我早已饬兵守宫，除阿速吉八不知下落外，所有泰定后妃以下，尽行锢着，一个儿不曾放脱。"燕帖木儿点首称善。随即起身离座道："我且入宫传旨，令他整备行装，以便迁置。明日就可要他动身了。"月鲁帖木儿道："甚好！请公自便。"

燕帖木儿别了齐王，遂入行宫，早有宫女报知泰定后妃，泰定后闻知此信，恐有不测的命令，急得面色仓皇，形神黯淡。还有妃子必罕，及速哥答里两姊妹，统是娇躯发颤，带哭带抖，缩做一团。燕帖木儿到了宫门，守兵早已分队站着，让开正路，由燕帖木儿趋入。燕帖木儿一入宫中，见后妃等并不相迎，未免怀着懊恼。方欲瞑目呵叱，忽眼帘中映入红颜，不觉为之一迷。寻见泰定后欠身欲起，悲惨中带着数分褭娜，正是徐娘半老，犹存丰韵，已令人怜惜不禁。背后又立着一对姊妹花，绿鬟高拥，粉颈低垂，凤目中统含着一泡珠泪，尤觉楚楚可怜。是所谓尤物怡人。

当下站着一旁，向泰定后道："皇后不必惊慌！大都也没有严命，不过因皇后在此，殊多不便，所以暂令移居，一切服食，尽可照常，毋庸耽忧！"泰定后潸然道："先皇殁后，拥立皇子，统是倒剌沙的主意，我辈女流，并无成见，目今嗣子已亡，大势一变，剩我嫠妇数人，备尝苦况，也是够了，还要移居何处？"只诿罪倒剌沙，不用正词驳诘，已见其志在偷生。燕帖木儿道："无非移居东安州，途程尚近，无虑艰阻，诸请放心！"泰定后复道："今日要我迁居，他日即索我性命，始终总是一死，不如死在此处！"燕帖木儿不待说毕，忙婉言慰劝道："皇后后福正长，休要自寻烦恼，将来要做太平王妃，自然有福。若虑有意外情事，但教我燕帖木儿存着，都可挽回。明日请皇后暂赴东安，所有宫中侍从，尽可带去，途中自有妥卒保护；如有人敢来欺凌，我燕帖木儿誓不与他干休！"独力爱护，泰定后妃应该以身报德。

泰定后方转悲为喜道："既有太平王照拂，我等如命起程便了。"一面说着，一面命两妃向前拜谢。此时一对姊妹花，也渐觉开颜，遵着泰定后嘱咐，分花拂柳的走近燕帖木儿前一同敛衽。急得燕帖木儿答礼不及，忙避开一旁，连称不敢。并将那一双色眼，细瞧两妃，两妃也似觉着，抬起头来，向他微笑。这样情景，几乎无可摹拟，只小子曾记有两句古诗，彼此凑合，颇得神似，其词云：

目含秋水双瞳活，心有灵犀一点通。

毕竟泰定后妃，何日登程，容待下回说明。

上都沦陷，天顺帝不知所终，著书人依史叙录，原不能凭空捏造，构一死证。但奉宝出降者为倒剌沙，则幼主之死，出自倒剌沙之手，应无疑义。倒剌沙始以宠利自私，致偾国事，及势处穷蹙，乃戕主夺玺，出降军前，是殆人类所不齿，较诸王禅等之临难遁去，尤觉死有余辜！大都碟尸身名两裂，后世臣子，可作炯戒！若夫泰定后之身遘忧危，稍具节烈，应即捐躯以殉。况移置东安之命，接踵而来；燕帖木儿又为发难之首领，平昔未曾厚遇，能望其竭诚保护，不作他想乎？是回叙移置后妃事，已将燕帖木儿心迹，隐约表明，匣剑帷灯之妙，可即于本回中见之。迨阅至后文，图穷匕见，更知伏笔之不虚设矣。

第十三回

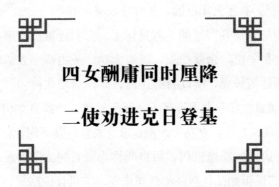

四女酬庸同时厘降
二使劝进克日登基

却说泰定二妃与燕帖木儿打了照面，一笑传情，这时候的燕帖木儿，心痒难搔，恨不得将两个丽姝，吞下肚去。只因众目共睹，不便动手蹑脚，没奈何定一回神，站定身躯。待两妃复了原处，方向泰定后道："明日后如动身，当备辈派兵，护送至东安州。"泰定后应着，燕帖木儿方出行宫。

是夕，竟不成寐，默默筹划，想定了一个法儿，方才有些疲倦。朦胧片刻，便闻鸡声，当即披衣起床，俟盥洗进膳后，就跑入行宫。见过泰定后妃，复代为收拾行装，连脂盝粉函等件，无不凝神检点，亲手安排。至料理清楚，方出来面嘱亲兵，教他途中伺候后妃，须格外周到，不得有误。吩咐毕，再入宫导引后妃，出宫驾舆，自己亦上马扬鞭，送她们出城。

正启行间，对面来了京使，不得不下马相见。当由京使宣诏，命他即日入朝。燕帖木儿很是懊丧，奈不好当面直言，只得与京使敷衍数语，要他入城待着，以便偕行。

京使驱马自入，燕帖木儿加鞭疾出，赶至泰定后妃舆旁，和颜悦色的说道："今日后妃东去，本拟护送出境，奈大都又颁敕召回，不好迟慢，万望此去自爱，切勿苦坏玉躯！他日相见有期，决不负言！"**好一个有情有义的真男子！**泰定后也即称谢，两妃亦从旁插口道："王爷亦须珍摄！我姊妹二人，得仗庇护，也不忘恩！"*此心已许君矣。*说着，又觉得四目盈盈，泪珠欲下。燕帖木儿几不忍舍，无如此时只好暂别，乃凄然语着道："我去了！前途保重！"*好似长亭送别。*于是勒马而回。临别时，犹返顾去车，怅望不已，直至去车已远，才纵马入城。

是日午后，即与京使并辔还朝，入见怀王，报明迁置后妃事，并问怀王何故立召。怀王道："上都平定，余孽扫除，这般大功，统由卿一人造成，朕所深感。但朕的本意，帝位须让与长兄，所以召卿还商，即拟遣使北迎。"燕帖木儿闻言，一时竟难置词，*句中有眼。*好一歇不答怀王。怀王复道："卿意如何？"燕帖木儿道："自古立君，有立嫡、立长、立功三大例。以立长言，陛下应让位长兄；以立功言，陛下亦不妨嗣位。唐太宗喋血宫门，后世尚称为贤君呢。"*引唐太宗故事，直是教怀王杀兄。*怀王道："说虽如此，然朕心终属未安，宁可让位朕兄，兄如不受，再作计较！"*着眼在末二句。*燕帖木儿道："今岁已值隆冬，漠北严寒，未便行道，俟来春遣使未迟。"怀王道："朕兄还京师，不妨以来春为期；唯朕处遣使，应在今冬，免得朕兄怀疑。"燕帖木儿道："但凭陛下裁处！"

怀王道："社稷已安，宗庙无恙，朕与卿亦可稍图娱乐。闻卿家只有一妃，何勿再置数人？宗室中不乏良女，由卿自择；朕可即日诏遣。"燕帖木儿道："陛下念臣微劳，竟替臣想到这层，天恩高厚，何以为报？但陛下且未册定正宫，臣何敢竟尚宗女，请陛下收回成命！"怀王道："朕及大兄生母，尚未追尊，如何便可立后？"*怀王尚知有母，较燕帖木儿心术略胜一筹。*燕帖木儿道："追尊皇妣，原是要紧，册立皇后，亦难从缓，上承庙祀，下立母仪，两事并重，应请同日举行。"*怀王既欲让兄，何必骤立皇后，此由燕帖木儿乘隙蛊君，欲立后为内闲耳，看官莫被瞒过。*怀王道："且待来春举行。"燕帖木儿才退。

过了一日，竟由怀王下诏，赐燕帖木儿以宗女四人。燕帖木儿道："我昨日已经面辞，如何今日邀赐？这事却使不得！我当入朝固谢。"*意中已有他人，所以欲去固辞。*便命役夫整舆，甫出大门，猛听得一阵弦管声，由风吹至，不禁惊讶起来。寻见有绣幰四乘，导以鼓乐，护以侍从，车马杂沓，冉冉来前。不由得失声道："啊哟！公主等已来了，如何是好？"正说着，宣敕官已加鞭至门，下马与燕帖木儿相见。燕帖木儿不得不敛容迎入。当由宣敕官恭读诏书，令燕帖木儿接旨。燕帖木儿照例跪听，诏中无非是盛叙功劳，合颁优赐，特遣宗女四人，侍奉巾栉，并媵女若干名，该王毋得固辞！

燕帖木儿谢恩而起，接过诏轴，悬挂中堂，宣敕官又向他贺喜。燕帖木儿道："这事从何说起？我已陛辞盛赐，今反命尚四公主，自问何德何能，敢邀厘降！还请公传语折回，我即来朝面奏，断不使公为难！"宣敕官笑道："王爷未免太迂！圣旨岂可违得？况四位公主，已经厘降，也不便中道折回，请王爷不必迟疑！今日系黄道良辰，即可谢恩成礼呢。"言毕，即命侍从等导入绣帏，停住大厅。一面令从人治外，媵女治内，所有铺设等件，除太平王邸现成布置外，其余尽出帝赐。

太平王邸本阔大得很，从前罪犯第宅，大半拨给，京师里面，几乎占了半城。邸中仆从如云，更兼四公主带来的侍从，又不下千名，内外陈设，众擎易举，不消一二时，即已措办整齐。当请燕帖木儿祭告天地，并向北阙谢恩，然后请四公主下舆，先行了君臣礼，后行了夫妇礼。此时的燕帖木儿，又惊又喜，又喜又忧，但已事到其间，无从趋避，乐得眼前受享，再作区处。夫妇礼成，又请出继母公主察吉儿，再行子妇相见礼，然后洞房合卺。*此时的太平王妃不知哪里去了。*诸王百官，复陆续趋贺，绿酒红灯，大开绮席，琼浆玉液，尽是奇珍，说不尽的繁华，写不完的喜庆。

到了黄昏席散，宣敕官与贺客等，俱已散去，那时燕帖木儿返入洞房，由四公主列坐相陪，霞觞对举，绮縠生香，酒不醉人人自醉，色不迷人人自迷，况燕帖木儿本是个色中饿鬼，见这如花似玉的佳人，哪有不移篙相接？左拥右抱，解带宽衣，夜如何其，其乐无极！*设非有牛马精神，安能当此。*

次日，复入朝面谢。退朝后，又与那四位公主，把酒言欢。方在十目调情的时候，突见侍女中有一淡装妇人，年可花信，貌独鲜妍，比较四位公主，色泽不同，恰另有一种的天然丰韵。当下触目动心，未免呆定了神，连公主等与他谈话，也不暇理睬。公主等动了疑衷，殷勤动问，他自觉好笑，遂打着谎语道："我适记起一桩国事，拟于今晚草奏，适与公主等饮酒谈心，几致忘却，所以一经想着，不觉驰神。"四公主齐声道："王爷既有军国重事，何不早说？免得以私废公。"燕帖木儿道："不妨！晚间起稿未迟。现在有花有酒，不如再饮数樽。"于是复同酌了一回，始命撤席。乘着酒兴，别了绣闼，竟踉跄至书斋，密命心腹小厮，潜召这淡装小妇。

不一时，小厮导着少妇亭亭而至。见了燕帖木儿，便上前请安。燕帖木儿命她起立，仔细瞧着，眉不画而翠，唇不脂而红，颜不粉而白，发不膏而黑，秀骨天成，长短合度。俗所谓本色货。那少妇从旁偷觑，见燕帖木儿身材，长逾七尺，虎头猿臂，燕颔豹颈，精神充满，气宇深沉，似乎人间男子，要算他一时无两。**妇人窥男子，较诸男子窥妇人，尤进一层。**两下相对，脉脉含羞，又被这燕帖木儿钉住双目，顿觉桃花面上，愈映绯红，遂俯着首拈那腰带。燕帖木儿乃启口问道："你是何处人氏？"连询数声，竟不见答。

燕帖木儿不禁惊讶，猛见小厮尚站着一旁，就命他退去，然后再问少妇。只见少妇颦着双眉，呜呜咽咽的说道："承蒙见问，言之可愧，妾数年前亦为命妇，今则家亡身辱，充没官掖，随着公主前来，尚算皇恩高厚，命该如此，还有何说！"燕帖木儿见她愁容惨淡，口齿清明，益觉由怜生羡，由羡生爱，遂堆着满面笑容，婉词再诘。嗣经少妇说明，方知少妇不是别人，乃是前徽政院使失烈门的继妻。**闻名之下，我亦一惊。**燕帖木儿太息道："宦途危险，家室仳离，失烈门亦不必说了；累你青年少妇，寂守孤帏，岂不可痛？"少妇听了此言，禁不住泪下两行。燕帖木儿复语道："你既到了我家，我不愿辱没你！"**如何叫作辱没。**少妇道："全仗王爷庇护。"说至护字，已被燕帖木儿揽住娇躯，拟把她置诸膝上。看官！你想燕帖木儿膂力过人，虽明知少妇乏力，轻轻一扯，奈少妇已倒入怀中，仿佛如小儿吃奶一般，紧贴住燕帖木儿胸前。燕帖木儿替她拭泪，又温存了一番，情投意合，男贪女爱，竟携手入帏，同赴阳台去了。**好一件军国重事。**公主等只道出草奏牍，不去惊动，直至更深人静，方令侍女促眠。那时两人早云收雨散，一同起床，订了后约，各归内寝，这且慢表。

且说时光易过，残猎复催，转瞬间已是天历二年，怀王册妃弘吉剌氏为皇后。后名卜答失里，系鲁国公主桑哥吉剌女，曾与怀王出居建康，并徙江陵，至怀王入京，也随驾同行。怀王以艰苦同尝，应该安乐与共，因册立为后。**为后文谋杀明宗后及安置东安州张本，所以特书其名。**一面追尊生母唐兀氏，及兄母亦乞列氏，为武宗皇后。再遣使臣撒迪哈散等，驰赴漠北，恭迓周王。

撒迪等至周王行在，由周王召见，问明大都情状。撒迪一一陈明，并启周王道："大王以德以长，应有天下；况臣奉命前来，原是请大王早正帝位，一则安天下的人心，二则成皇弟的让德，事机相迫，幸勿迟疑！"周王道："平定上都，统是吾弟一手安排，且已称帝改元，君臣分定；我若再即尊位，岂不是多了一帝么？"周王自知亦明。撒迪道："仁宗靖变，迎立武宗，至武宗宾天，仁宗始承大统，故例犹在，尽可踵行。"周王道："据你说来，我即位后，可规仿前制，立朕弟为皇太子么？"撒迪道："这个自然，兄弟禅让，仁德两全，颇不是追美尧舜么？"援仁宗故例，已是不符，又云可追美尧舜，尤属牵强。周王意尚未决，复集府史等商议。府史等侍从多年，遇着这桩绝大的喜庆，哪个不想攀龙附凤，做个册命功臣！既遇周王谘询，自然极力赞成，殷殷劝进。周王乃决计即位，遂于天历二年春正月，设帝幄于和宁北陆，礼仪仍旧，气象式新。漠北诸王大臣及撒迪、哈散等，相率入贺。大出怀王意料。越日，又有两使自燕都到来，系辇奉金银币帛，进供御用。两使为谁？一是前翰林学士不答失里，一是太府太监沙剌班。既到行幄，即入帐觐贺。是时周王和世㻋，已即位为帝，小子不得不改称；因他后来庙号，叫作明宗，自然遵例称明宗了。明宗见过两使，慰问数言，当由两使赍呈贡物。明宗很是心喜，便命撒迪等还京师。并谕撒迪道："朕弟向览书史，近时得毋废弃否？听政有暇，总宜与贤士大夫常相晤对，讲论史籍，考察古今治乱得失。卿等至京师，当将朕意转告，毋违朕命！"令尹子围故事，明宗胡未之读，乃亟亟于为帝耶？撒迪等唯唯而返。

　　到了京师，即将明宗面命，传告怀王，怀王嘿然不答。已具异心。是夕，即召燕帖木儿入议。燕帖木儿进谈多时，左右大都屏退，无从闻悉秘言。为下文伏线。次晨，便遣燕帖木儿奉皇帝宝赴漠北，以知枢密院事秃儿哈帖木儿，御史中丞八即剌，翰林直学士马哈某，瑞典使教化的，宣徽副使章吉，金中政院事脱因，通政使那海，大医使吕廷玉，给事中咬驴，中书断事官忽儿忽答，右司郎中字别出，左司员外郎王德明，礼部尚书八剌哈赤等从行。复命有司奉金千五百两，银七千五百两，币帛各四百匹，及金腰带二十，备行在赏赐之用。怀王又饬在京诸臣道："宝玺既已北上，继今国家政事，应遣人奏闻行在，我不便专擅了。"廷臣都赞扬怀王让德，冠绝古今。正是：

　　　　有口皆碑周泰伯，昧心谁识楚灵王？

　　欲知后事如何，请看下回分解。

读《燕帖木儿列传》，前后尚宗室女，至四十人，本回第称四公主，是举其最先厘降者而言。若失烈门妻一段，观《文宗本纪》，亦曾有其事，并非著书人好为捏造。是燕帖木儿荒淫之渐，固自怀王导成之。其余所述大政，概见正史，唯经著书人略为渲染，则当时所行之政迹，俱属有隙可寻，谓之演义也可，谓之评史，亦无不可也。夫怀王袭位，本其初志，所谓让兄者，特其矫情耳。燕帖木儿知之最深，故受赐最厚。周王和世㻋，未曾入京，遽正大位，曾不知他人已耽耽其旁，欲以之为尝试地，而在己且愿供玩弄而不之悟也。哀哉！

第十四回

中逆谋途次暴崩
得御宝驰回御极

却说明宗即位后，饬造乘舆服御，及近侍诸服用，准备启行。且命中书左丞跃里帖木儿，筹办沿途供张事宜。行在人员，俱忙个不了。*未曾讲求初政，但从外观上着想，即令为君得久，亦未必德孚民望。*适燕帖木儿奉宝来辕，率随员进谒明宗。明宗嘉奖有差，并封燕帖木儿为太师，仍命为中书右丞相，其余官爵，概从旧例。且面谕道："凡京师百官，既经朕弟录用，并令仍旧，卿等可将朕意转告。"燕帖木儿道："陛下君临万方，人民属望，唯国家大事，系诸中书省、枢密院、御史台三堨，应请陛下知人善任，方免丛脞。"

明宗称善，乃用哈八儿秃为中书平章政事，伯帖木儿知枢密院事，孛罗为御史大夫。这三人统是武宗旧臣，明宗以为不弃旧劳，所以擢居要职。既而宴诸王大臣于行殿。特命台臣道："太祖有训：美色名马，人人皆悦，然方寸一有系累，即要坏名败德。卿等职居风纪，曾亦关心及此否？*恐非燕帖木儿所乐闻。*世祖初立御史台时，首命塔察儿、奔帖杰儿两人，协司政务，纲纪肇修。大凡天下国家，譬诸一人的身子，中书乃是右手，枢密乃是左手，左右手有疾，须用良医调治，省院阙失，全仗御史台调治。自此以后，所有诸王百官，违法越礼，一听举劾，风纪从重，贪墨知惧，犹之斧斤善运，入木乃深；就使朕有缺失，卿等亦当奏闻，朕不汝责，毋得面从！"台臣等统齐声遵谕。

越日，又命孛罗传谕燕帖木儿等道："世祖皇帝，立中书省，枢密院、御史台，及百司庶府，共治天下，大小职掌，已有定制。世祖又命廷臣集议律令章程，垂法久远，成宗以来，列圣相承，罔不恪遵成宪。朕今承太祖、世祖的统绪，凡省院台百司庶政，询谋佥同，悉宣告朕；至若军务机密，枢密院应即上闻；其他事务，有所建白，必先呈中书省台，以下百司及近臣等，毋得隔越陈请，宜宣谕诸司，咸俾闻知。倘违朕意！必罚无赦！"注重中书省台，其如权臣雍蔽何？又越数日，遣武宁王彻彻秃及哈八儿秃至京，立怀王为皇太子。仍蹈武宗当日之弊。并命求故太子宝，缴给怀王。嗣闻故太子宝已失所在，乃申命重铸，姑不必细表。

且说彻彻秃等既到京师，传达行在诏命，怀王敬谨受诏。一面驰使行在，请明宗启跸。一面亲自出京，就中道恭迎。会陕西大旱，人自相食，太子詹事铁木儿补化等，请避职禳灾。太子亲谕道："皇帝远居沙漠，未能即至京师，所以暂摄大位。今六阳为灾，皆予阙失所致，汝等应勉尽乃职，祗修实政，庶可上达天变，辞职何为？"乃起前参议中书省事张养浩，为陕西行台御史中丞，命往赈饥。先是养浩辞官家居，七征不起，至是闻命，登车即行，见道旁饿夫，辄施以米，沟前饿莩，辄掩以土，迨经华山，祷西岳祠，泣拜不能起。忽觉黑云四布，天气阴翳，点滴淅沥诸甘霖，一降三日。及到官，复虔祷社坛，又复大雨如注，水盈三尺，始见天霁。陕西自泰定二年，至天历二年，其间更历五六载，只见日光，不闻雨声，累得四野槁裂，百草无生。这时遇了这位张中丞，泣祷天神，诚通冥漠，居然暗遣了风师雨伯，来救陕民，那时原隰润膏，禾黍怒发，一片赤地，又变青畴。看官！你想这陕西百姓，还有不感泣涕零，五体投地么？其时斗米值十三缗，百姓持钞出籴，钞色晦黑，即不得用，诣库掉换，刁吏党蔽，易十与五，且累日不能得，人民大困。养浩洞察民艰，立检库中旧钞，凡字迹尚清，可以辨认的钞数，得一千零八十五万五千余缗，用另印加钤，颁给市中，以便通用。又刻十贯五贯的钱券，给散贫乏，命米商视印记出粜，诣库验数，易作现银。于是吏弊不敢行。又率富民出粟，请朝廷颁行纳粟补官的新令，作为奖励。因此富民亦慨然发仓，救济穷民。养浩又查得穷民乏食，至有杀子啖母的奇情，为之大恸不已。遂出私钱给济。且命出儿肉遍示属官，责他不能赈贷。到官四月，未尝家居，止宿公署，夜则祷天，昼则出赈，几乎日无暇晷，每念及民生痛苦，即抚膺悲悼，因得疾不起，卒年六十。陕民如丧考妣，远近衔哀，后追封滨国公，谥文忠。养浩为一代忠臣，所以始终全录。

话分两头，单说皇太子遣使施赈后，复将铁木儿补化辞职等情，报明行在。明宗谕阔儿吉思等道："修德应天，乃君臣当尽的职务，铁木儿补化等所言，甚合朕意。皇太子来会，当与共议，如有泽民利物的事件，当一一推行，卿等可以朕意谕群臣，务期上下交儆，仰格天心。"

于是监察御史把的于思，奏言"自去秋命将出师，戡定祸乱，凡供给军需，赏赉将士，所费不可胜计。若以岁入经费相较，所出已过数倍。况今诸王朝会，旧制一切供亿，俱尚未给，乃陕西等处，饥馑荐臻，饿莩枕籍，加以冬春交际，雨雪愆期，麦苗槁死，秋田未种，民庶皇皇。臣窃以为此时此景，正应勉力撙节，不宜妄费。如果有功必赏，亦须视官级崇卑，酌量轻重，不唯省费，亦可示劝。其近侍诸臣，奏请恩赐，当悉饬停罢，借纾民力"云云。明宗览奏，为之动容，乃诏令上下节用，并启跸入京，所过地方，一切供张，俱宜从俭等语。有司虽都奉敕，究竟不敢过省，沿途供应，彼此争华。明宗虽明，仍是莫名其妙，无非以为例所当然，得过且过罢了。

这边按站登途，已到王忽察都地方，那边皇太子亦率着群臣，到了行辕。两下相见，握手言欢，名分上原隔君臣，情谊上终系骨肉。恐怀王不作是想。明宗格外欢慰，遂大开筵宴，畅谈了好多时，兴阑席散，大家归寝。只燕帖木儿来见太子，又密谈了半夜。到底为着何事。太子尚踌躇未决，一连三日，方才决议。天历二年八月六日，天已迟明，明宗尚高卧未起。皇后八不沙，只道明宗连日劳顿，不敢惊动，待到巳牌，尚不闻有觉悟声，才有些惊讶起来。近床揭帐，不瞧犹可，仔细一瞧，顿吓得面无人色。原来此时的明宗，已七窍流血，四肢青黑，硬挺挺的奄卧床中。八不沙皇后，究系女流，被这一吓，连话语都说不出来。幸有侍女在旁，急报知近臣，令传太子入寝。

太子正与燕帖木儿同坐一室，静待消息。得了此信，即相偕趋入，见了明宗的死状，太子情不能忍，恰也恸哭起来。良心原是未泯。燕帖木儿恰从容说着道："皇帝已崩，不能复生，太子关系大统，千万不可张皇，现在回京要紧，倘一有不测，岂非贻误国家么？"说着，已向御榻间探望，见御宝尚在枕旁，便伸手取来，奉与太子道："这是故帝留着，传与太子，太子不妨速受。况皇后亲在此间，论起理来，亦应命交太子，责无旁诿，何庸推辞！" 无非为了此着。此时的八不沙皇后，只知恸哭，管甚么御宝不御宝。就是燕帖木儿一派言语，亦未曾闻着。太子瞧这情形，料知皇后无能，遂老老实实地将御宝受了，并止住了哭，想去劝慰皇后。经燕帖木儿以目示止，遂也不暇他顾，径出行宫。燕帖木儿当即随出，扶太子上马，疾驰而去。途次传命伯颜为中书左丞相，并封太保，钦察台、阿儿思兰海牙、赵世延，并为中书平章政事，朵儿只为中书右丞，前中书参议阿荣，太子詹事赵世安，并为中书参知政事，前右丞相塔失铁木儿知枢密院事，铁木儿补化及上都留守铁木儿脱并为御史大夫。御玺到手，即易大臣，可谓如见肺肝。于是明宗所用的一班旧臣，又复束诸高阁，归去来兮。

及太子既到上都，监察御史徐爽，遂上书劝进，略言天下不可一日无君，神器不可一夕虚悬，先皇帝奄弃臣庶，已逾数日，伏望皇上早正宸极，上奠宗社，下安兆民，俾中外有所依归等语。蓄志久矣，何庸尔请。乃复择吉登位，亲御大安阁，受诸王百官朝贺。免不得又有一道诏敕，其文云：

朕唯昔上天启我太祖皇帝，肇造帝业，列圣相承。世祖皇帝，既大一统，即建储贰，而我裕皇天不假年！成宗入继，才十余载。我皇考武宗，归膺大宝，克享天心，志存不私，以仁庙居东宫，遂嗣宸极。甫及英皇，降割我家。晋邸违盟构逆，据有神器，天示谴告，竟陨厥身。于是宗戚旧臣，协谋以举义，正名以讨罪，揆诸统绪，属在藐躬。朕兴念大兄播迁朔漠，以贤以长，历数宜归，力拒群言，至于再四。乃曰：艰难之际，天位久虚，则众志勿固，恐隳大业。朕虽从请而临御，实秉初志之不移，是以固让之诏始颁，奉迎之使已遣。寻命阿剌忒纳失里燕帖木儿奉皇帝宝玺，远迓于途。受宝即位之日，即遣使授朕皇太子宝。朕幸释重负，实获素心，乃率臣民北迎大驾。而先皇帝跋涉出川，蒙犯霜露，道里辽远，自春徂秋，怀险阻于历年，望都邑而增慨。徒御勿慎，屡爽节宣。信使往来，相望于道路。彼此思见，交切于衷怀。八月一日，大驾次王忽察都，朕欣瞻对之有期，独兼程而先进。相见之顷，悲喜交集，何数日之间，而宫车勿驾，国家多难，遽至于斯，念之痛心，以夜继旦！欺人乎！欺己乎！诸王大臣以为祖宗基业之隆，先帝付托之重，天命所在，诚不可违，请即正位以安九有。朕以先皇帝奄弃方新，摧怛何忍，衔哀辞对，固请弥坚。执谊伏阙者三日，皆宗社大计，乃以八月十五日，即皇帝位于上都。可大赦天下，自天历二年八月十五日昧爽以前，罪无轻重，咸赦除之。于戏！戡定之余，莫急乎与民休息；不变之道，莫大乎使民知义，亦唯尔中外大小之臣，各究乃心，以称朕意！

即位诏下，又命中书省臣等，议定先帝庙号，叫作明宗。可怜明宗称帝，只七阅月，连改元的诏旨，都未及下，竟尔被人暗算，中毒身亡！年仅三十，空留了一个明字，作为尊号！其实这明字尚未切贴；若果甚明，何致为图帖睦尔及燕帖木儿两人一同谋毙呢？坐实两人谋毙，书法无隐。

话休叙烦，且说图帖睦尔既已正位，此次情形，与前次不同。前次犹称暂摄，此次正名定分，实行帝制，因他后来庙号，叫作文宗，小子不好仍称怀王，只得沿号文宗。划清眉目。文宗首命阿荣、赵世安两人，督建龙翔集庆寺于建康，又派台臣前往监工，南台御史恰联衔奏阻，说得剀切详明，不由文宗不从，其词道：

陛下龙潜建业，居民困于供给，幸而获睹今日，莫不跂望非常之思。今夺民时，毁民居，以创佛寺，台臣表正百官，委以监造，岂其礼哉？昔汉高祖复丰沛两县，光武帝免南阳税三年，今不务此，而隆重佛教，何以慰斯民之望？且佛教慈悲方便，今尊佛氏而害生民，无乃违其教乎！臣等心以为危，故不避斧钺，惶恐上陈！

寻得诏旨，罢免台臣监役，台臣方免得往返，也算文宗肯纳嘉言了。但文宗的心中，总想皈依佛教，忏除一切罪厄。推刃同胞，宜乎自愫。所以余政未修，先已建寺。并因帝师圆寂，改立西僧辇真乞剌思为帝师。新帝师自西域到来，文宗命朝臣出迎，凡位列一品以下，俱应此役。帝师却大模大样，乘车入都。既登殿，文宗亦恭立门内，亲揖帝师，帝师傲睨自若，不过略略合掌，便算答礼。及入座，由文宗饬谕，命大臣俯伏进觞，帝师又傲然不为动。恼动了国子祭酒富珠里翀，大踏步走至帝师座前，满满地斟了一觥，递与帝师道："帝师祖奉释迦，是天下僧人的宗师，我祖奉孔子，是天下儒人的宗师，彼此各有所宗，各不为礼，想帝师亦应原谅！"帝师闻言，无从驳辩，却一笑起身，受觞卒饮，大众为之懔然。富珠里翀恰徐徐地退入班中去了。难倒帝师。

文宗也不加斥责，尽欢而罢。嗣以燕帖木儿，功勋无比，追封三代，以他曾祖父班都察为溧阳王，曾祖妣王龙彻，为溧阳王夫人，祖父土土哈为升王，祖妣太塔你，为升王夫人；父床兀儿为扬王，母也先帖你及继母公主察吉儿并为扬王夫人。又命礼部尚书马祖常，铺张燕帖木儿功绩，制文立石，矗峙北郊。嗣复因种种赏赐，未足报功，特命专任宰辅，改伯颜知枢密院事，罢设左丞相，并颁诏以示宠眷道：

> 燕帖木儿勋劳唯旧，忠勇多谋，奋大义以成功，致治平于期月，宜专独运以重秉钧，授以开府仪同三司上柱国太师太平王答剌罕中书右丞相，录军国重事，监修国史，提调燕王宫相府事，大都督领龙翊亲军都指挥使司事。凡号令、刑名、选法、钱粮、造作一切中书政务，悉听总裁。诸王公主驸马近侍人员，大小诸衙门官员人等，敢有隔越奏闻，以违制论，特诏。

自是燕帖木儿权势日隆，凡所欲为，无不如意，因此宫廷内外，只知有太平王，不知有文宗。正是：

> 拥戴功高无与匹；　威权日甚易生骄。

欲知文宗此后行政，且从下回交代。

　　明宗即位和宁，观其所颁诏令，无非普通行政，并不闻有暴虐之行，致干民怨，而王忽察都之信宿，即致暴崩。值春秋鼎盛之时，遇此极大变故，而皇太子不加追究，右丞相亦未发言，且取得御宝，即上马南驰，此非太子、右相之暗中加毒，能如是之默尔而息乎？太子未曾登极，即易旧臣，机一至而即发，情欲盖而弥张。至于内省多疚，欲假佛事以忏过，佛果有灵，岂为乱贼呵护乎？获罪于天，祷亦何益，多见其不知量也。

第十五回

怀妒谋毒死故后
立储君惊遇冤魂

却说文宗天历三年，改元至顺。其时明宗后自漠北返京，文宗迎居宫中，敕有司供币帛二百匹，作为资用，并命明宗子懿璘质班—作额林沁巴勒为鄜王。懿璘质班年才五岁，系明宗嫡子，乃八不沙皇后所出。还有一子名妥欢帖睦尔，一作托叹特穆尔。比懿璘质班年纪较长，其母名叫迈来迪，相传迈来迪系北方娼妇，前宋恭帝赵㬎，被虏至京，受封瀛国公，赵㬎安居北方，平日无事，未免寻花问柳，适见迈来迪姿容韶丽，遂与她结成外眷，产下一子，便是妥欢帖睦尔。嗣赵㬎病殁，迈来迪华色未衰，被明宗和世㻋所见，纳为侍妾，载与同归。妥欢帖睦尔随母入侍，子以母贵，居然为明宗长子。俗语所谓拖油瓶。因此明宗左右，啧有烦言，至是亦同入宫中。文宗却也不欲穷诘，待遇如犹子一般。任他出入宫禁，抚养成人。不过懿璘质班是嫡子，妥欢帖睦尔为庶子，嫡庶不能无别，所以一封王，一不封王，这且不必细表。

就中单说八不沙皇后，虽入宫中，受着文宗的敬礼，奈心中不无怨怼，有时暗中流泪，有时对人微言，文宗虽略有所闻，倒也不暇理睬。只文宗后卜答失里与八不沙本不相亲，此时同住宫中，面上似属通融，意中不无芥蒂。这是娣姒常态。彼此相见，免不得暗嘲热讽，冷语交侵。看官！你想这八不沙皇后，本是没甚材干，遇着这等尴尬的遭际，又不能处之泰然，每不如意，辄迁怒左右，侍女们有何知识，得着主宠，便是喜欢，逢着主怒，便是懊恼，哪个肯体心贴意，曲意奉承？况八不沙是个过去的皇后，留住宫中，好似一个寄生虫，怎及得卜答失里系当时国母，节制六宫？所以八不沙一言一动，统由侍女们传报，卜答失里遂无乎不知。非平时揣摩世态，不能如此详明。

冤家有孽，偏出了一个太监与八不沙硬做对头，这太监的名字，与英宗时的贤相拜住同一大名。这正是名同心不同呢。某日太监拜住，在宫中往来，巧遇着八不沙皇后，他也不上前请安，反在旁边立着，指手画脚，与小太监调笑。八不沙皇后，不禁气恼，便向他呵叱道："你是一个区区太监，也敢这般无礼！人家欺负我，是我命苦所致，似你这厮，也看我是奴仆一般！罢罢！你等仗着皇后威势，竟尔无法无天，须知我也是个皇后，不过先帝忠厚，不甚防着，反被那狗男女从中暗算，仓猝崩逝，难道皇天无眼，作善罹殃，作恶反得降祥？泰山有坍倒的日子，你等应留着余地，不要有势行尽呢！"妇女口吻，亏他描摹。说罢，负气竟去。

这太监拜住恰冷笑了几声，又慢腾腾地走入中宫，见了皇后卜答失里，便跪倒地上，呜呜咽咽地哭将起来。忽笑忽哭，写尽奸刁。卜答失里本宠爱拜住，瞧着这副情状，便问道："你受何人委屈，来到我处诉苦？"拜住道："奴婢不敢说！"卜答失里道："叫你说你却不说，你为何向我来哭？你莫非逞刁不成？"拜住磕头道："奴婢怎敢！只此事关系甚大，不说不可，欲说又不可。"卜答失里道："你尽管说来，有我做主何妨！"拜住才将八不沙皇后所言，转述一遍，且捏造几句訾词，惹动卜答失里盛怒，陡然起座，拟至八不沙皇后处，与她评理。拜住恰又劝阻。刁狡之极。

卜答失里顿足道："我与她势不两立，定要她死在我手，方出胸中恶气！"拜住道："这亦不难，总教禀明皇上，赐她自尽，便可了案。"卜答失里道："我也曾说过几次，奈皇上不肯见从，奈何！"拜住道："从太子入手，便好行事。"卜答失里沉吟道："你且起来，好好商酌为是。"拜住顿首起立。经卜答失里屏去侍女，密与拜住商量。拜住道："皇子虽幼，然将来总是储君，现在郿王已立，同处宫禁，势必从旁窥伺，倘或皇上舍子立侄，如皇子何！如皇后何！"卜答失里道："我亦防这一着，目今计将安出！"拜住道："只教禀闻皇上，但说明宗皇后潜结内外，谋立郿王为太子，不怕皇上不信！"卜答失里道："皇上曾有立侄的意思，倘若弄假成真，如何是好？"拜住道："明宗暴崩，谣言蜂起，多说太平王燕帖木儿主谋，连皇上亦牵累在内，就是明宗皇后，也怀着疑心，所以语中含刺，我想皇上让德昭彰，断不如群情所料，若把此言一一奏闻，管教皇上动气，早些斩草除根，免得后患！"卜答失里尚在摇头，拜住道："再进一层，竟说她谋为不轨，将不利皇上，皇上莫非再让不成！"谗人罔极。

卜答失里不禁点首，便令拜住暂退，自己待文宗入宫，便一层一层的详告。文宗虽是动怒，然不肯骤用辣手，经卜答失里婉劝硬逼，弄得文宗心思亦被她摇惑起来。俗语说得好，枕席之言易入，况加以父子夫妇，关系生死，就是铁石人也要动心。不由得叹息道："凡事不为已甚，我已为燕帖木儿所惑，做到不仁不义；目今又被势逼，教我再做一着，岂不是已什么？但箭在弦上，不得不发，我只好将错便错罢了！"误尽世人，莫如此言。便语皇后卜答失里道："据你说来，定要处死八不沙皇后，但我心终属未忍。宁可由别人去处置她，我却不好自行赐死！"分明是教她矫诏。卜答失里无言。

到了次日，文宗自去视朝，卜答失里即召拜住密议，并将文宗语述毕。拜住道："皇上太属仁慈，此事只可由皇后做主。"卜答失里道："你叫我去杀她么？"拜住道："请皇后传一密旨，只说皇上有命，赐她自尽，她向何人去说，只好自死罢了。"卜答失里道："事果可行么？"拜住道："何不可行？皇上决不为难。"卜答失里道："你与我小心做去，何如？"

拜住遂出，拟好密旨，并亲携鸩酒，径向八不沙皇后处行来。八不沙皇后梳洗才毕，骤见拜住入内，令她跪读诏旨，不禁战慄起来。拜住怒目道："快请受诏，以便复命！"八不沙皇后无可奈何，只得遵命跪着，由拜住宣读诏敕，乃说她私图不轨，谋立己子，应恩赐自尽等语。八不沙抚膺恸哭道："既杀我先皇，又要杀我，我死，必做厉鬼以索命！"言至此，即从拜住手夺过鸩酒，一饮而尽。须臾毒发，身仆地上，拜住由她暴毙，竟回报卜答失里。卜答失里很是快慰。及文宗闻知，只说八不沙皇后暴病身亡，文宗明知有变，但绝了后来的祸根，也是惬意的多，失意的少。既忍杀兄，遑问其嫂。

卜答失里遂欲正名定分，立子阿剌忒纳答剌一作喇特纳达喇为太子，文宗倒也应允。先将八不沙皇后的丧葬，草草理毕，然后安排册命。正拟命太常各官，议定册立太子礼仪，偏皇后卜答失里，与太监拜住，计上生计，又复想出了一种毒谋。他想鄜王懿璘质班，与妥欢帖睦尔尚处宫中，究竟不是了局，拟将他驱逐出外，拔去了眼中钉，庶几始终无患，遂日向文宗前絮聒，把祸福利害的关系，反复密陈。文宗以两人年尚幼弱，不便遣发，只说是从缓再商。*文宗尚有良心。*卜答失里总不肯放手，暗中唆使妥欢帖睦尔的乳母，叫她告知其夫，入见文宗，略言妥欢帖睦尔实非明宗所出，娼妓杂种，如何冒充天潢，自乱血统？且明宗在日，已欲将他驱逐，此刻正宜慎重名义，休使一误再误呢。于是文宗下令，将妥欢帖睦尔母子逐出，东戍高丽，幽居大青岛中，不准与人往来。*去了一个。*

妥欢帖睦尔既去，只有一个懿璘质班，孤苦伶仃，无人抚字。卜答失里还想将他调开，偏偏文宗不从。拜住复献计道："一个小孩子，晓得甚么计策？只教糕饵中间，稍置毒药，便可将他鸩死。"言未毕，忽似有人从后猛击，竟致头晕目眩，跌仆地上。卜答失里大为惊讶，忙令侍儿搀扶拜住，不防拜住反瞋目怒叱道："哪个敢来救他？他是一个小太监，恃宠横行，谋死了我，还要谋死我子么？"这语一出，吓得卜答失里牙床打战，面色似灰。拜住又戟指痛詈道："都是你这狠心人，妄逞机谋，欲将我母子置诸死地，所以家奴走狗，亦得肆行无忌，巧图迎合。须知天下是我家的天下，你等害我先皇，夺我帝位，还嫌不足，又将我矫旨酖死，我死得好苦吓！"说至此，槌胸大哭。嗣复惨然道："可怜我夫妇两人，俱遭你等毒毙，现只剩了一个血块，年只四五龄，你等亦应存点天良，好好顾全了他。人生修短，就使有数，总不该死于你手！*此语为后文埋根。*你道害了我子，你子便得长寿延命，万岁为君么？你且看着，我先索了贼奴的性命，回去再说！"言毕，即寂然不动。至卜答失里渐定惊魂，再将拜住仔细一瞧，已经满口皆血，嚼舌而死。*厉鬼未尝无有，并非作者迷信。*

自是六院深宫，常带阴气，一班宫娥彩女，互相惊吓，不是说有鬼啸声，就是说有鬼履痕，白昼时结侣呼群，方敢进出，夜静时关门闭户，尚觉阴沉。*这是疑心生暗鬼。*卜答失里由惊生畏，由畏生忧，遂与文宗商议，欲向帝师前亲受佛戒。文宗本已心虚，又闻宫中时常见鬼，也觉毛发森然。至此闻皇后言，自然满口应允，当下告知帝师辇真乞剌思，择日受戒。辇真乞剌思无不从命。届期请帝师入兴圣殿，由文宗率着皇后，及皇子阿剌式纳答剌，俱到坛前行受戒礼。好在一切仪制，都有成例可援，不过由太常官稍费手续，僧徒辈多念真言，便算大礼告成了。文宗又命懿璘质班，也受了佛戒。满望慈航普渡，保合太和，宫内一切人等，也以为如来默护，可以消除魔障，纵有鬼物，不敢为殃，自此化怪为常，稍稍镇静。文宗遂封皇子阿剌忒纳答剌为燕王，立宫相府，命燕帖木儿总领府事。外无异议，内无妖孽，恰安安稳稳地度将过去。从此一心信佛，命西僧作佛事于明智殿，自四月朔日起，命至腊月方罢。

会故相铁木迭儿子锁住，复夤缘干进，得为将作使，他因将作使一职，位微秩卑，尚不满欲，因与弟观音奴，阴谋作乱。无如势孤力弱，一时无从发难，乃与姊夫太医使野理牙，暗谋镇魇。适闻宫中有鬼作祟，益滋迷信，以为乘机厌禳，应较灵验。野里牙姊阿纳昔木思，素信道教，遂向道教徒侣，乞得符箓数张，在庭中设起神坛，上供北斗星君牌位，朝夕顶礼，口中所祝，无非祈君相速死，另易真命天子，制治天下等语。可谓愚甚。还有前刑部尚书乌马喇，前御史大夫孛罗，及前上都留守马儿，统失职闲居，各怀怨望，这数人平日，与锁住等很是莫逆，至此闻锁住得了此法，相率赞成。哪知事机不密，竟被别人举发，当由燕帖木儿奏报文宗。看官！你想锁住等人，还能幸免么？缇骑一发，先将锁住、观音奴、野理牙三人逮问，中书省臣严刑审讯，后核得乌马喇、孛罗、马儿及野理牙姊阿纳昔木思等，一同与谋。随将他四人一并拿至，讯明属实，律以呪诅主上，大逆不道的罪名，便将他推出正法。

一波未了，一波已起，知枢密院事阔彻伯、脱脱木儿，通政使只儿哈郎，翰林学士承旨伯颜也不干，燕王宫相斡罗思，中政使尚家奴秃乌台，右阿速卫指挥使那海察拜住等，以燕帖木儿专权自盗，不忍坐视。意欲兴甲问罪，入清君侧，偏被燕帖木儿的爪牙，名叫也的迷失脱迷，洞察异图，先行密报。燕帖木儿先发制人，即率兵掩捕，共获住十二人，尽行弃市，并将他家产籍没充公。螳臂当车，自不量力。

诸王大臣等，以内乱叠平，统向太平王处贺喜。燕帖木儿，也率文武百官，暨耆老僧道，伏阙上书，请文宗宏加尊号。文宗也觉增欢，俯允所请，遂亲御大明殿，由燕帖木儿等奉玉册玉宝，上尊号曰："钦天统圣至德诚功大文孝皇帝"。弑兄杀嫂的美名，何不加入。御史台臣，又思踵事增华，请立燕王为皇太子。文宗道："朕子尚幼，非裕宗为燕王时比，俟缓日再议。"

过了月余，复由诸王大臣，吁请立储。文宗又道："卿等所言，未尝不是，但燕王尚幼，恐他识虑未弘，不堪负荷，稍从缓议，当亦未迟。"廷臣以再请未允，不欲再言，奈皇后卜答失里，急欲立子，暗中通知诸王大臣，令他续请，自己亦乘间力陈，请文宗速从群议，以餍舆望。胆又放大了。文宗不好固执成见，乃先令太保伯

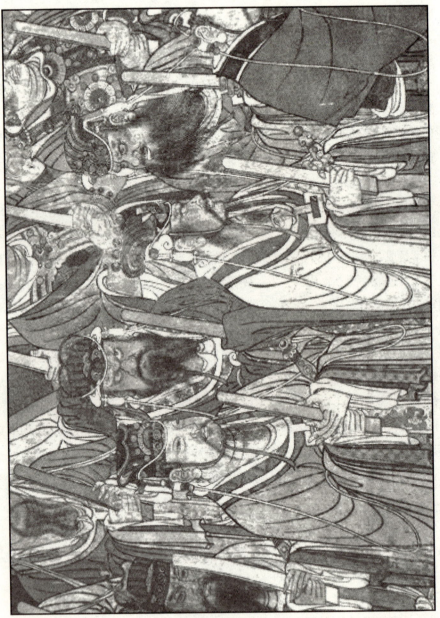

元代壁画中的道教诸神

颜，祭告宗庙，然后立燕王阿剌忒纳答剌为皇太子，礼成逾日，忽皇太子生起病来，热了三日三夜，全身露出红斑，仿佛似痘疹一般，急得帝后日夕不安。正在床前视疾，蓦闻皇太子大叫道："你想立太子么？我两人特来索命呢！"文宗闻着，不觉惊倒床上。小子有诗咏道：

> 弑兄杀嫂太无良，用尽机能反惹殃。
> 我劝世人休昧己，人谋不及鬼谋臧！

毕竟文宗性命如何，且从下回说明。

八不沙皇后之死，谁杀之？文宗后卜答失里，及宦者拜住杀之也。史家多归罪卜答失里；吾谓卜答失里之罪犹居其次，为罪首者实文宗耳。明宗后之为厉鬼，史笔虽无明文，然无辜被逼，饮鸩以终，鬼而有知，能不为厉乎！郑人相惊以伯有，子产明其为厉。夫伯有雁可死之罪，犹且如此，况饮恨如明宗后，必谓其无能为厉，识者亦知其未然也。若以本回为无端臆造，荒诞不经，试观文宗崩后，燕王虽殇，次子犹在，皇后卜答失里，胡竟命立郎王，甘舍己子？及郎王骤薨，又命迎立妥欢帖睦尔，非彼此隐怀畏惧，能如是之改行为善乎？揆情度理，必由明宗帝后，暗中为祟，有以慑其魄而祸其神耳。从无生有，即似寓真，是谓之善演史。

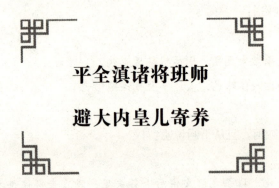

第十六回

平全滇诸将班师
避大内皇儿寄养

却说文宗被冤魂一吓，惊倒床上，几乎晕厥过去。慌得皇后卜答失里，没了主意，忙匍伏床前，口称该死，只求先皇先后，休念前嫌，保护太子性命要紧。但听太子冷笑道："早知今日，何必当初？你夫妇瞒心昧己，毒死我等，今朝权在我手，看你等再能害我么？"卜答失里又跪求道："如能保全太子，愿做佛事三年，超荐先灵。"**全然妇女口吻。**太子又冷笑道："佛事么？只可欺人，不能欺鬼，我要索命，任你做佛事三十年，也无用处。"卜答失里又道："先皇后如不肯饶恕，宁可将我作代，皇子无知，还乞矜宥！"太子又道："似你狼心狗肺，自有现世的报应，不劳我辈出力。"**隐伏后文。**卜答失里还是磕头不已，太子复唏嘘道："你既撇不掉你子，且再宽假数日，再作区处。"言已寂然。

斯时文宗亦已起床，闻得一派鬼言，不禁自怨自悔。寻见卜答失里尚是跪着，乃流泪道："你可起来，前事已经做错，跪求亦恐无益。"卜答失里方才起身，瞧着文宗下泪，也觉满腹凄惶。转抚太子身上，仍同火炭一般，似醒非醒，似寐非寐，叫了数声，亦不见回答，急得无法可施，与文宗泪眼相对。文宗道："我初意原不欲立储，为了内外交迫，乃成此举。看来先兄先嫂不肯容我过去，我只好改立皇侄，隐妥先灵，或可保全儿命呢。"卜答失里道："如果皇子病愈，总可改易前议。"

正商议间，忽外面呈入奏报，乃是豫王从云南发来，详述军情。当由文宗披阅，军事甚是得手，请皇上不必忧虑等语。文宗心下少慰，遂属皇后善视病儿，自出宫视朝去了。

先是上都告变，各省多怀贰心，至燕帖木儿等战胜上都，内地方称平静。四川平章囊嘉岱，前曾僭称镇西王，四出骚扰。至明宗即位，由文宗遣使诏谕，囊嘉岱方束手听命，削王称臣。及明宗暴崩，文宗又复登极，闻囊嘉岱又有违言，乃召他入朝，诡称朝廷将加重任，囊嘉岱信为真言，动身离蜀。一出蜀道，便由地方官吏，奉着密诏，将他擒住，槛送入都。由中书省臣案问，责他指斥乘舆，立即枭首，籍没家资。

这消息传到云南，诸王秃坚，大为不服，遂与万户伯忽、阿禾等谋变。传檄远近，声言：文宗弑兄自立，及诱杀边臣等情弊；遂兴兵攻陷中庆路，将廉访使等杀死，并执左丞忻都，胁署文牍。一面自称云南王，以伯忽为丞相，阿禾等为平章等官，立城栅，焚仓库，拒绝朝命。

文宗闻警，乃以河南行省平章乞住，为云南行省平章八番顺元宣慰使，帖木儿不花为云南行省左丞，率师南讨，命豫王阿剌忒纳失里，监制各军。

时有云南土官禄余，骁勇绝伦，名震各部，文宗令豫王妥为招徕，夹攻秃坚。禄余初颇听命，招集各部蛮军，效力出征，连败秃坚军，有旨授他为宣慰使，并云南行省参知政事。不防秃坚亦暗中行贿，买嘱禄余，教他背叛元廷。禄余贪利如命，竟归附秃坚，率蛮兵千人，拒乌撒、顺元界，立关固守。

是时重庆五路万户军，奉豫王调遣，入云南境，为禄余所袭，陷入绝地，死得干干净净。千户祝天祥，本为后应，亏得迟走一步，得了前军败耗，仓猝遁还。事为元廷所闻，再遣诸王云都思帖木儿，调集江浙、河南、江西三省重兵，与湖广行省平章脱欢，合兵南下。诸路兵马，尚未入滇，帖木儿不花，又被罗罗思蛮，邀击途次，斩首而去，云南大震。

枢密院臣奏言秃坚、伯忽等势益猖獗，乌撒、禄余亦乘势连约乌蒙、东川、茫部诸蛮，进窥顺元，请严饬前敌各兵，兼程前进，并饬边境慎固防守云云。于是文宗又颁发严旨，命豫王阿纳忒剌失里等，亟会诸军进讨。且以乌蒙、乌撒及罗罗思地，近接西番，与碉门安抚司相为唇齿，应饬所属军民，严加守备。又命巩昌都总帅府分头调兵，戍四川开元、大同、真定、冀宁、广平诸路，及忠翊侍卫左右屯田。那时军书旁午，烽燧谨严，战守兼资，内外巩固。

云南茫部路九村夷人，闻大军陆续南来，料知一隅小丑，不足抵御，乃公推头目阿斡阿里，诣四川行省，自陈本路旧隶四川，今土官撤加伯，与云南连叛，民等不敢附从，情愿备粮四百石，丁壮千人，助大军进征。当由四川省臣据实奏闻，文宗以他去逆效顺，厚加慰谕。

自此遐迩闻风，革心洗面，豫王阿纳忒刺失里，及诸王云都思帖木儿，分督各军，同时并集。还有镇西武靖王搠思班，系世祖第六子，亦领兵来会，差不多有十余万人，四面进攻。

先夺了金沙江，乱流而渡，既达彼岸，遇着云南阿禾军，并力冲杀，阿禾抵敌不住，夺路溃退，官军哪里肯舍，向前急追。弄得阿禾无路可逃，只好舍命来争，猛被官军射倒，擒斩了事。

进至中庆路，又值伯忽引兵来战，两军相遇于马金山，官军先占了上风，如排山倒海一般，掩杀过去。伯忽虽然勇悍，怎禁得大军压阵，势不可当。又况所统蛮军素无纪律，胜不相让，败不相救。看看官军势大，都纷纷如鸟兽散。剩得伯忽孤军，且战且行，正在势穷力蹶的时候，斜刺里忽闪出一支伏兵，为首一员大将，挺枪入阵，竟将伯忽刺死马下。这人非别，乃是太宗子库腾孙，曾封荆王，名叫也速也不干，他与武靖王搠思班，同镇西南。至是闻大军进讨，他竟带领亲卒，邀出伯忽背后，静悄悄地伏着，恰巧伯忽败走，遂乘机杀出，掩他不备，刺死伯忽。

当下与豫王等相会，彼此欢呼，合军再进，直入滇中。秃坚走死，禄余远遁。云南战事，无甚关系，所以随笔叙过。乃遣使奏捷，回应上文，且请留荆王镇守，撤还余军。

文宗视朝，与中书省臣等会议，佥云南征将士，未免疲乏，应从豫王等言。乃命豫王等班师还镇，留荆王屯驻要隘，另遣特默齐为云南行省平章，总制军事。

特默齐抵任后，复遣兵搜剿余孽，适值罗罗思土官撤加伯，潜遣把事曹通，潜结西番，欲据大渡河，进寇建昌。特默齐急檄云南省官跃里铁木儿，出师袭击，将曹通杀毙，又一面令万户统领周戡，直抵罗罗思部，控扼西番及诸蛮部。土官撤加伯，无计可施，竟落荒窜去。

既而禄余又出招余党，进寇顺元等路。云南省臣，以禄余剽悍异常，欲诱以利禄，招他归降。乃遣都事诺海，至禄余砦中，授以参政制命。禄余不受，反将诺海杀死。都元帅怯烈，素有勇名，闻诺海遇害，投袂奋起，鲁夜进兵，击破贼寨，杀死蛮军五百余人。秃坚长弟必剌都古象失，举家赴水死，还有幼弟二人，及子三人，被怯烈擒住，就地正法。只禄余不知下落，大约是远奔西裔了，余党悉平，云南大定。**了结滇事。**

文宗以西南平靖，外患已纾，倒也可以放心。只太子阿剌忒纳答剌疹疾未痊，反且日甚一日，有时热得发昏，仍旧满口谵语，不是明宗附体，就是八不沙皇后缠身。太医使朝夕入宫，静诊脉象，亦云饶有鬼气，累得文宗后卜答失里祈神祷鬼，一些儿没有效验，她已智尽能索，只好求教帝师，浼她忏悔。帝师有何能力，但说虔修佛事，总可挽回，乃命宫禁内外，筑坛八所，由帝师亲自登坛，召集西僧，极诚顶礼。今日拜忏，明日设醮，琅琅诵经，喃喃咒咒，阖宫男妇，没一个不斋戒，没一个不叩祷，吁求太子长生。连皇后卜答失里，时宣佛号，自昼至暮，把阿弥陀佛及救苦救难观世音等梵语，总要念到数万声。**佛口蛇心，徒增罪过。**怎奈莲座无灵，杨枝乏力，任你每日祷禳，那西天相隔很远，何从见闻。

卜答失里无可奈何，整日里以泪洗面，起初尚求先皇先后保佑，至儿病日剧，复以祝祷无功，改为怨诅。一夕坐太子床前，带哭带詈，忽见太子两手裂肤，双足捶床，怒目视后道：“你还要出言不逊么？我因你苦苦哀求，留你儿命，暂延数天，你反怨我骂我，真是不识好歹！罢罢！似你这等狠妇，总是始终不改，我等先索你长儿的性命，再来取你次儿，教你看我等手段罢！”原来文宗已有二子，长子名阿剌忒纳答剌，次子名古纳答剌，两子都尚幼稚。此次卜答失里闻了鬼语，急得什么相似，忙遣侍女去请文宗。

文宗到来，太子又厉声道：“你既想做皇帝，尽管自做便罢，何必矫情干誉，遣使迎我？我在漠北，并不与你争位，你教使臣甘言诱词，硬要奉我登基。既已忌我，不应让我，既已让我，不应害我，况我虽曾有嗣，也不忍没你功劳，仍立你为皇太子，我若寿终，帝位复为你有，你不过迟做数年，何故阴谋加害？害了我还犹是可，我后与你何嫌？一个年轻孀妇，寄居宫中，任她有什么能力，总难逃你手中。你又偏信悍妇，生生地将她鸩死，全不念同胞骨肉，亲如手足？你既如此，我还要顾着什么？”文宗至此，也不禁五体投地，愿改立鄜王为太子。只见太子哈哈笑道：“迟了！你也隐受天谴了。善有善报，恶有恶报，积因成果，莫谓冥漠无知呢！"*暗伏文宗崩逝之兆，然借此以唤醒世人，恰也不少！*

文宗尚欲有言，太子已两眼一翻道："我要去了！你子随了我去，此后你应防着，莫再听那长舌妇罢！"这语才毕，文宗料知不佳，急起视太子，已经喘做一团，不消半刻，即兰摧玉折了。看官！你想此时的文宗，及皇后卜答失里心下不知如何难过。呼吁原是没效，懊悔也觉无益，免不得抚尸恸哭，悲痛一回。

文宗以情不忍舍，召绘师图画真容，留作遗念。*兄嫂也是骨肉，如何忍心毒死！*一面特制桐棺，亲自视殓，先把儿尸沐以香汤，然后着衣含玉，一切仪式，如成人一般。后命宫内广设坛场，召集西僧百人，追荐灵魂。忙碌了好多日，乃令宫相法里，安排葬事，发绔时，役夫约数千名，单是舁送灵舆人夫，也有五十八人，差不多如梓宫奉安的威仪。俟祔葬祖陵后，又饬营庐墓，即嘱法里等守护。一面将太子木主，供奉庆寿寺，仿佛与累朝神御相等。*视子若祖考，慈孝倒置。*

丧葬才毕，次儿古纳答剌，又复染着疹疾，病势不亚皇储。这一惊非同小可，不但文宗帝后，捏了一把冷汗，就是宫廷内外，也道是先皇先后不肯放手，顿时风声鹤唳，无在非疑，杯弓蛇影，所见皆惧。文宗图帖睦尔及皇后卜答失里凄凄惶惶，闹到发昏第一章，猛然记起太平王燕帖木儿足智多谋，或有意外良法，乃亟命内侍宣召。燕帖木儿如命即至，由文宗帝后与他熟商。奈燕帖木儿是个阳世权臣，不是冥中阎王，至此也焦思苦虑，想不出什么法儿。及见帝后两人，衔着急泪，很是可悲，乃委婉进言道："宫中既有阴气，皇次子不应再居，俗语有道，趋吉避凶，据臣看来，且把皇次子避开此地，或可化凶为吉。"文宗道："何处可避？"燕帖木儿道："京中不乏诸王公主，总教老成谨慎，便可托付。"皇后卜答失里即插口道："最好是太平王邸中，我看此事只可托付了你，望你勿辞！"燕帖木儿道："臣受恩深重，敢不尽力！但在臣家内，恐怕有亵，还求宸衷再酌！"文宗道："朕子即卿子，说什么亵渎不亵渎！"燕帖木儿又道："臣家居比邻，有一吉宅，乃是诸王阿鲁浑撒里故居，今请陛下颁发敕令，将此宅作为皇次子居第，俾臣得以朝夕侍奉，岂不两便！"文宗道："故王居宅，未便擅夺，不如给价为是。"燕帖木儿道："这是皇恩周浃，臣当代为叩谢。"说罢，便跪地叩首。文宗亲手搀扶，叫他免礼，且面谕道："事不宜迟，就定明日罢。"燕帖木儿领旨而出，即夕办理妥当，布置整齐。次日已牌，又复入宫，当即备一暖舆，奉皇次子古纳答剌卧舆出宫。小子有诗咏道：

> 频年忏悔莫消灾，无怪皇家少主裁。
> 幸有相臣多智略，奉儿载出六宫来。

毕竟皇次子能否病愈，容俟下回续叙。

云南之变，声讨文宗，可谓名正言顺。事虽未成，亦足以褫文宗之魄，故本回于秃坚等有恕词。惟禄余反复无常，心怀叵测，且系群蛮首领，有志乱华，所以特别加贬耳。至于太子殁后，次子复遇疹疾，史称市阿鲁浑撤里故宅，令燕帖木儿奉皇子居之，后儒不察，以为遣子寄养，蹈汉覆辙。夫文宗溺爱情深，观于太子之逝，丧葬饰终，何等郑重，顾肯以子遗之次子，寄养他家乎？揆其原因，必由宫中遇祟，连日来安，一儿已殇，一儿又病，不得已而出此，著书人从明眼窥出，既足以补史阙，复足以儆世人。是固有心人吐属，非好谈鬼怪也。

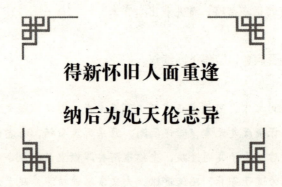

第十七回

得新怀旧人面重逢
纳后为妃天伦志异

却说皇次子古纳答剌，由燕帖木儿护送出宫，当至阿鲁浑撒里故第，安居调养。随来的宫女，约数十人，复从太平王邸中，派拨妇女多名，小心侍奉，还有太平王继母察吉儿公主，及所尚诸公主等，也晨夕过从，问暖视寒，果然冤魂不到，皇子渐瘥。燕帖木儿奏达宫中，帝后很是心喜，立赐燕帖木儿及公主察吉儿各金百两，银五百两，钞二千锭。就是燕帖木儿弟撒敦，也得蒙厚赉。又赐医巫乳媪宦官卫士六百人，金三百五十两，银三千四百两，钞三千四百锭。各人照例谢赏，正是天恩普及，舆隶同欢。

文宗又命在兴圣宫西南，筑造一座大厦，作为燕帖木儿的外第，并在虹桥南畔，建太平王生祠，树碑勒石，颂德表功。又宣召燕帖木儿子塔剌海，入宫觐见，赐他金银无算，命为帝后养子。一面令皇次子古纳答剌，改名燕帖古思，与燕帖木儿上二字相同，表明义父义子的关系。父子应避嫌名，元朝定例，偏以同名为亲属，也是一奇。燕帖木儿入朝辞谢，文宗执手唏嘘道："卿有大功于朕，朕恨赏不副功；只有视卿如骨肉一般，卿子可为朕子，朕子亦可为卿子，彼此应略迹言情，毋得拘泥。"自己的亲兄，恰可毒死，偏引外人为骨肉，诚不知是何肺肝！燕帖木儿顿首道："臣子已蒙皇恩，不敢再辞，若皇嗣乃天演嫡派，臣何人斯，敢认作义儿？务请陛下收回成命！"文宗道："名已改定，毋庸再议！朕有易子而子的意思，愿否由卿自择，"燕帖木儿拜谢而出。

　　过了数日，太平王妃忽然病逝。文宗亲自往吊，并厚赠赙仪。丧葬才毕，复诏遣宗女数人，下嫁燕帖木儿，解他余痛。又因宫中有一高丽女子，名叫不颜帖尔，敏慧过人，素得帝宠，至此也割爱相赠。**何不将皇后亦给了他？**燕帖木儿辞不胜辞，索性制就连床大被，令所赐美女相夹而睡，凭着天生神力，一夕御女数人，巫峡作云，高唐梦雨，说不尽的温柔滋味，把所有鼓盆余戚，早已撇过一边。但正室仍是虚位，未尝许他人承袭，大众莫名其妙，其实燕帖木儿恰有一段隐情，看官试猜一猜，待小子叙述下去。

　　小子前时叙泰定后妃事，曾已漏泄春光，暗中伏线。燕帖木儿本早有心勾搭，可奈入京以后，内外多故，政务倥偬，他又专操相柄，一切军国重事，都要仗他筹划；因此日无暇晷，连王府中的公主等，都未免向隅暗叹，辜负香衾。既而滇中告靖，可以少暇，不意皇子燕帖古思，又要令他抚养，一步儿不好脱离。至皇子渐痊，王妃猝逝，免不得又有一番忙碌。正拟移花接木，隐践前盟，偏偏九重恩厚，复厘降宗女数人；穿花蛱蝶深深见，点水蜻蜓款款飞，又不得不竭力周旋，仰承帝泽。**可谓忙极。**

　　过了一月，国家无事，公私两尽，燕帖木儿默念道："此时不到东安州，还有何时得暇？"遂假出猎为名，带了亲卒数名，一鞭就道，六辔如丝，匆匆地向东安州前来。既到东安，即进去见泰定皇后。早有侍女通报，泰定后率着二妃，笑脸出迎，桃花无恙，人面依然。燕帖木儿定睛细瞧，竟说不出什么话来。泰定后恰启口道："相别一年，王爷的丰采，略略清减，莫非为着国家重事劳损精神么？"**出口便属有情。**燕帖木儿方道："正是这般。"二妃也从旁插嘴道："今夕遇着什么风儿，吹送王爷到此？"燕帖木儿道："我日日惦念后妃！只因前有外变，后有内忧，所以无从分身，直至今日，方得拨冗趋候。"泰定后妃齐称不敢，一面邀燕帖木儿入室，与泰定后相对坐下。**居然夫妻。二妃亦列坐一旁。居然妾媵。**

　　泰定后方问及外变内忧情状，由燕帖木儿略述一遍，泰定后道："有这般情事，怪不得王爷面上，清瘦了许多。"燕帖木儿道："还有一桩可悲的家事，我的妃子，竟去世了！"泰定后道："可惜！可惜！"燕帖木儿道："这也是无可奈何！"二妃插入道："王爷的后房，想总多得很哩。但教王爷拣得一人，叫作王妃，便好补满离恨了。"轻挑暗逗，想是暗美王妃。燕帖木儿道："后房虽有数人，但多是皇上所赐，未合我意，须要另行择配，方可补恨。"二妃复道："不知何处淑媛，凤饶厚福，得配王爷！"燕帖木儿闻了此言，却睁着一双色眼，觑那泰定后，复回瞧二妃道："我意中恰有一人，未知她肯俯就否？"二妃听到俯就二字，已经瞧料三分。看那泰定后神色，亦似觉着，恰故意旁瞧侍女道："今日王爷到此，理应杯酒接风，你去吩咐厨役要紧！"侍女领命去讫。

燕帖木儿道："我前时已函饬州官，叫他小心伺候，所有供奉事宜，不得违慢，他可遵着我命么？"泰定后道："州官供奉周到，我等在此尚不觉苦。唯王爷悉心照拂，实所深感！"燕帖木儿道："这也没有什么费心，州官所司何事？区区供奉，亦所应该的。"正说着，见侍女来报，州官禀见。燕帖木儿道："要他来见我做甚？"言下复沉吟一番，乃嘱侍女道："他既到来，我就去会他一会。"

侍女去后，燕帖木儿方缓踱出来。原来燕帖木儿到东安州，乃是微服出游，并没有什么仪仗。且急急去会泰定后妃，本是瞒头暗脚，所以州官前未闻知。嗣探得燕帖木儿到来，慌忙穿好衣冠，前来拜谒。经燕帖木儿出见后，自有一番酬应，州官见了王爷，曲意逢迎，不劳细说。待州官别后，燕帖木儿入内，酒肴已安排妥当，当由燕帖木儿吩咐，移入内厅，以便细叙。伏笔。

入席后，泰定后斟了一杯，算是敬客的礼仪，自己因避着嫌疑，退至别座，不与同席。燕帖木儿立着道："举酒独酌，有何趣味？既承后妃优待，何妨一同畅饮，彼此并非外人，同席何妨！"泰定后还是怕羞，踌躇多时，又经燕帖木儿催逼，乃命二妃入席陪饮。燕帖木儿道："妃子同席，皇后向隅，这事如何使得？"说着，竟行至泰定后前，欲亲手来挈后衣，泰走后料知难却，乃让过燕帖木儿，绕行入席。拣了一个主席，即欲坐下，燕帖木儿还是不肯，请后上坐。泰定后道："王爷不必再谦了！"于是燕帖木儿坐在客位，泰定后坐在主位，两旁站立二妃。燕帖木儿道："二妃如何不坐？"二妃方道了歉，就左右坐下。

于是浅斟低酌，逸兴遄飞，起初尚是若离若合，不脱不粘，后来各有酒意，未免放纵起来。燕帖木儿既瞧那泰定后，复瞧着二妃，一个是淡妆如菊，秀色可餐，两个是浓艳似桃，芳姿相亚，不禁眉飞色舞，目逗神挑。那二妃恰亦解意，殷勤劝酌，脉脉含情，泰定后到此，亦觉情不自持，勉强镇定心猿，装出正经模样。

燕帖木儿恰满斟一觥，捧递泰定后道："主人情重，理应回敬一樽。"泰定后不好直接。只待燕帖木儿置在席上。偏燕帖木儿双手捧着，定要泰定后就饮，惹得泰定后两颊微红，没奈何喝了一喝。燕帖木儿方放下酒杯，顾着泰定后道："区区有一言相告，未知肯容纳否？"泰定后道："但说何妨！"燕帖木儿道："皇后寄居此地，寂寂寡欢，原是可悯；二妃正值青春，也随着同住，好好韶光，怎忍辜负！"泰定后听到此语，暗暗伤心；二妃更忍耐不住，几乎流下泪来。

燕帖木儿又道："人生如朝露，何必拘拘小节！但教目前快意，便是乐境。敢问皇后二妃，何故自寻烦恼？"泰定后道："我将老了，还想什么乐趣？只两位妃子，随我受苦，煞是可怜呢！"燕帖木儿笑道："皇后虽近中年，丰韵恰似二十许人，若肯稍稍屈尊，我却要……"说到要字，将下半语衔住。泰定后不便再诘。那二妃恰已拭干了泪，齐声问道："王爷要什么？"燕帖木儿竟涎着脸道："要皇后屈作王妃哩！"满盘做作，为此一语。泰定后恰嫣然一笑道："王爷的说话，欠尊重了！无论我不便嫁与王爷，就使嫁了，要我这老妪何用？"已是应许。燕帖木儿道："何尝老哩！如蒙俯允，明日就当迎娶哩。"泰定后道："这请王爷不必费心，倒不如与二妃商量啰！"燕帖木儿道："有祸同当，有福同享。皇后若肯降尊，二妃自当同去。"说着，见二妃起身离席，竟避了出去。那时侍女人等，亦早已出外。都是知趣。只剩泰定皇后，兀自坐着，他竟立将起来，走近泰定后旁，悄悄地牵动衣袖。泰定后慌忙让开，抽身脱走，冉冉地向卧室而去。逃入卧房，分明是叫他进来。

燕帖木儿竟蹑迹追上，随入卧室，大着胆抱住纤腰，移近榻前。泰定后回首作嗔道："王爷太属讨厌！不怕先皇帝动恼么？"燕帖木儿道："先皇有灵，也不忍皇后孤栖。今夕总要皇后开恩哩。"看官！你想泰定后是个久旷妇人，遇着这种情魔，哪得不令她心醉！当下半推半就，一任燕帖木儿所为，罗襦代解，芗泽犹存，檀口微开，丁香半吐，脂香满满，人面田田，谐成意外姻缘，了却生前宿孽。正在云行雨施的时候，那两妃亦突然进来，泰定后几无地自容。燕帖木儿却馀勇可贾，完了正本，另行开场。二妃本已欢迎，自然次第买春，绸缪永夕。

自此以后，四人同心。又盘桓了好几天，燕帖木儿方才回京。临行时与泰定后及二妃道："我一入京师，便当饬着妥役，奉舆来迎。你三人须一同进来，休得有误！"三人尚恋恋不舍。燕帖木儿道，"相别不过数日，此后当同住一家，朝欢暮乐，享那后半生安逸。温柔乡里，好景正多，何必黯然！"<u>只恐未必</u>。三人方送他出门，咛叮而别。

燕帖木儿一入京师，即遣卫兵及干役赴东安州，去迎泰定后妃，嘱以途次小心。一面就在新赐大厦中，陆续布置，次第陈设，作为藏娇金屋。小子前时曾表明泰定后妃名氏，至此泰定后已下嫁燕帖木儿，二妃也甘心作媵，自不应照旧称呼。此后称泰定后，就直呼她芳名八不罕，称泰定二妃，亦直呼她芳名必罕及速哥答里。<u>称名以愧之，隐寓《春秋》书法。</u>

八不罕等在东安州，日日盼望京使。春色未回，陌头早待，梅花欲放，驿信才来。三人非常欢慰，即日动身。州官亟来谒送，并献上许多赠仪。<u>是否套仪。</u>八不罕也道一谢字。鸾车载道，凤翠呈辉，卫卒等前后拥护，比前日到东安州时，情景大不相同。

不数日即到京师，燕帖木儿早派人相接迎入别第。京中人士，尚未得悉情由，统是模糊揣测。只有燕帖木儿心腹，已知大概，大家都是葸片，哪个敢来议长论短，只陆续入太平王府送礼贺喜。一传十，十传百，宫廷内外，都闻得燕帖木儿继娶王妃，相率趋贺。文宗尚未知所娶何人，至问及太保伯颜，才算分晓。蒙俗本没甚名节，况是一个冷落的故后，管她什么再醮不再醮。当下也遣太常礼仪使，奉着许多赏品，赐与燕帖木儿。正是作合自天，喜从天降。

到了成礼的吉期，燕帖木儿先到新第，饬吏役奉着凤舆，及绣幰二乘，去迎王妃等人，八不罕等装束与天仙相似，上舆而来。一入新第中，下舆登堂，与燕帖木儿行夫妇礼，必罕姊妹，退后一步，也盈盈下拜，大家看那新娘娇容，并不觉老，反较前丰艳了些，莫不叹为天生尤物。<u>大约夏姬再世。</u>及与察吉儿公主相见，八不罕本是面熟，只好低垂粉颈，敛衽鸣恭。<u>亏她有此厚脸。</u>必罕姊妹，行了大礼，<u>一班淫婢。</u>方相偕步入香巢。

燕帖木儿复出来酬应一回，日暮归寝，八不罕等早已起迎。燕帖木儿执八不罕的手道："名花有主，宝帐重春，虽由夫人屈节相从，然夫人性命，从此保全，我今日才得宽心哩！"八不罕惊问何故？燕帖木儿道："明宗皇后，尚且被毒，难道上头不记着夫人么？我为此事，煞费周旋，上头屡欲加害，我也屡次挽回。只夫人若长住东安，终难免祸，现今做我的夫人，自然除却前嫌，可以没事哩。"占了后身，还想巧言掩饰，令她心感，真是奸雄手段。八不罕格外感激，遂语燕帖木儿道："王爷厚恩，愧无以报！"以身报德，还不够么？燕帖木儿道："既为夫妇，何必过谦！"复语必罕姊妹道："你二人各有卧室，今夕且分住一宵，明日当来续欢罢了。"

二人告别而去。燕帖木儿乃与八不罕并坐，揽住鬒云，搵住香腮，先温存了一番，嗣后宽衣解带，同入鸳帏，褥底芙蓉，相证无非故物；巢间翡翠，为欢更越曩时。一夜恩爱，自不消说。次夕，与必罕姊妹，共叙旧情，又另具一种风韵。小子有诗咏道：

纲常道义尽沦亡，皇后居然甘下堂。

万恶权臣何足责，杨花水性太荒唐！

未知后事如何，且至下回续叙。

本回表述风情，暗中恰深刺燕帖木儿及泰定后妃，泰定后虽迁置东安州，然名分犹在，不可得而污蔑也，燕帖木儿贪恋酒色，甚至占后为妻，任所欲为，而八不罕皇后等，亦甘心受辱，屈尊下嫁，虽畏其权势之逼人，要亦由廉耻之扫地。盈廷大臣，唯唯诺诺，不闻有骨鲠之士，秉直纠弹，元其能不亡乎？故此回叙燕帖木儿事实，嫉其强暴，叙泰定后妃事实，恶其淫邪，幸勿视为香奁琐语也！

第十八回

正官方廷臣会议
遵顾命皇侄承宗

却说燕帖木儿纳后为妃，又得了必罕姊妹，并有从前宗女等人，总计后房佳丽，已有二三十人，左拥右抱，夜以继日，正是快活得很。但女色一物，最足蛊人。寻常一夫一妇，尚宜节欲养精，不能旦旦而伐。况一个男子，陪着几十个妇人，若非自知节养，就使有牛马精神，也恐不能持久呢。**至理名言**。燕帖木儿日渐清羸，筋力已耗去大半，偏偏好色心肠，愈加炽张，得陇望蜀，厌故喜新，他若闻有美人儿，定要攫取到手。无论皇亲国戚，闺女孀妹，但教太平王一言，只可亲送上门，由他戏弄。自从至顺元年以及三年，这三年间，除所赐公主宗女，及娶纳泰定后妃外，复占夺了数十人，或有交礼三日，即便遣归。大众忍气吞声，背地里都祈他速死。他尚恃势横行，毫不知改，甚至后房充斥，不能尽识。天作孽，犹可违；自作孽，不可活，残喘虽尚苟延，死期已不远了。

话分两头。且说文宗登位以后，第一个宠臣是燕帖木儿，第二个就是伯颜。至顺元年，改任伯颜知枢密院事。文宗以未足酬庸，复命尚世祖子阔出女孙，名叫伯颜的斤，作为伯颜妻室。并赐虎士三百名，隶左右宿卫。嗣复给黄金双龙符，镌文曰："广宣忠义正节振武佐运功臣。"组以宝带，世为证券。又命凡宴饮视宗王礼。至顺二年，晋封浚宁王，加授侍正府侍正，追封其先三世为王，寻又加封昭功宣毅万户，忠翊侍卫都指挥使。三年拜太傅，加徽政使。是时燕帖木儿，深居简出，每日与妻妾寻欢，不暇问及国事。因此朝政一切，多由伯颜主持；伯颜的权力，也不亚燕帖木儿。一个未死，一个又起。于是一班趋势的官儿，前日迎合太平王，此日迎合浚宁王，朝秦暮楚，昏夜乞怜，但蒙浚宁王允许，平白地亦可升官。就使遇着亲丧，不过休假数日，即可衰绖供职，且给以美名，称为夺情起复。监察御史陈思谦，目击时艰，痛心铨法，因上言内外各官，若非文武全才，关系天下安危，尽可令他终丧，不许无端起复。文宗虽优诏允从，奈暗中有伯颜把持，总教贿赂到手，无人不可设法，陈思谦又抗词上奏道：

臣观近日铨衡之弊，约有四端：入仕之门太多，黜陟之法太简，州郡之任太淹，朝省之除太速。欲救四弊，计有三策：一曰，至元三十年以后，增设衙门，冗滥不急者，从实减并，其外有选法者，并入中书。二曰，宜参酌古制，设辟举之科，令三品以下，各举所知，得材则受赏，失责则受罚。三曰，古者刺史入为三公，郎官出宰百里，盖使外职识朝廷治体，内官知民间利病。今后历县尹有能声善政者，授郎官御史，历郡守有奇才异绩者，任宪使尚书。其余各验资品通迁，在内者不得三考连任京官，在外者须历两任，乃迁内职。绩非出类，守不败官者，则循以年劳，处以常调。凡朝缺官员，须二十月之上，方可迁除，庶仕路澄清，贤者益劝，而不肖者无从干进矣。臣为整顿铨法计，故冒昧上陈，伏乞采择！

其时河北道廉访副使僧家奴，亦遥上一疏，乞御史台臣代奏。略云：

自古求忠臣必于孝子之口，今官于朝者十年，不省觐者有之；非无思亲之心，实由朝廷无给假省亲之制，而有擅离官次之禁。古律诸职官父母在三百里外，三年听一给定省，假二十日；无父母者，五年听一给拜墓，假十日，以此推之，父母在三百里以至万里，宜计道里远近，定立假期。其应省觐，匿而不省觐者，坐以罪；若诈冒假期，规避以掩其罪，与诈奔丧者同科，则天下无背亲之人，亦即无背君之人！移孝作忠，端在此举，伏乞宸鉴！

御史台臣，恰也不好隐匿，便将原奏呈入，文宗与陈思谦奏折，一并发落，饬中书省、礼部、刑部，及翰林、集贤两院，详议以闻。各官明知所奏无私，因碍于伯颜情面，免不得模棱两可，参酌了一篇圆滑的奏章，复呈上去。文宗亦有诏下来，大旨须用人宜慎，临丧宜哀，说得理明词达，其实也是一纸具文，无补实际。下欺上，上欺下，此是中国积弊，不特元代为然。还有司徒香山，有意逢君，进陈符谶，援行陶弘景《胡笳曲》，有"负扆飞天历，终是甲辰君"二语，与皇上生年纪号，适相符合，足为受命的瑞征，乞录付史馆，颁告中外。有诏令翰林、集贤两院及礼部会议。此时文宗早改元至顺，如香山谰言，不值一辨，乃犹令群臣集议，真是好谀。嗣经翰林诸臣，以谓唐开元间，太子宾客薛让，进武后鼎铭云："上玄降鉴，方建隆基。"隐为玄宗受命的庆兆。姚崇表贺，请宣示史官，颁告中外。至宋儒司马光，斥他强词牵合，以为符瑞，小臣贡谀，宰相证成，实是侮弄君上。今弘景遗曲，虽于生年纪号，似相符合，但陛下应天顺人，绍隆正统，于今四年，薄海内外，无不归心，何待旁引曲说，作为符命；若从香山言，恐启谶纬曲谈，反足以乱民志，淆政体，请毋庸议等语。文宗乃把此事搁起。

未几江浙大水，坏民田十八万八千七百三十八顷。越年，江西饥，湖广又饥，云南又大饥；既而荧惑犯东井，白虹并日出，长竟天。京师及陇西地震，天鼓鸣于东北，文宗一面遣赈，一面饬修佛事。始终佞佛，至死不悟。迨至梧桐叶落，天下皆秋，文宗帝运已终，竟染了一种奇症，整日昏昏，谵言呓语。皇后卜答失里，就榻侍疾，但听文宗所说，无非旧日阴谋，有时大声呼痛，竟似有人捶击一般。经医官朝夕诊视，也辨不出是什么病症，所开药方，全是不痛不痒，无效可言。

一夕，卜答失里侍侧，忽被文宗牵住两手，大呼哥哥恕我！嫂嫂恕我！吓得卜答失里毛发皆竖。急时抱佛脚，又只得在旁哀求，嗣见文宗神志稍清，才敢问明痛苦。文宗不禁叹息道："朕病将不起了，自思此生造了大孽，得罪兄嫂，目今悔不可追！唯朕殁后，这帝统须传与郯王，千万勿可爽约！"卜答失里呜咽道："皇侄登基，皇子奈何？"文宗道："你还要顾全皇子么？恐你也保不住这性命！"卜答失里道："且召太平王商议何如？"文宗道："太平太平害死朕了！他也死在目前，召他何为？"卜答失里唯唯听命。嗣令太监密召燕帖木儿，果然抱病在床，溺血不起，乃改召伯颜入议。

伯颜到了御寝，闻文宗喃喃谵语，倒也未免心惊。及见过卜答失里，叙谈片时，卜答失里提及文宗身后，拟立郦王事，伯颜道："皇子年龄，也与郦王相仿，何必另立皇侄？"卜答失里以手指床，似乎表明文宗的意思。伯颜不待明说，已经觉着，又悄语卜答失里道："圣上不豫，或致心烦意乱，始有此说。且待圣躬康泰，再行定议未迟。"言尚未已，忽闻文宗噫声道："你是太傅伯颜么？朕虽有疾，并不是时时昏乱，须知先皇即位，不过数月，我已御宇数年，倘有不讳，应把帝位传与郦王，朕尚可见先皇于地下！你不要再生异议！"伯颜尚欲申说，文宗又向卜答失里道："朕已决定意见，此后倘有改议，无论先帝后不依，我也死难瞑目呢！" <u>这却是临终忏悔。</u>伯颜又启奏道："圣上春秋正富，稍稍违和，自能渐瘥，何必耽忧！"文宗摇首道："朕已不济了！少年种种，自悔已迟，今日天禄告终，无可挽回。太平亦应遭劫，将来国事，仗卿作主。卿须迁善改过，竭忠尽诚，莫效那贪淫狡诈哩！" <u>人之将死，其言也善，可惜伯颜不遵。</u>伯颜闻了此言，也觉为之悚然。既而告退出宫。

是夕，文宗病势骤剧，竟痰喘交作，一命呜呼。临终时，犹谆嘱皇后，毋忘遗嘱。统计文宗在位五年，寿只二十九岁。

燕帖木儿闻了这耗，也只得勉强起床，踉跄入宫。是时皇子燕帖古思，早召归宫内，倚榻送终。他本是乳臭小儿，晓得什么悲戚！看看燕帖木儿到来，便跳跃而出，笑颜相迎。燕帖木儿便称他为小皇帝，拉住了手，入谒皇后。只见后妃以下，相率恸哭，不得已站住一旁，陪了数点眼泪。约一小时，后妃等哀尚未止，不禁烦躁起来，即大声道："皇上大行，应由皇子嗣位！此时请皇后即颁遗诏，传位皇子为要！"皇后卜答失里也不回答，越加号啕不止。燕帖木儿很是惊讶，又只好婉言劝慰，至皇后哀声少辍，复将传位的问题，重行提起。皇后卜答失里道："大行皇帝，已有遗嘱，命郦王继承大统。"燕帖木儿顿足道："传位郦王么？臣不敢与闻！"卜答失里道："这事不便改议。太傅伯颜，曾与先皇面洽，太平王可去问明，自然洞悉底蕴了。"燕帖木儿不好再说，就出宫而去。

当下安排丧葬，自有一番手续，不必细表。只是帝位虽定，郦王年才七岁，不能亲听国政，当由太平王燕帖木儿召集诸王会京师，凡中书百司庶务，统须禀命中宫，方得决行。转瞬间已是十月，诸王毕会，由太师燕帖木儿及太傅伯颜奉郦王即位于大明殿，大赦天下，循例下诏道：

　　洪维太祖皇帝，启辟疆宇；世祖皇帝，统一万方，列圣相承，法度明著，我曲律皇帝，即武宗。入纂大统，修举庶政，动合成法，授大宝位于普颜笃皇帝，即仁宗。以及格坚皇帝，即英宗，详注俱见上。历数之间，实当在我忽都笃皇帝，忽都笃三字，蒙古语，有禄之谓，即明宗尊号。扎牙笃皇帝，扎牙笃三字蒙古语，谓有天命，即文宗尊号。而各播越辽远。时则有若燕帖木儿建议效忠，戡平内难，以定邦国，协恭推戴札牙笃皇帝。登极之始，即以让兄之诏，明告天下，随奉玺绶，远迓忽都笃皇帝。朔方言还，奄弃臣庶，扎牙笃皇帝，荐正宸极，仁义之至，视民如伤，恩泽旁被，无间远迩，顾育眇躬，尤笃慈爱。宾天之日，皇后传顾命于太师太平王右丞相答剌罕燕帖木儿，太傅浚宁王知枢密院事伯颜等，谓圣体弥留，益推固让之初志，以宗社之重，属诸大兄忽都笃皇帝之世嫡，乃遣使召诸王宗亲，以十月一日来会于大都，与宗王大臣同奉遗诏，揆诸成宪，宜御神器。以至顺三年十月初四日，即皇帝位于大明殿，可大赦天下。自至顺三年十月初四日昧爽以前，除谋反大逆谋杀祖父母父母，妻妾杀夫，奴婢杀主，谋故杀人，但犯强盗，印造伪钞，蛊毒魇魅犯上者不赦外，其余一切罪犯，咸赦除之。大都、上都、兴和三路，差税免三年，腹里差发，并其余诸郡，不纳差发去处税粮，十分为率免二分，江淮以南，夏税亦免二分。土木工役，除仓库必合修理外，毋复创造以纾民力。民间在前应有逋欠差税课程，尽行蠲免。监察御史肃政廉访司官，并内外三品以上正官，岁举才堪守令者一人，申达省部，先行录用。如果称职举官，优加旌擢，一任之内，或犯赃私者，量其轻重，黜罚其不该。原免重囚淹禁三年以上，疑不能决者，申达省部详谳释放。学校农桑，孝弟贞节，科举取士，国学贡试，并依旧制。广海、云南梗化之民，诏书到日，限六十日内出官与免本罪，许以自新。于戏！肆予冲人，托于天下臣民之上，任大守重，若涉渊冰，尚赖宗王大臣百司庶府，交修乃职，思尽厥忠，嘉与亿兆之民，共保承平之治。咨尔多方，体予至意，故兹诏示，想知悉！

　　斯诏下后，又尊皇后卜答失里为皇太后，敕造玉册玉宝。又皇太后降旨，命作两宫幄殿车乘供帐，一面告祭南郊，及社稷宗庙。至太后册宝告成，复敬奉如仪，太后御兴圣殿受朝贺。宫廷内外，赏赉有差。还有一桩咄咄怪事，七龄的幼主，居然立起一位皇后。这皇后名叫也忒迷失，也系弘吉剌氏，与幼主年龄，也不相上下。小子有诗记此事道：

欲赋桃夭贵及时，成年方始叶婚期。
如何七岁冲人子，也咏周南第一诗？

欲知立后后如何情形，待至下回表明。

有元一代，权奸最多。至燕帖木儿之恃功专宠，可谓极矣；然继起者尚有伯颜。陈思谦等虽抗直敢言，然豺狼当道，安问狐狸。所传谏草，无非徒供后人之览诵，著书人不忍掩没，故特志之。至若郲王之立，于伯颜无甚关系，而于燕帖木儿，则有所顾忌，舍子立侄之议，无怪其不乐赞成。而皇后卜答失里，必导扬末命，不从燕帖木儿之请，彼未能容明宗后，讵转能爱明宗子乎？是必由明宗帝后，从中示微可知也，前后联贯，阅者应益恍然。

第十九回

迎嗣皇权相怀疑
遭冥谴太师病逝

却说鄜王于十月即位，阅十余日，即立了一个皇后。同处宫中，两小无猜，倒也是一段元史奇闻。是时云已隆冬，转眼间又要残腊，乃诏群臣会议改元，并先皇帝庙号神主，及升祔武宗皇后等事。议尚未定，小皇帝又罹着绝症，不到数日，又复归天。

诸王大臣统惊异不置，独燕帖木儿喟然道："我意原欲立皇子，不知先帝何意，必欲另立鄜王？太后又是拘泥得很，定要勉遵顾命。到底鄜王没福，即位不过六七十日，便已病逝，此后总应立皇子了。"乃复入宫谒见太后，先劝慰了一番，然后提及继位问题。

太后道："国家不幸，才立嗣君，即行病殁，真令人可悲可叹！"燕帖木儿道："这是命运使然，往事也不必重提了！国家不可一日无君，今日正当继立皇弟呢。"太后道："据卿所说，莫非是吾子燕帖古思么？"燕帖木儿应声称是。太后道："吾子尚幼，不应嗣位，还宜另立为是。"燕帖木儿道："前日命立鄜王，乃是遵着遗嘱，化私为公。现在鄜王已崩，自然皇子应立，此外还有何人？"太后道："明宗长子妥欢帖睦尔，前居高丽，现在静江，今年已十三岁了，可以迎立。"毕竟妇人畏鬼，还不敢立己子。燕帖木儿道："先帝在日，曾有明诏，谓妥欢帖睦尔非明宗子，所以前徙高丽，后徙静江，今尚欲立他么？"太后道："立了他再说，待他百年后，再立吾子未迟。"燕帖木儿道："人心难料，太后优待皇侄，恐皇侄未必记念太后哩。"太后道："这也凭他自己的良心，我总教对得住先皇，并对得住明宗帝后，便算尽心了。"燕帖木儿尚是摇首，太后道："太平王，你忘却王忽察都的故事么？先皇帝为了此事，始终不安，我也吓得够了。我的长子，又因此病逝，现只剩了一个血块，年不过五六龄，我望他多活几年，所以宁立皇侄，无论妥欢帖睦尔是否为明宗自出，然明宗总称他为子，我今又迎他嗣立，阴灵有知，当不再怨我了！"燕帖木儿道："太后也未免太拘！皇次子出宫后，由臣奉养，并不闻有鬼祟，怕他什么？"太后道："太平王，你休仗着胆力！先帝也说你不久呢。"燕帖木儿至此，也暗暗的吃了一惊，又默想了片时，方道："太后已决议么？"太后道："我意已决，不必另议！"燕帖木儿叹息而出。太后遂命中书右丞阔里吉思，速即驰驿，往广西的静江县，迎立妥欢帖睦尔。嗣主未来，残年已届，倏忽间已是元旦，仍依至顺年号，作为至顺四年。

过了数日，由阔里吉思遣使驰报，嗣皇帝将到京师了。太后乃命太常礼仪使，整具卤簿，出京迎接。文武百官皆往。燕帖木儿病已早愈，亦乘马偕行。既至良乡，已接着来驾，各官在道旁俯伏，只燕帖木儿自恃功高，不过下马站立。妥欢帖睦尔年才成童，前时曾见过燕帖木儿的威仪，至此又复晤着，容貌虽憔悴了许多，但余威尚在，未免可怕，竟尔掉头不顾。嗣经阔里吉思在旁密启道："太平王在此迎驾，陛下应顾念老臣，格外敬礼。"妥欢帖睦尔闻言，无奈下马，与燕帖木儿相见。燕帖木儿屈膝请安，妥欢帖睦尔也答了一揖。阔里吉思复宣谕百官免礼，于是百官皆起。妥欢帖睦尔随即上马，燕帖木儿也上马从行。

既而两马并驰，不先不后。居然是并肩王。燕帖木儿扬着马鞭，向妥欢帖睦尔道："嗣皇此来，亦知迎立的意思，始自何人？"妥欢帖睦尔默然不答。燕帖木儿道："这是太后的意旨。从前扎牙笃皇帝遇疾大渐，遗命舍子立侄，传位郦王，不幸即位未几，遽尔崩殂。太后承扎牙笃皇帝余意，以弟殁兄存，所以遣使迎驾，愿嗣皇鉴察！"妥欢帖睦尔仍是无言。燕帖木儿道："老臣历事三朝，感承厚遇，每思扎牙笃皇帝，大公无我，很是敬佩，所以命立郦王，老臣不敢违命；此次迎立嗣皇，老臣亦很是赞同。"借太后先皇折到自己前是宾，此是主，无非为希宠邀功起见。语至此，眼睁睁地瞧着妥欢帖睦尔，不意妥欢帖睦尔仍然不答。燕帖木儿不觉动恼，勉强忍住，复语道："嗣皇此番入京，须要孝敬太后。自古圣王，统以孝治天下，况太后明明有子，乃甘心让位，授与嗣皇，太后可谓至慈，嗣皇可不尽孝么？"语带双敲，明明为着自己。说至尽孝两字，不由得声色俱厉，那妥欢帖睦尔总是一言不发，好似木偶一般。燕帖木儿暗叹道："看他并不是傀儡，如何寂不一言！莫非明宗暴崩，他已晓得我等密谋？看来此人居心，很不可测，我在朝一日，总不令他得志，免得自寻苦恼呢？"计非不佳，奈天不假年何！乃不复再言，唯与妥欢帖睦尔并驾入都。

至妥欢帖睦尔入见太后后，燕帖木儿又复入宫，将途次所陈的言语，节述一遍，复向太后道："臣看嗣皇为人，年龄虽稚，意见颇深，若使专政柄，必有一番举动，恐于太后不利！"太后道："既已迎立，事难中止，凡事只由天命罢！"燕帖木儿道："先事防维，亦是要着。此刻且留养宫中，看他动静如何，再行区处。且太后预政有日，廷臣并无间言，现在不如依旧办理，但说嗣皇尚幼，朝政仍取决太后，哪个敢来反抗呢？"太后犹豫未决，燕帖木儿道："老臣并非怀私，实为太后计，为天下计，总应慎重方好。"总是欺人。太后尚淡淡的应了一声。燕帖木儿告退。

越日，由太史密奏太后，略言迎立的嗣皇实不应立，立则天下必乱。太后似信非信，召太史面诘，答称凭诸卜筮。于是太后亦迟疑不决，自正月至三月，国事皆由燕帖木儿主持，表面上总算禀命太后。妥欢帖睦尔留居宫中，名目上是候补皇帝，其实如没有一般，因此神器虚悬，大位无主。燕帖木儿心尚未惬，总想挤去了他，方得安心，奈一时无从发难，不得已迁延过去。

前平章政事赵世延，平时与燕帖木儿很是亲昵，燕帖木儿亦尝以心腹相待，日相过从。至此见燕帖木儿愁眉未展，也尝替他耽忧，因当时无法可施，只好借着花酒，为他解闷。

一日，邀燕帖木儿宴饮，并将他家眷也招了数人一同列席。又命妻妾等亦出来相陪。男女杂沓，履舄交错，开琼筵以坐花，飞羽觞而醉月，任你燕帖木儿如何忧愁，至此也不觉开颜。酒入欢肠，目动神逸，四面一瞧，妇女恰也不少，有几个是本邸眷属，不必仔细端详，有几个是赵宅后房，前时也曾见过，姿貌不过中人，就使年值妙龄，毕竟无可悦目。忽见客座右首，有一丽姝，荳蔻年华，丰神独逸，桃花面貌，色态俱佳。当醉眼模糊的时候，衬着这般美色，越觉眼花缭乱，心痒难搔，便顾着赵世延道："座隅所坐的美妇，系是何人？"世延向座右一瞧，又指语燕帖木儿道："是否此妇？"燕帖木儿点首称是。世延不禁微笑道："此妇与王爷夙有关系，难道王爷未曾认识么？"这语一出，座隅妇人，已经听着，嗤嗤的笑将起来。就是列坐的宾主，晓得此妇的来历，大都为之解颐，顿时哄堂一笑。燕帖木儿尚摸不着头脑，徐问世延道："你等笑我何为？"世延忍着笑道："王爷若爱此妇，尽可送与王爷。"燕帖木儿道："承君美意，但不知此妇究竟是谁？"世延道："王爷可瞧得仔细么？这明明是王爷宠姬，理应朝夕相见，如何转不认识？"燕帖木儿闻言，复抽身离座，至少妇旁端详一番，自己也不觉粲然，便对世延道："我今日贪饮数杯，连小妾鸳鸯，都不相识，难怪座客取笑呢？"**人而无目，宜乎速死。**世延道："王爷请勿动气！妇人小子，哪里晓得王爷苦衷！王爷为国为民，日夕勤劳，虽有姬妾多人，不过后房备数，所以到了他处，转似未曾相识哩。"**善拍马屁。**燕帖木儿也对他一笑，尽欢而罢。便挈鸳鸯同舆，循路而归。

是夕留鸳鸯侍寝，自在意中，毋庸细说。**名曰鸳鸯，自应配对。**只燕帖木儿忧喜交集，忧的是嗣皇即位，或要追究前愆；喜的是佳丽充庭，且图眼前快乐。每日召集妃妾，列坐宴饮，到了酒酣兴至，不管什么嫌疑，就在大众面前，随选一妇，裸体交欢；夜间又须数人兵寝，巫山十二，任他遍历。看官！你想酒中含毒，色上藏刀，人非金石，怎禁得这般剥削！况且杀生害命，造孽多端，相传太平王厨内，一宴或宰十二马，如此穷奢极欲，能够长久享受么？俗语说得好，铜山也有崩倒的日子，燕帖木儿权力虽隆，究竟敌不过铜山，荒淫了一二个月，渐渐身子尪瘠，老病复发，虽有参苓，也难收效！运退金失色，时衰鬼来欺，燕帖木儿从未信鬼，至此也胆小如鼷，日夜令人环侍，尚觉鬼物满前。

一日，方扶杖出庭，徐徐散步，忽大叫一声，晕倒地上。左右连忙扶起，舁入床中，他却不省人事，满口里胡言诞语，旁人侧耳细听，统是自陈罪状，悔泣不休。忙从太医使中，延请了数位名手，共同诊治。大众都是摇首，勉勉强强地公拟一方，且嘱王府家人道："此方照饮，亦只可少延数日，看来精神耗尽，脉象垂绝，预备后事要紧，我等是无可为力了！"

王妃八不罕以下，俱惶急异常。俟进药后，却是有些应验，燕帖木儿溺了一次瘀血，稍觉神气清醒。但见妃妾等环列两旁，还有子女数人，一并站着，便喘吁吁道："我与你等要长别哩。"八不罕接着道："王爷不要这般说。"燕帖木儿道："夫人！夫人！你负泰定帝，我负夫人！彼此咎由自取，尚复何言！"八不罕不禁垂泪，燕帖木儿复道："人生总有一死；不过我自问生平，许多抱歉，近报在身，远报在子孙，这是不易至理，悔我前未觉悟哩！"晓得迟了。

正在诉别的时候，外面已有无数官员统来问疾。由燕帖木儿召入，淡淡地谈了数语。唯问及太傅伯颜，未见到来，他却自言自语道："一生一死，乃见交情，我前时尝替他出力，目今我病，他即视同陌路，可见生死至交，原是不易得呢！"暗伏下文。大众劝慰一番，告别而去。

燕帖木儿复召弟撒敦，及子唐其势、塔剌海嘱咐后事，教他勤慎保家。寻又自叹道："炎炎者灭，隆隆者绝。我、我、……"说了两个我字，痰已壅上，竟接不下去。须臾面色转变，两目双睁，但听得二语道："先皇先后恕臣，臣去，臣去！"言毕遂逝。远远听得一片呼喝声，号惨声，阴气森森，令人发竖。

八不罕等又悲又惊，待惊魂少定，阖家挂孝治丧，不必絮述。唯八不罕身为皇后，曾已母仪八方，为了情根未断，甘心受辱，竟嫁燕帖木儿为妃；乃历时未几，又复守孀，总是一场别鹄离鸾，悔不该再行颠鸾倒凤！还有必罕姊妹，更不值得。可见妇人以守节为重，既以不幸丧夫，何必另图改醮呢！大声疾呼，有关名教。小子走笔至此，且暂作一束，缀以俚句一绝云：

《国风》犹忆刺"狐绥"，一念痴迷悔莫追。
尽说回头便是岸，谁知欲海竟无涯！

燕帖木儿已死，那时妥欢帖睦尔方得乘势出头，由太后卜答失里召集群臣，奉他即位，欲知嗣位情形，且看下回便知。

燕帖木儿大诈似忠，始仇泰定而迎二王，继助文宗以戕明宗，一再弑立，视君如奕棋。董卓、曹操之所不能为者，而燕帖木儿敢为之，一代奸雄，绝无仅有。唯文后初立郧王，继立妥欢帖睦尔，皆非燕帖木儿所赞成，彼挟震主之威，肆行无忌，讵不能抗违后命，另立嗣君乎？吾推其意，当廊王嗣立时，利其年幼，姑暂听之；至廊王天逝，迎立妥欢帖睦尔，并马徐行，举鞭指示，而妥欢帖睦尔不答；燕帖木儿遂怀异志，暗中把持，三月无君，假使未死，则妥欢帖睦尔其能免彼暗算耶？乃溺之以酒，盅之以色，俾其荒淫体赢，溺血以死，是殆天之福善祸淫，而阴夺其魄者？本书历叙权奸，而于燕帖木儿之生死，记载独详，其所以寓戒之意，昭然若揭，余事已见细评，要无非一儆世也。

第二十回

履尊择配后族蒙恩
犯阙称兵豪宗覆祀

却说妥欢帖睦尔留宫三月，因燕帖木儿已死，乃由太后与大臣定议，奉他即位，且约以万岁之后，传位燕帖古思，如武宗、仁宗故事。诸王宗戚，相率赞成，遂奉上玺绶，于至顺四年六月，赴上都即位，又有一道赦诏，其文云：

洪维我太祖皇帝，受命于天，肇造区夏。世祖皇帝，奄有四海，治功大备。列圣相传，不承前烈。我皇祖武宗皇帝，入纂大统，及致和之季，皇考明宗皇帝，远居沙漠，扎牙笃皇帝，戡定内难，让以天下。我皇考宾天，扎牙笃皇帝，复正宸极，治化方隆，奄弃臣庶。今皇太后召大臣燕帖木儿、伯颜等曰："昔者阔彻、脱脱木儿、只儿哈郎等谋逆，以明宗太子为名，又先为八不沙，始以妒忌妄构诬言，疏离骨肉，逆臣等既正其罪，太子遂迁于外。扎牙笃皇帝，后知其妄，寻至大渐，顾命有曰：朕之大位，其以朕兄子继之。"时以朕远征南服，以朕弟懿璘质班，登大位以安百姓，乃遽至大故。皇太后体承扎牙笃皇帝遗意，以武宗皇帝之玄孙，明宗皇帝之世嫡，以贤以长，在予一人，遣使迎还，征集宗室诸王来会，合辞推戴。今奉皇太后勉进之笃，宗亲大臣恳请之至，以至顺四年六月初八日，即皇帝位于上都。於戏！唯天唯祖宗，全付予有家，栗栗危惧，若涉渊冰，固知攸济。尚赖宗亲臣邻，交修不逮，以底隆平。其赦天下，俾众周知！

诏书一布，帝位既定，这便是元朝末代皇帝。后来明兵入燕都，元主北去，明太祖以他知顺天命，退避朔漠，特加号曰顺帝。小子沿例乘便，从此就称为顺帝了。

顺帝有亲臣，名阿鲁辉帖木儿，上言天下事须委任宰相，庶有专责，可望成功；若亲目听断，必负恶名。恐由伯颜运动得来。顺帝信为真言，遂命伯颜为太师中书右丞相，监修国史，兼奎章阁大学士，领学士院、太史院回回、汉人司天监事。复置左丞相，令撒敦充任，并加号太傅。唐其势为御史大夫。

燕帖木儿有一女，名答纳失里，太后以燕帖木儿遗功卓著，遂将答纳失里纳入后宫，命顺帝册立为后。顺帝此时不敢专擅，自然遵命而行，一切仪注，悉循旧制。册文有云：

天之元统二气，配莫厚于坤仪；月之道循右行，明同贞于乾耀。若昔帝王之宅后，居多辅相之世勋；盖选德于亢宗，亦畴庸于先正；造周资任、姒之化，兴汉表马、邓之功。咨尔皇后钦察氏，雍肃慈惠，谦裕静淑，乃祖乃父，凤坚翼亮之心，于国于家，实获修齐之助，朕缵丕图之初载，亲承太后之睿谟，眷我元臣，简兹硕媛，相严禋而率典，奉慈极以愉颜，用彰祎翟之华，式著旂常之旧，爰授玉册宝章，命尔为皇后，备成嘉礼，宏贲大猷。於戏！嵩高生贤，予笃怀于良佐，关雎正始，尔勉嗣于徽音。永锡寿康，昭示悠久。录册后文，为下文被鸩张本。

立后以后，锡类推恩，复封撒敦为荣王，食邑庐州；唐其势袭爵太平王，进阶金紫光禄大夫。燕帖木儿的余荫，好算千古无两了。是谓天夺之鉴。又封伯颜为秦王，令与荣王左丞相撒敦，统理百官，总治庶政。一面定议改元，以至顺四年，改为元统元年。既而上札牙笃皇帝尊谥曰圣明元孝皇帝，庙号文宗，上鄜王尊谥曰冲圣嗣孝皇帝，庙号宁宗。鄜王庙号宁宗，特为补入，文笔不漏。唯升祔武宗皇后，议久未决。武宗正后真哥，未有子嗣；明宗母亦乞烈氏，文宗母唐兀氏，虽皆追尊为后，然原本返始，究系武宗妃嫔，太师右丞相伯颜，亦怀疑莫释，左右两难，因问太常博士逮鲁曾道："先朝以真哥皇后无子，不为立主，目今定议配飨，应属明宗母呢？抑系文宗母呢？"逮鲁曾道："真哥皇后在武宗朝，已膺宝册，名分已定，非文、明二母所比。文、明二母，位居妃妾，若以真哥皇后无出的缘故，遂将她废黜，竟以妾母为正，是为臣的人，敢废先君的嫡母！为子的人，私尊先君的亲媵，何以正名？何以传世？"

伯颜频频点首，适集贤学士陈颢，素与鲁曾未协，竟出来献议道："唐太宗时，尝册曹王明母为后，是古时亦有二后的成制；况文、明二母，各产英君，母以子贵，难道不可升祔么？"牵强得很。鲁曾正色道："尧母庆都，系帝喾庶妃，尧未尝以配喾，今不法尧舜，偏欲依唐太宗故例，殊不可解！"伯颜莞尔道："博士言是，我当依言奏闻，升祔真哥皇后便了。"

议既决，奏入照准。乃以真哥皇后，配飨武宗，立主升祔。复上皇太后尊号，再行大赦，并免民租之半。

会左丞相撒敦，因多病辞职，顺宗眷念后族，命唐其势代任，凡有中书省事，仍令撒敦会议。唐其势就任数日，屡与伯颜龃龉，奏乞罢职。顺帝慰留不允，只得仍召撒敦，再命为左丞相，并追赠燕帖木儿公忠开济弘谟同德翊运佐命功臣，仪同三司太师中书右丞相，加封德王，谥曰"忠武"。其余廷右各臣，亦多邀封赏。唯奎章阁侍书虞集，谢病乞归。

集学问赅博，有长者风。先是御史中丞马祖常，尝求集荐引乡人袭伯燧，集不从所请，因此挟嫌。顺帝赴上都时，曾召集随往，祖常使人告集道："御史已有后言，请公留意。"集知祖常有倾轧意，俟顺帝即位后，即托病谢归。看官！你道祖常如何寻隙，令集闻言即去？原来文宗尝命集书诏，言妥欢帖睦尔非明宗子，所以祖常乘隙而入，得肆挤排。不设暗箭，乃用明枪，令虞集归安故里，我谓马祖常还是好人。虞集去后，侍臣犹上启顺帝，谓虞集曾书旧诏，顺帝怅然道："此朕家事，与他何涉？"顺帝初政，尚有一隙之明。说得侍臣失色而退。寻遣使赐他酒币，召使还朝，集终不起。阅十五年，卒于临川原籍，赐谥文靖，学者称为邵庵先生。这且搁过不提。

且说顺帝嗣位以后，天灾人异，相逼而至。京畿大水，黄河泛滥，两淮亢旱，徽州、秦州、凤州的大山，相继崩裂，至元统二年元旦，汴梁雨血，着衣皆赤。嗣到春季，彰德路雨白毛，继续似线，土人相率惊诧，或呼作菩萨线，或称为老君髯。既而民间编成歌谣，分作四句；首二句是"天雨线，民起怨"，次二句是"中原地，事必变"。当时共议为不祥。未几水旱疾疫，及山崩地震诸怪异，所在迭见，太白星屡昼见经天，经太史接连报闻，顺帝只知加恩肆赦，凡所有修省事宜，未闻举行。时光易过，又是元统三年。顺帝欲出猎柳林，御史台联衔进奏道："陛下春秋鼎盛，宜思文皇付托的重任，修德行仁，勉致太平。方今赤县民生，供给繁劳，农务方兴，日不暇给，陛下乃驰骋朔方，既需调发，又防衔橛，恐非上承宗庙，下奠黎庶的至意。"顺帝乃收回原议，罢猎不行。

会左丞相撒敦病殁，伯颜独秉政，唐其势心甚不平，尝语密友道："天下本我家的天下，伯颜何人，位置偏居我上，煞是可恨！"这语传入伯颜耳中，伯颜心甚不悦，遂缮疏入奏，请以右丞相职位，让与唐其势。**又是奸雄手段。**奉诏不允，只命唐其势为左丞相，唐其势仍是怏怏。

撒敦弟答里，曾封句容郡王，与诸王晃火帖木儿数相往来。唐其势贻书答里，极言伯颜专权，顺帝昏庸，应入清朝右，且行废立故事。**才力不及乃父，竟思效乃父故智，无怪弄巧成拙。**答里遂与晃火帖木儿商议，晃火帖木儿也蓄异图，竟劝答里备兵举行。答里乃复告唐其势，约以内外夹应，指日图功等语，唐其势遂决意发难。郯王彻彻秃，伺得逆谋，首先密报。有诏召答里入朝，待久不至。顺帝乃密告伯颜，预行防备。

至六月晦日，唐其势伏兵东郊，自率勇士突进宫阙，甫入禁城，卫兵齐起，伯颜率着完者帖木儿等，大刀阔斧，前来掩杀。唐其势惘惘进来，总道是出人不意，可以唾手成功，谁知四面八方，统是敌兵，那时叫苦不迭，慌忙抵御，战了数合，毕竟寡不敌众，手下健卒，渐渐死亡。伯颜复下令道："生擒唐其势者赏万金，立即升官！"卫士闻得此令，没一个不奋力上前，把唐其势围住。唐其势只有进路，没有出路，也只好拼命死斗，怎奈双手不敌四拳，渐渐支持不住，竟被卫士扯落马下，七打八抬地拖入宫中。**也算阔绰。**

伯颜扫清叛卒，复引兵驰往东郊，唐其势弟塔剌海，尚未知乃兄被擒，竟挈着伏兵，前来对仗。无如伏兵也是不多，经伯颜麾兵猛击，一阵驱杀，已将塔剌海手下，杀得东逃西溃。塔剌海也回马急奔，被卫士射倒马下，活擒过去。

伯颜既执住唐其势兄弟，复驰入宫中，请顺帝登殿审讯，顺帝道："逆谋已著，何庸再鞫，卿可照律惩办便了！"伯颜遂命卫士动手，将唐其势兄弟牵出。唐其势攀住殿槛，且朗声道："陛下曾有明诏，宥臣父子孙九死，为何今日食言？"**补前阙**

文。顺帝怒叱道:"谁叫你谋逆,兴兵犯阙?尚欲保全首领么?"卫士闻旨,都来牵扯唐其势,甚至殿槛攀折,方将唐其势曳出,一刀两段。还有塔剌海少年胆怯,竟避匿皇后座下,皇后以情关手足,牵裙遮蔽。伯颜喝令卫士,从皇后座下,牵出塔剌海,自己拔剑出鞘,把手一挥,竟将塔剌海杀死,血溅后衣,吓得皇后答纳失里战兢兢地缩做一团。

伯颜复启奏道:"皇后兄弟谋逆,皇后亦应有罪;况祖蔽兄弟,显系党恶,请陛下割情正法,为将来戒!"顺帝尚未回答,伯颜复叱卫士,牵皇后出宫。卫士未敢动手,伯颜大怒,竟走至后前,揪住皇后发髻,拖落座下。皇后号泣道:"陛下救我!陛下救我!"顺帝至此,亦呜咽道:"汝兄弟为逆,朕亦不能相救。"言未已,伯颜已将皇后牵去,交与卫士。<small>伯颜可恶。</small>卫士拥后出宫,到了开平民舍,暂令居住。伯颜不肯干休,竟遣人携了鸩酒,胁皇后饮讫。可怜皇后身入椒房,未满二载,为了兄弟谋逆,竟被伯颜鸩死!流水无情,落花有恨,这也由命数使然,徒令人叹息罢了!<small>这是燕帖木儿害她,不专由她兄弟二人。</small>逆党败奔答里,答里即举兵抗命。顺帝遣使臣哈儿哈伦阿鲁灰奉命招谕,答里不从,反将他捆缚起来用以祭旗。顺帝再遣阿弼往谕,又被他杀死,于是命撖思监火儿灰、哈剌那海等领兵前讨。答里亦率党和尚、剌剌等迎战,两军相遇,酣斗一场,和尚、剌剌等败走。答里亦遁,拟往投晃火帖木儿。不意行至中途,闪出了一支人马,主帅名叫阿里浑察,奉上都差遣,前来夹攻答里。答里正势穷力蹙,仓猝不及备战,被阿里浑察冲至马前,一戟刺下,把他擒住,押送上都,眼见得不能活了。

晃火帖木儿闻内外党羽俱已败死,惊得什么相似。忽又报元将孛罗晃火儿不花,引了万人,奔杀前来。不得已征兵数千,出去对阵,可奈兵心未固,遇了敌将,当即弃甲曳兵,纷纷溃散。晃火帖木儿自知难免,遂服毒自杀。

还有怯薛官阿察赤也与唐其势勾连,欲杀伯颜。经伯颜调查确实,发兵掩捕,执付有司,统共伏辜。一场逆案,化作日出烟消。顺帝复将燕帖木儿及唐其势引用的人员,一并黜逐,并颁下一道谕旨,其文云:

襄者文宗皇帝,以燕帖木儿尝有劳伐,父子兄弟,显列朝廷,而辄造事衅,出朕远方。文皇寻悟其妄,有旨传次于予。燕帖木儿贪利幼弱,复立朕弟懿璘质班,不幸崩殂；今丞相伯颜，追奉遗诏，迎朕于南。既至大都，燕帖木儿犹怀两端，迁延数月。天陨厥躬，伯颜等同时翊戴，乃正宸极。后撒敦、答里、唐其势相袭用事，交通宗王晃火帖木儿，图危社稷。阿察赤亦尝与谋。伯颜等以次掩捕，明正其罪。元凶构难，贻我皇太后震惊，朕用兢惕。永唯皇太后后其所生之子，一以至公为心，亲挈大宝，畀于兄弟，迹其定策两朝，功德隆盛，近古罕比，虽尝奉上尊号，揆之朕心，犹未为尽，已命大臣特议加礼。伯颜为武宗捍御北边，翼戴文皇，兹又克清大憝，明饬国宪，爰赐答剌罕之号，至于子孙，世世永赖，可赦天下，俾众咸悉！

嗣是秦王伯颜，愈得宠任，遂命他独任中书右丞相，仿佛与前日燕帖木儿同一宠荣。一面将唐其势家产，尽行籍没。小子有诗咏道：

> 追原祸始是骄盈，人事由来满必倾。
> 若使权奸生令子，怎教善恶得分明！

欲知元廷后事，且从下回交代。

燕帖木儿家族之亡，不由顺帝之追究前嫌，而由唐其势之自行谋逆，是正燕帖木儿生时之所不料，实即天道之巧于报应也。燕帖木儿贪淫骄恣，得保全首领以殁，可谓幸矣。厥后子封王，女册后，烜赫尊荣，一时无匹，乃曾几何时，子弟族诛，女后被鸩，遗资宿产，悉数籍没。乃知天之所以福彼者，不啻所以加祸，愚者特不自觉耳！虽然，燕帖木儿之后，尚有伯颜，未鉴前车，复循覆辙，胁主捽后，任所欲为，是殆愚之又愚者。传曰：其兴也暴，其亡也忽。观于此文益信！

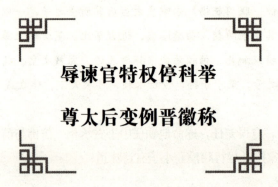

第二十一回

辱谏官特权停科举
尊太后变例晋徽称

　　却说秦王右丞相伯颜，自削平逆党后，独秉国钧，免不得作威作福起来。<small>小人通</small><small>弊。</small>适江浙平章彻里帖木儿，入为中书平章政事，创议停废科举，及将学校庄田，改给卫士衣粮等语。<small>身非武夫，偏创此议，无怪后之顽固将官，痛嫉学校，动议停办。</small>小子前述仁宗朝故事，曾将所定科举制度，——录明，嗣是踵行有年，科举学校，并行不悖。彻里帖木儿为江浙平章时，适届科试期，驿请试官，供张甚盛。彻里帖木儿心颇不平，既入中书，遂欲更张成制。

　　御史吕思诚等，群以为非，合辞弹劾。奏上不报，反黜思诚为广西佥事。余人愤郁异常，统辞官归去。参政许有壬也代为扼腕。会闻停罢科举的诏旨，已经缮就，仅未盖玺，不禁忍耐不住，竟抽身至秦王邸中，谒见伯颜，即问道："太师主持政柄，作育人材，奈何把罢除科举的事情，不力去挽回么？"伯颜怒道："科举有甚么用处？台臣前日，为这事奏劾彻里帖木儿，你莫非暗中通意不成？"<small>确是权相口吻。</small>有壬被他一斥，几乎说不出话来，亏得参政多年，口才尚敏，略行思索，便朗声答道："太师擢彻里帖木儿，入任中书；御史三十人，不畏太师，乃听有壬指示，难道有壬的权力，比太师尚重么？"伯颜闻言，却掀髯微笑，似乎怒意稍解。<small>奸相。</small>

　　有壬复道："科举若罢，天下才人，定多觖望！"伯颜道："举子多以赃败，朝廷岁费若干金钱，反好了一班贪官污吏！我意很不赞成。"有壬道："从前科举未行，台中赃罚无算，并非尽出举子。"伯颜道："举子甚多，可任用的人材，只有参政一人。"有壬道："近时若张梦臣、马伯庸辈，统可大任，就是善文如欧阳元，亦非他人所及。"伯颜道："科举虽罢，士子欲求丰衣美食，亦能有心向学，何必定行科举？"有壬道："志士并不谋温饱，不过有了科举，便可作为进身的阶梯，他日立朝议政，保国抒才，都好由此进行呢。"

伯颜沉吟半晌，复道："科举取人，实与选法有碍。"本意在此，先时尚欲自讳，至此无从隐蔽，方和盘托出。有壬道："今通事知印等，天下凡三千三百余名，今岁自四月至九月，白身补官，受宣入仕，计有七十三人，若科举定例，每岁只三十余人，据此核算，选法与科举，并没有什么妨碍；况科举制度，已行了数十年，祖宗成制，非有弊无利，不应骤事撤除。还请太师明察！"伯颜道："箭在弦上，不得不发，此事已有定议，未便撤消，参政亦应谅我苦心呢！"遁辞知其所穷。有壬至此，无言可说，只得起身告辞。

伯颜送出有壬，暗想此人可恨，他硬出头与我反对，我定要当着大众，折辱他一次，作为儆戒，免得他人再来掣肘。当下默想一番，得了计划，遂于次日入朝，请顺帝将停办科举的诏书，盖了御宝，便把诏书携出，宣召百官，提名指出许有壬，要他列为班首，恭读诏书。有壬尚不知是何诏，竟从伯颜手中，接奉诏敕。待至眼帘映着，却是一道停办科举的诏书，那时欲读不可，不读又不可，勉勉强强地读了一遍，方将此诏发落。

治书御史普化，待他读毕，却望着一笑，弄得有壬羞惭无地。须臾退班，普化复语有壬道："御史可谓过河拆桥了。"有壬红着两颊，一言不发，归寓后，称疾不出。原来有壬与普化，本是要好的朋友，前时尝与普化言及，定要争回此举。普化以伯颜揽权，无可容喙，不如见机自默，作个仗马寒蝉。保身之计固是，保国之计亦属未然。有壬凭着一时气恼，不服此言，应即与普化交誓，决意力争，后来弄到这般收场，面子上如何过得下去？因此引为大耻，只好托称有疾罢了。

伯颜既废科举，复敕所在儒学贡士庄田租改给宿卫衣粮。卫士得了一种进款，自然感激伯颜，唯一般士子，纷纷谤议，奈当君主专制时代，凡事总由君相主裁，就使士子交怨，亦只能饮恨吞声，无可如何。这叫作秀才造反。

　　这且慢表。唯天变未靖，星象又屡次示异，忽报荧惑犯南斗，忽报辰星犯房宿，忽报太阴犯太微垣，余如太白昼见，太白经天等现象，又连接不断，顺帝未免怀忧。辄召伯颜商议，伯颜道："星象告变，与人生无甚关系，陛下何必过忧！"伯颜似预知西学。

　　顺帝道："自我朝入主中夏以来，寿祚延长，莫如世祖。世祖的年号，便是至元，朕既缵承祖统，应思效法祖功，现拟本年改元，亦称作至元年号，卿意以为何如？"愚不可及。伯颜道："陛下要如何改，便如何改，毋劳下问！"顺帝乃决意改元。

　　这事传到台官耳中，大众又交头接耳论个不休。监察御史李好文，即草起一疏，大意言年号袭旧，于古未闻，且徒袭虚名，未行实政，亦恐无益。正在摇笔成文的时候，外面已有人报说，改元的诏旨，已颁下了。好文忙至御史台省，索得一纸诏书，其文道：

　　朕祗绍天明，入纂丕绪，于今三年，夙夜寅畏，罔敢怠荒。兹者年谷顺成，海宇清谧，朕方增修厥德，日以敬天恤民为务，属太史上言，星文示儆，将朕德菲薄，有所未逮欤？天心仁爱，俾予以治，有所告戒欤？弭灾有道，善政为先，更号纪元，实唯旧典。唯世祖皇帝在位长久，天人协和，诸福咸至。祖述之志，良切朕怀，今特改元统三年，仍为至元元年。遹遵成宪，诞布宽条，庶格祯祥，永绥景祚，可赦天下。

　　好文览毕，哑然失笑，即转身返入寓内，见奏稿仍摆在案头，字迹初干，砚坳尚湿，他凭着残墨秃笔，写出时弊十余条，言比世祖时代的得失，相去甚远，结束是陛下有志祖述，应速祛时弊，方得仰承祖统云云。属稿既成，从头至尾的读了一遍，自觉言无剩意，笔有余妍，遂换了文房四宝，另录端楷，录成后即入呈御览。待了数日，毫无音信，大约是付诸冰搁了。

　　好文愈觉气愤，免不得出去解闷。他与参政许有壬，也是知友，遂乘暇进谒。时有壬旧忿已消，销假视事，既见了好文，两下叙谈，免不得说起国事。好文道："目今下诏改元，仍复至元年号，这正是古今未有的奇闻。某于数日间曾拜本进去，至今旬日，未见纶音，难道改了'至元'二字，便可与全盛时代，同一隆乎？"

　　有壬道："朝政煞是糊涂，这还是小事呢。"好文道："还有什么大事？"有壬道："足下未闻尊崇皇太后的事情么？"好文道："前次下诏，命大臣特议加礼，某亦与议一二次，据鄙见所陈，无非加了徽号数字，便算得尊崇了。"有壬道："有人献议，宜尊皇太后为太皇太后，足下应亦与闻？"此处尊皇太后事，从大臣口中叙出，笔法不致复沓。好文笑道："这等乃无稽谰言，不值一哂。"有壬道："足下说是谰言，上头竟要实行呢！"好文道："太皇太后，乃历代帝王，尊奉祖母的尊号，现在的皇太后，系皇上的婶母，何得称为太皇太后？"有壬道："这个自然，偏皇上以为可行，皇太后亦喜是称，奈何！"

好文道："朝廷养我辈何为？须要切实谏阻。"有壬道："我已与台官商议，合词谏诤，台官因前奏请科举，大家撞了一鼻子灰，恐此次又蹈覆辙，所以不欲再陈，你推我诿，尚未议决。"好文道："公位居参政，何妨独上一本。"有壬道："言之无益，又要被人嘲笑。"顾上文。好文不待说毕，便朗声道："做一日臣子，尽一日的心力；若恐别人嘲笑，做了反舌无声，不特负君，亦恐负己哩！"有壬道："监察御史泰不华也这般说，他已邀约同志数人，上书谏阻，并劝我独上一疏，陈明是非。我今已在此拟稿，巧值足下到来，是以中辍。"好文道："如此说来，某却做了催租客了。只这篇奏稿，亦不要甚么多说，但教正名定分，便见得是是非非了。"有壬道："我亦这般想，我去把拟稿取来，与足下一阅。"言毕，便命仆役去取奏稿。不一刻，已将奏稿取到，由好文瞧着，内有数语道：从好文目中述及许有壬奏稿，又是一种笔法。

皇上于太后，母子也；若加太皇太后，则为孙矣。且今制封赠祖父母，降父母一等；盖推恩之法，近重而远轻，今尊皇太后为太皇太后，是推而远之，乃反轻矣！

好文阅此数语，便赞着道："好极！好极！这奏上去，料不致没挽回了。"说着，又瞧将下去，还有数句，无非是不应例外尊崇等语。瞧毕，即起身离座，将奏稿奉还有壬道："快快上奏，俾上头早些觉悟。某要告别了。"

有壬也不再留，送客后，即把奏稿续成，饬文牍员录就，于次日拜发。监察御史泰不华亦率同列上章，谓祖母徽称，不宜加于叔母。两疏毕入，仍是无声无臭，好几日不见发落。有壬只咨嗟太息，泰不华却密探消息，非常注意。

一日到台办事，忽有同僚入报道："君等要遇祸了，还在此从容办事么！"泰不华道："敢是为着太皇太后一疏么？"那人道："闻皇太后览了此疏，勃然大怒，欲将君等加罪，恐明日即应有旨。"言未已，台中哗然，与泰不华会奏的人员，更是惶急，有几个胆小的，益发颤起来，统来请教泰不华想一条保全性命的法儿。*挖苦得很。*泰不华神色如故，反和颜慰谕道："这事从我发起，皇太后如要加罪，由我一人担当，甘受诛戮，决不带累诸公！"于是大家才有些放心。

越日，也不见诏旨下来，又越一日，内廷反颁发金币若干，分赐泰不华等，泰不华倒未免惊诧，私问宫监，宫监道："太后初见奏章，原有怒意，拟加罪言官，昨日怒气已平，转说风宪中有如此直臣，恰也难得，应赏赐金币，旌扬直声，所以今日有此特赏。"泰不华至此，也不免上书谢恩。*许有壬不闻蒙赏，未免晦气。*只是太皇太后的议案，一成不变，好似金科玉律一般，没人可以动摇，当由礼仪使草定仪制，交礼部核定，呈入内廷，一面饬制太皇太后玉册玉宝。至册宝告成，遂恭上太皇太后尊号，称为赞天开圣徽懿宣诏贞文慈佑储善衍庆福元太皇太后，并诏告中外道：

钦唯太皇太后，承九庙之托，启两朝之业，亲以大宝付之眇躬，尚依拥佑之慈，恪遵仁让之训。爰极尊崇之典，以昭报本之忱，用上徽称，宣告中外。

是时为至元元年十二月，距改元的诏旨，不过一月。小子前于改元时，未曾叙明月日，至此不能不补叙，改元诏书，乃是元统三年十一月中颁发，史家因顺帝已经改元，遂将元统三年，统称为至元元年。或因世祖年号，已称至元，顺帝又仍是称，恐后人无从辨别，于至元二字上，特加一"后"字，以别于前，这且休表。*上文叙改元之举，不便夹入，至此才行补笔，亦是销纳之法。*

且说太皇太后，于诏旨颁发后，即日御兴圣殿，受诸王百官朝贺。自元代开国以来，所有母后，除顺宗后弘吉剌氏外，要算这会是第二次盛举，重行旷典，增定隆仪，殿开宝翠，仰瞻太母之丰容；乐奏仙璈，不啻钧天之逸响。这边是百僚进谒，冠履生辉；那边是群女添香，珮环皆韵。太皇太后喜出望外，固不必说，就是宫廷内外，也没一个不踊跃欢呼，非常称庆。唯前日奏阻人员，心中总有些不服，不过事到其间，未便示异，也只有随班趋跄罢了。*插写每为下文削去尊号，故作反笔。*

庆贺已毕，又由内库发出金银钞币，分赏诸王百官，连各大臣家眷，亦都得有特赐。独彻里帖木儿异想天开，竟将妻弟阿鲁浑沙儿，认为己女，冒请珠袍等物。

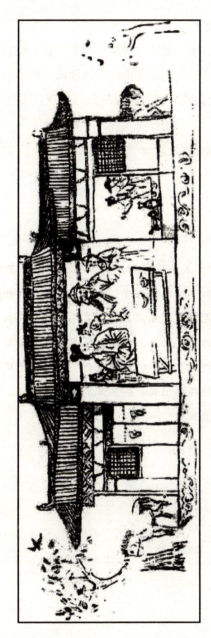

元宫饮宴图

一班御史台官，得着这个证据，乐得上章劾奏，且叙入彻里帖木儿平日尝指斥武宗为"那壁"。看官！你道"那壁"二字，是什么讲解？就是文言上说的"彼"字。顺帝览奏，又去宣召伯颜，问他是否应斥。伯颜竟说是应该远谪，乃将彻里帖木儿夺职，谪置南安。相传由彻里帖木儿渐次骄恣，有时也与伯颜相忤，因此伯颜袒护于前，倾排于后。正是：

> 贵贱由人难自主，谄谀无益且招殃。

毕竟后事如何，且看下回分解。

科举之得失，前人评论甚详，即鄙人于三十回中，亦略加论断，毋容赘说。唯伯颜之主停科举，实有别意。一则因彻里帖木儿之言，先入为主；二则朝纲独擅，无非欲揽用私人，若规规于科举，总不无掣肘之虞，故决议罢免之以快其私，非关于得失问题也。其后若改元，若尊皇太后为太皇太后，俱事出创闻，古今罕有，伯颜下行私，上欺君，逢迎蒙蔽，借邀主眷，权奸之所为，固如是哉！此回叙元廷政事，除罢免科举外，似与伯颜无涉，实则暗中皆指斥伯颜。项庄舞剑，意在沛公，阅者体会入微，自能知之。

第二十二回

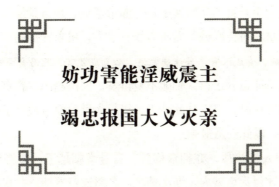

妨功害能淫威震主
竭忠报国大义灭亲

却说元顺帝宠用伯颜，非常信任，随时赏给金帛珍宝，及田地户产，甚至把累朝御服，亦作为特赐品。伯颜也不推辞，唯奏请追尊顺帝生母，算是报效顺帝的忠忱。顺帝生母迈来迪，出身微贱，小子于前册中，已略述来历。此次伯颜奏请，正中顺帝意旨，遂令礼部议定徽称，追尊生母迈来迪为贞裕徽圣皇后。追尊所生，未始非报本之意，唯出自伯颜奏请，不免贡谀。顺帝以伯颜先意承旨，越加宠眷，复将"塔剌罕"的美名，给他世袭，又敕封伯颜弟马扎尔台为王。马扎尔台夙事武宗，后侍仁宗，素性恭谨，与乃兄伯颜谦傲不同，此时已知枢密院事，闻宠命迭下，竟入朝固辞。顺帝问以何意，马扎尔台道："臣兄已封秦王，臣不宜再受王爵，太平故事，可作殷鉴，请陛下收回成命！"善鉴前车，故不俱亡。顺帝道："卿真可谓小心翼翼了！"马扎尔台叩谢而退。顺帝尚是未安，仍命为太保，分枢密院往镇北方。

马扎尔台只好遵着，出都莅任，蠲徭薄赋，颇得民心。唯伯颜怙恶不悛，经马扎尔台屡次函劝，终未见从，反且任性横行，变乱国法，朝野士民，相率怨望。广东朱光卿，与其党石昆山、钟大明聚众造反，称大金国，改元赤符。惠州民聂秀卿等，亦举兵应光卿。河南盗棒胡，又聚众作乱，中州大震。此为顺帝时代乱祸四起之肇始。元廷命河南左丞庆童往讨，获得旗帜宣敕金印，遣使上献。

伯颜闻报，即日入朝，命来使呈上旗帜宣敕等物。顺帝瞧着道："这等物件，意欲何为？"*瘟皇帝*。伯颜奏道："这皆由汉人所为，请陛下问明汉官。"参政许有壬正在朝列，听着伯颜奏语，料他不怀好意，忙出班跪奏道："此辈反状昭著，陛下何必下问，只命前敌大臣，努力痛剿便了！"顺帝道："卿言甚是！汉人作乱，须汉官留意诛捕，卿系汉官，可传朕谕，命所有汉官等人，讲求诛捕的法儿，切实奏闻，朕当酌行。"*诛捕汉贼，责成汉官，若诛捕蒙逆，必责成蒙官，此乃自分畛域，适足召亡。*许有壬唯唯遵谕。顺帝即退朝还宫。伯颜不复再奏，怏怏趋出。看官！你道伯颜寓何意思？他料汉官必讳言汉贼，可以从此诘责，兴起大狱；孰意被有壬瞧透机关，竟尔直认，反致说不下去，以此失意退朝。

嗣闻四川合州人韩法师，亦拥众称尊，自号南朝越王，边警日有所闻。当由元廷严饬诸路督捕，才得兵吏戮力，渐次荡平。各路连章奏捷，并报明诛获叛民姓氏，其间以张、王、刘、李、赵五姓为最多。伯颜想入非非，竟入内廷密奏，请将五姓汉人，一律诛戮。亏得顺帝尚有知觉，说是五姓中亦有良莠，不能一律尽诛，于是伯颜又不获所请，负气而归。

转眼间已是至元四年，顺帝赴上都，次八里塘。时正春夏交季，天忽雨雹，大者如拳，且有种种怪状，如小儿环珙狮象等物，官民相率惊异，谣诼纷纷。未几有漳州民李志甫，袁州人周子旺，相继作乱，骚扰了好几月，结果是同归于尽，讹言方得少息。顺帝又归功伯颜，命在涿州、汴梁二处，建立生祠。嗣复晋封大丞相，加元德上辅功臣的美号，赐七宝玉书龙虎金符。*元无大丞相名号，伯颜得此，可称特色。*

伯颜益加骄恣，收集诸卫精兵，令党羽燕者不花，作为统领，每事必禀命伯颜。伯颜偶出，侍从无算，充溢街衢。至如帝驾仪卫，反日见零落，如晨星一般。天下但知有伯颜，不知有顺帝，因此顺帝宠眷的心思，反渐渐变做畏惧了。

会伯颜以郯王彻彻秃颇得帝眷，与己相忤，暗思把他捽去，免做对头；遂诬奏彻彻秃隐蓄异图，须加诛戮。顺帝默忖道："从前唐其势等谋变，彻彻秃先发逆谋，彼时尚不与逆党勾结，难道今反变志？此必伯颜阴怀嫉忌的缘故，万不可从。"乃将原奏留中不发。

次日伯颜又入内面奏，且连及宣让王帖木儿不花，威顺王宽彻普化，请一律诛逐。顺帝淡淡的答道："这事须查有实据，方可下诏。"伯颜恰说了许多证据，大半

是捕风捉影，似是而非，说得顺帝无言可答，只是默然。^{顺帝惯作此状。}

伯颜见顺帝不答，怏怏的走了出去。顺帝只道他扫兴回邸，不复置念，谁知他竟密召党羽，捏做一道诏旨，传至郯王府中，把彻彻秃捆掷出来，一刀了讫。复伪传帝命，勒令宣让王、威顺王两人，即日出都，不准逗留。待至顺帝闻知，被杀的早已死去，被逐的也已撵出，不由得龙心大怒，要将伯颜加罪，立正典刑。怎奈顺帝的权力，不及伯颜，投鼠还须忌器，万一不慎，连帝位都保不住，没奈何耐着性子，徐图良策。然而恶人到头，终须有报，任你位高权重的大丞相，做到恶贯满盈的时候，总有人出来摆布，教他自去寻死。^{做世名言。}

这位大丞相伯颜的了局，说来更觉可奇，他不死在别人手中，偏偏死在他自己的侄儿手里，正是天网难逃，愈弄愈巧了。看官听着，他的侄儿，名叫脱脱^{一作托克托}，就是马扎尔台的长子。先是唐其势作乱时，脱脱尝躬与讨逆，以功进官，累升至金紫光禄大夫，伯颜欲令他入备宿卫，侦帝起居，嗣因专用私亲，恐干物议，乃以知枢密院事汪家奴，及翰林院承旨沙刺班，与脱脱同入禁中。脱脱得有所闻，从前必报知伯颜，寻见伯颜揽权自恣，也不免忧虑起来。

时马扎尔台尚未出镇，脱脱曾密禀道："伯父骄纵日甚，万一天子震怒，猝加重谴，那时吾族要灭亡了，岂不可虑！"马扎尔台道："我也曾虑及此事，只我兄不肯改过，奈何！"脱脱道："总要先事预防方好哩。"马扎尔台点头称是。至马扎尔台奉命北去，脱脱无可禀承，越加惶急，暗思外人无可与商，只有幼年师事的吴直方，气谊相投，不妨请教。

当下密造师门，谒见直方，问及此事，直方慨然道："古人有言，大义灭亲，汝但宜为国尽忠，不要专顾甚么亲族！"脱脱拜谢道："愿受师教！"言毕辞归。

一日，侍帝左右，见顺帝愁眉不展，遂自陈忘家殉国的意思。顺帝尚未见信，私下与阿鲁、世杰班两人述及脱脱奏语，令他密查。阿鲁、世杰班，算是顺帝心腹，^{做了数年皇帝，只有两人好算心腹，危乎危乎？}至此奉顺帝命，与脱脱交游，每谈及忠义事，脱脱必披胆直陈，甚至唏嘘涕泣，说得两人非常钦佩。遂密报顺帝，说是靠得住的忠臣。

会郯王被杀，宣让、威顺二王被逐，顺帝敢怒不敢言，只日坐内廷，咄咄书空。脱脱瞧着，便跪请为帝分忧。顺帝太息道："卿固怀忠，但此事不便命卿效力，奈何！"脱脱道："臣入侍陛下，总期陛下得安，就使粉骨碎身，亦所不恨。"顺帝道："事关卿家，卿可为朕设法否？"脱脱道："臣幼读古书，颇知大义，毁家谋国，臣不敢辞！"顺帝乃把伯颜跋扈的情迹，详述一遍，并且带语带哭，脱脱也为泪下，遂奏对道："臣当竭力设法，务报主恩！"顺帝点头。

脱脱退出。复去禀告吴直方，直方道："这事关系重大，宗社安危，在此一举，但不知汝奏对时，有无旁人听着。"脱脱道："恰有两人，一为阿鲁，一为脱脱木儿，想此两人为皇上亲臣，或不致漏泄机密。"直方道："汝伯父权焰熏天，满朝多系党羽，若辈苟志图富贵，竟泄秘谋，不特汝身被戮，恐皇上亦蹈不测了。"脱脱闻了此语，未免露出慌张情形。直方道："时刻无多，想尚不致遽泄，我尚有一计，可以挽回。"脱脱大喜，当即请教。直方与他附耳道："如此如此！"此处为省文起见，所以含浑。喜得脱脱欢跃而出，忙去邀请阿鲁及脱脱木儿至家，治酒张乐，殷勤款待，自昼至夜，始终不令出门。自己恰设词离座，出访世杰班，议定伏甲朝门，俟翌晨伯颜入朝，拿他问罪。当下密戒卫士，严稽宫门出入，蠮㘴统为置兵，待晓乃发。

脱脱暂归，天尚未明，伯颜已遣人召脱脱，脱脱不敢不去。及见伯颜，竟遭诘责，说是宫廷内外，何故骤行加兵？消息真灵。那时脱脱心下大惊，勉强镇定了神，徐徐答道："宫廷为天子所居，理宜小心防御；况目今盗贼四起，难保不潜入京师，所以预为戒严！"伯颜又叱道："你何故不先报我？"脱脱惶恐，谢罪而去。料知事难速成，又去通知世杰班，教他缓图。果然伯颜隐有戒心，于次日入朝时，竟带卫卒至朝门外候着，作为保护。及退朝无事，又上一奏疏，请顺帝出畋柳林。

是时脱脱返家，已与阿鲁、脱脱木儿约为异姓兄弟，誓同报国。忽来宫监宣召，促脱脱入议，脱脱与二人相偕入宫。顺帝即将伯颜奏章，递与脱脱。脱脱阅毕，便启奏道："陛下不宜出畋，请将原奏留中为是。"顺帝道："朕意也是如此，只伯颜图朕日急，卿等务替朕严防！"言未已，宫监又呈进奏牍，仍是伯颜催请出猎。顺帝略略一瞧，即语脱脱道："奈何？他又来催朕了。"脱脱道："臣为陛下计，不妨托疾，只命太子代行，便可无虑。"顺帝道："这计甚善，明晨就可颁旨，劳卿为朕草诏便了。"脱脱遵谕，即就顺帝前领了笔墨，写就数行，复呈顺帝亲览。由顺帝盖了御宝，于次日颁发出去。自此脱脱等留住禁中，与顺帝密图方法，三个缝皮匠，比个诸葛亮，这遭伯颜要堕入计中了。

伯颜接诏后，暗思太子代行，事颇尴尬，但诏中命大丞相保护，又是不好不去。默默的思索多时，竟想出废立的一条计策来，拟乘此出畋时候，挟了太子，号召各路兵马，入阙废君。*又蹈唐其势覆辙，这正是暗中报应。*计划已定，便点齐卫士，请太子启行，簇拥出城，竟赴柳林去讫。

看官！这太子却是何人，原来就是文宗次子燕帖古思。从前顺帝嗣位，曾奉太后谕旨，他日须传位燕帖古思，所以立燕帖古思为太子。

伯颜既奉太子出都，脱脱即与阿鲁等密谋，悉拘京城门钥。命所亲信布列城下，黄夜奉顺帝居玉德殿，召省院大臣，先后入见，令出五门听命。一面遣都指挥月可察儿，授以秘计，令率三十骑至柳林，取太子还都。又召翰林院中杨瑀、范汇二人，入宫草诏，详数伯颜罪状，贬为河南行省左丞相。命平章政事只儿瓦歹，赍赴柳林。脱脱自服戎装，率卫士巡城。俟诸人出城后，阖了城门，登陴以待。

说时迟，那时快，不到数时，月可察儿已奉太子回来，传着暗号，由脱脱开城迎入，仍将城门关住。原来柳林距京师，只数十里，半日可以往返。月可察儿自二鼓起程，疾驰而去，至柳林，不过夜半。当时太子左右，已由脱脱派着心腹，使为内应，及与月可察儿相见，彼此不待详说，即入内挈了太子，与月可察儿一同入都。

伯颜正在睡乡，哪里晓得这般计划。至五鼓后，睡梦始觉，方由卫士报闻太子已归，急得顿足不已。正惊疑间，只儿瓦歹又到，宣读诏敕。伯颜听他读毕，还仗着前日势力，不去理睬，竟出帐上马，带着卫士，一口气跑至都门。

时已天晓，门尚未辟，只见脱脱剑佩雍容，踞坐城上，他即厉声喝着，大呼开城。*威权已去，厉声何益！*城上坐着的脱脱，起身答道："皇上有旨，黜丞相一人，诸从官等皆无罪，可各归本卫！"伯颜道："我即有罪，被皇上黜逐，也须陛辞皇上，如何不令我入城？"脱脱道："圣旨难违，请即自便！"伯颜道："你是我侄儿脱脱么？你幼年的时候，我曾视若己子，如何抚养，你今日怎得负我？"脱脱道："为国家计，只能遵着大义，不能顾着私恩；况伯父此行，仍得保全宗族，不致如太平王家，祸及灭门，还算是万幸呢！"*确是万幸。*

伯颜尚欲再言，不意脱脱已下城自去。及返顾侍从，又散去了一大半，弄到没法可施，不得已回马南行。道出真定，人民见他到来，都说丞相伯颜，也有今日。有几个朴诚的父老，改恨为悯，奉进壶觞。伯颜温言抚慰，并问道："尔等曾闻有逆子害父的事情么？"父老道："小民等僻处乡野，只闻逆臣逼君，不曾闻逆子害父！"伯颜被他一驳，未免良心发现，俯首怀惭。旋与父老告别，狼狈南下，途次又接着廷寄，略称伯颜罪重罚轻，应再行加罚，安置南恩州阳春县。看官！你想南恩州远在岭南，镇日里烟瘴薰蒸，不可向迩，如这位养尊处优的大丞相伯颜，此时被充发出去，受这么苦，哪里禁当得起！他亦明知是一条死路，今日挨，明日宕，及行抵江西隆兴驿，奄奄成病，卧土炕中。那驿官又势利得很，还要冷讥热讽，任情奚落，就使不是病死，也活活的气死了。<u>争权夺利者，其鉴诸。</u>

伯颜既贬死，元廷召马扎尔台还朝，命为太师右丞相，脱脱知枢密院事，余如阿鲁、世杰班等，俱封赏有差。嗣复加封马扎尔台为忠王，赐号答剌罕。马扎尔台固辞，且称疾谢职。御史台奏请宣示天下以劝廉让，得旨允从。<u>台官又来拍马。</u>乃诏令马扎尔台，以太师就第，授脱脱为右丞相，录军国重事。脱脱乃悉更伯颜旧政，复科举取士法，雪郯王彻彻秃冤诬，召还宣让、威顺二王，使居旧藩，又弛马禁，减盐额，蠲宿逋，并续开经筵，慎选儒臣进讲，中外翕然，称为贤相。小子也有诗咏脱脱道：

春秋书法本森严，公义私恩不两兼。
鸩死叔牙诛子厚，忠臣法古有谁嫌？

脱脱秉政后，元廷忽又发生一种奇闻。欲知详细情形，且待下回再表。

伯颜以平唐其势功，敢弑顺后，目无尊长，至专政以后，日益鸱张，生杀予夺，任所欲为，追弑郯王，逐宣让、威顺二王，矫制罪人，不法盖已极矣，仅加贬逐，尚为失刑。然非脱脱之以公灭私，恐贬逐犹非易事也。脱脱大义灭亲，为《麟经》所特许，固无待言；但天娸伯颜之专擅，独假手于其犹子以报之，何其巧欤！本回依次铺叙，好似无数精采，随笔而下，其实不过一叙事文而已。然读《元史》至伯颜、马扎尔台、脱脱诸传，不如读此一回文字，较有兴味，是非用笔之长，曷克臻此，阅者宁得徒以小说目之！

第二十三回

逐太后兼及孤儿
用贤相并征名士

却说顺帝既放逐伯颜，好似捽掉了一个大虫，非常喜悦，所有宫禁中一切近臣，俱给封赏，自不消说。唯顺帝是个优柔寡断的主子，每喜偏信近言，优柔寡断四字，是顺帝一生注脚。前此伯颜专政，顺帝无权，内廷一班人物，专知趋奉伯颜，买动欢心，每日向顺帝前，历陈伯颜如何忠勤，如何炼达，所以顺帝深信不疑，累加宠遇。到了伯颜贬死，近臣又换了一番举动，只曲意逢迎顺帝。适值太子燕帖古思不服顺帝教训，顺帝未免忿懑，近臣遂乘隙而入，都说燕帖古思的坏处，且奏称他不应为储君。顺帝碍着太皇太后面子，不好猝然废储，常自犹豫未决。偏近臣等摇唇鼓舌，助浪生风，更把那太皇太后故事，及文宗当日情形，一股脑儿搬将出来，又添了几句诬陷话儿，不由顺帝不信。但顺帝虽是信着近臣，终因太皇太后内外保护，得以嗣位，意欲宣召脱脱，与他解决这重大问题。近臣恐脱脱进来，打断此议，又奏请此事当由宸衷独断，不必与相臣商量。并且说太皇太后离间骨肉，罪恶尤重，就是太皇太后的徽称，也属古今罕有，天下没有婶母可做祖母的事情，陛下若不明正罪名，反贻后世恶谤。因此顺帝被他激起，竟不及与脱脱等议决，为脱脱解免，似有隐护贤相意。只命近臣缮就诏旨，突行颁发，宣告中外。其诏云：

昔我皇祖武宗皇帝，升遐之后，祖母太皇太后惑于俭慝，俾皇考明宗皇帝出封云南。英宗遇害，正统寝偏，我皇考以武宗之嫡子，逃居朔漠，宗王大臣，同心翊戴。于是以地近先迎文宗，暂总机务。继知天理人伦所在，假让位之名，以宝玺来上。皇考推诚不疑，即授以皇太子宝。文宗稔恶不悛，当躬迓之际，乃与其臣月鲁不花、也里牙、明里董阿等谋为不轨，使我皇考饮恨上宾。归而再御宸极，又私图传子，乃构邪言，嫁祸于八不沙皇后，谓朕非明宗之子，遂俾出居遐陬，祖宗大业，几于不继。内怀愧慊，则杀也里牙以杜口。上天不佑，随降殄罚，叔婶卜答失里，怙其势焰，不立明考之冢嗣，而立孺稚之弟懿璘质班。奄复不年，诸王大臣，以贤以长，扶朕践位。每念治必本于尽孝，事莫先于正名，赖天之灵，权奸屏黜，尽孝正名，不容复缓，永唯鞠育罔极之恩，忍忘不共戴天之义？既往之罪，不可胜诛，其命太常脱脱木儿，撤去文宗图帖睦尔在庙之主。卜答失里本朕之婶，乃阴构奸臣，弗体朕意，僭膺太皇太后之号。迹其闱门之祸，离间骨肉，罪恶尤重，揆之大义，削去鸿名，徙东安州安置。燕帖古思昔虽幼冲，理难同处，朕终不陷于覆辙，专务残酷，唯放诸高丽。当时贼臣月鲁不花、也里牙已死，其以明里董阿等，明正典刑。以示朕尽孝正名之至意！**此诏。**

这诏颁发，廷臣大哗，公举脱脱入朝，请顺帝取消前命。脱脱却也不辞，便驰入内廷，当面谏阻。顺帝道："你为了国家，逐去伯父。朕也为了国家，逐去叔婶；伯父可逐，难道叔婶不可逐么？"**数语调侃得妙，想是有人教他。**说得脱脱瞠目结舌，几乎无可措词。旋复将太皇太后的私恩，提出奏陈，奈顺帝置诸不理！**又做哑子了。**脱脱只好退出，众大臣以脱脱入奏，尚不见从，他人更不待言，一腔热忱，化作冰冷。太皇太后卜答失里，又没有什么能力，好似庙中的城隍娘娘一般，前时铸像装金，入庙升殿，原是庄严得很，引得万众瞻仰，焚香跪叩，不幸被人侮弄，异像投地，一时不见什么灵效，遂彼此不相敬奉，视若刍狗，甚至任意蹴踏，取快一时，煞是可叹！**此附确切。**且说文宗神主，已由脱脱木儿撤出太庙，复由顺帝左右奉了主命，逼太后母子出宫。太后束手无策，唯与幼儿燕帖古思相对，痛哭失声。怎奈无人怜惜，反且恶语交侵，强行胁迫，太后由悲生忿，当即草草收拾，挈了幼儿，负气而出。一出宫门，又被那一班狐群狗党，扯开母子，迫之分道自去，不得同行。古人有言，生离甚于死别，况是母子相离，惨不惨呢！适为御史崔敬所见，大为不忍，忙趋入台署中，索着纸笔，缮就一篇奏牍，大旨说的是：

文皇获不轨之愆，已撤庙祀；叔母有阶祸之罪，亦削鸿名，尽孝正名，斯亦足矣。唯念皇弟燕帖古思太子，年方在幼，罹此播迁，天理人情，有所不忍；明皇当上宾之日，太子在襁褓之间，尚未有知，义当矜悯！盖武宗视明、文二帝，皆亲子也，陛下与太子，皆嫡孙也，以武皇之心为心，则皆子孙，固无亲疏，以陛下之心为心，未免有彼此之论。臣请以世俗喻之：常人有百金之产，尚置义田，宗族困阨者为之教养，不使失所，况皇上贵为天子，富有四海，子育黎元，当使一夫一妇，无不得其所。今乃以同气之人，置之度外，适足贻笑边邦，取辱外国！况蛮夷之心，不可测度，倘生他变，关系非轻，兴言至此，良为寒心！臣愿杀身以赎太子之罪，望陛下遣近臣迎归太后母子，以全母子之情，尽骨肉之义。天意回，人心悦，则宗社幸甚！

缮就后，即刻进呈，并不闻有什么批答，眼见得太后太子，流离道路，无可挽回。太后到了东安州，满目凄凉，旧有女侍，大半分离，只剩了老媪两三名，在旁服役，还是呼应不灵，气得肝胆俱裂，即成痨疾。临殁时犹含泪道："我不听燕太师的言语，弄到这般结果，悔已迟了！"嗣复倚榻东望道："我儿！我儿！我已死了！你年才数龄，被谴东去，料也保不全性命，我在黄泉待你，总有相见的日子！"言至此，痰喘交作，奄然而逝。阅至此，令人呜咽，然复阅四十四回鸩杀八不沙皇后时，则斯人应受此苦，反足称快！此时的燕帖古思，与母相离，已是半个死去，并且前后左右，没人熟识，反日日受他呵斥，益发啼哭不休。监押官月阔察儿，凶暴得很，闻着哭声，一味威喝。无如孩童习性，多喜抚慰，最怕痛詈，况前为太子时，何等娇养，没一人敢有违言，此时横遭惨虐，自然悲从中来。月阔察儿骂得愈厉，燕帖古思哭得愈高，及行到榆关外面，距都已遥，天高皇帝远，可恨这月阔察儿，竟使出残酷手段，呵叱不足，继以鞭挞，小小的金枝玉叶，怎禁得这般蹂躏，几声长号，倒地毙命！惨极！月阔察儿并不慌忙，命将儿尸瘗葬道旁，另遣人驰报阙中，捏称因病身亡。顺帝本望他速死，得了此报。暗暗喜欢，还去究诘什么？从此文宗图帖睦尔的后嗣，已无子遗了。害人者必致自害，阅者其鉴诸！顺帝既逐去文后母子，并杀了明里董阿等人，尚是余怒未息，再将文宗所增置的官属，如太禧宗禋等院，及奎章阁艺文监，皆议革罢，翰林学士丞旨巙巙—作库库，奏言人民积产千金，尚设有家塾，延聘馆师，堂堂天朝，一学房乃不能容，未免贻讥中外。顺帝不得已，乃改奎章阁为宣文阁，艺文监为崇文监，余悉裁去。褊窄至此，宜其亡国。一面追尊明宗为顺天立道睿文智武大圣孝皇帝，亲祼太室。既而腊鼓频催，岁星又改，顺帝复想除旧布新，敕令改元。当由百官会议，把至元二字的年号，留一至字，易一正字。改元为正，有何益处？议既定，于次年元旦下诏道：

朕唯帝皇之道，德莫大于克孝，治莫大于得贤。朕早历多难，入绍大统，仰思祖宗付托之重，战兢惕厉，于兹八年。慨念皇考久劳于外，甫即大命，四海跂望，夙夜追慕，不忘于怀。乃以至元六年十月初四日，奉玉册玉宝，追上皇考曰顺天立道睿文智武大圣孝皇帝，被服衮冕，祼于太室，式展孝诚。十有一月六日，勉徇大礼庆成之请，御大明殿，受群臣朝贺。忆自去春畴咨于众，以知枢密院事马扎尔台为太师右丞相，以正百官，以亲万民，寻即陛辞，养疾私第。再三谕旨，勉令就位，自春徂秋，其请益固。朕悯其劳日久，察其至诚，不忍烦之以政，俾解机务，仍为太师，而知枢密院事脱脱，早岁辅朕，克著忠贞，乃命为中书右丞相；宗正扎鲁忽赤、帖木儿不花，尝历政府，嘉绩著闻，为中书左丞相，并录军国重事。夫三公论道，以辅予德，二相总政，以弼予治，其以至元七年为至正元年，与天下更始。前录改元诏，见顺帝之喜夸；此录改元诏，见顺帝之无恒。

自是顺帝乾纲独奋，内无母后，外乏权臣，所有政务，俱出亲裁。起初倒也励精图治，兴学任贤，并重用脱脱，大修文事。特诏修辽、金、宋三史，以脱脱为都总裁官，中书平章政事铁木儿塔识，中书右丞太平御史中丞张起岩，翰林学士欧阳玄，侍御史吕思诚，翰林侍讲学士揭傒斯为总裁官。先是世祖立国史院，曾命王鹗修辽、金二史，及宋亡，又命史臣通修三史。至仁宗、文宗年间，复屡诏修辑，迄无所成。脱脱既奉命，饬各员搜检遗书，披阅讨论，日夕不辍。又以欧阳玄擅长文艺，所有发凡起例，论赞表奏等类，俱令属稿，略加修正，先成辽史，后成金、宋二史，中外无异辞。脱脱又请修至正条格，颁示天下，亦得顺帝允行。

顺帝尝幸宣文阁，脱脱奏请道："陛下临御以来，天下无事，宜留心圣学，近闻左右暗中谏阻，难道经史果不足观么？如不足观，从前世祖在日，何必以是教裕皇！"顺帝连声称善。脱脱即就秘书监中，取裕宗所受书籍，进呈大内，又举荐处士完者图、执理哈琅、杜本、董立、李孝光、张枢等人，有旨宣召。完者图、执理哈琅、董立、李孝光就征到京，诏以完者图、执理哈琅为翰林待制，立为修撰，孝光为著作郎。唯杜本隐居清江，张枢隐居金华，固辞不至。*不没名儒。* 顺帝闻二人不肯就征，很加叹息。

既而罢左丞相帖木儿不花，改用别儿怯不花继任，别儿怯不花与脱脱不协，屡有龃龉，相持年余，脱脱亦得有羸疾，上表辞职。顺帝不许，表至十七上，顺帝乃召见脱脱，问以何人代任。脱脱以阿鲁图对。阿鲁图系世祖功臣博尔术四世孙，曾知枢密院事，袭爵广平王，至是以脱脱推荐，乃命他继任右丞相。另封脱脱为郑王，食邑安丰，赏赉巨万，俱辞不受。阿鲁图就职后，顺帝命他为国史总裁，阿鲁图以未读史书为辞，偏顺帝不准所请。幸亏脱脱虽辞相位，仍与闻史事，所以辽、金、宋三史，终得告成。

至正五年，阿鲁图等以三史进呈，顺帝与语道："史既成书，关系甚重，前代君主的善恶，无不俱录。行善的君主，朕当取法，作恶的君主，朕当鉴戒，这是朕所应为的事情。但史书亦不止做劝人君，其间兼录人臣，卿等亦宜从善戒恶，取法有资。倘朕有所未及，卿等不妨直言，毋得隐蔽！"*如顺帝此言，虽历代贤君无以过之，奈何有初鲜终，行不顾言耶！* 阿鲁图等顿首舞蹈而出。

会翰林学士承旨巙巙卒于京，顺帝闻讣，嗟悼不已。巙巙幼入国学，博览群书，尝受业于许衡，得正心修身要旨。顺帝初年，曾为经筵官，日劝顺帝就学。顺帝欲待以师礼，巙巙力辞不可。一日，侍顺帝侧，顺帝欲观画，巙巙取《比干剖心图》以进，且言商王纣不听忠谏，以致亡国。顺帝为之动容。又一日，顺帝览宋徽宗画图，一再称善，巙巙进奏道："徽宗多能，只有一事不能。"顺帝问是何事，巙巙道："独不能为人君！陛下试思徽宗当日，身被虏，国几亡，若是能尽君道，何致如此！可见身居九五的主子，第一件是须能为君，外此不必留意。"*巙巙随事箴规，可谓善谏，其如顺帝之亦蹈前辙何？* 顺帝亦悚然道："卿可谓知大体了。"*后来如何失记？*
至正四年，出拜江浙平章政事，次年，复以翰林院承旨召还。适中书平章阙员，近臣

比干剖心

欲有所荐引，密为奏请。顺帝道："平章已得贤人，现在途中，不日可到了。"近臣知意在巙巙，不敢再言。巙巙到京，遇着热疾，七日即殁。旅况萧条，无以为殓，顺帝闻知，赐赙银五锭，并令有司取出罚布，代偿巙巙所负官钱，又予谥文忠，这也不在话下。

且说左丞相别儿怯不花，与阿鲁图同掌国政，彼此很是亲昵，有时随驾出幸，每同车出入。时人以二相协和，可望承平，其实统是别儿怯不花的诡计。别儿怯不花欲倾害脱脱，不得不联络阿鲁图作为帮手。待至相处既洽，遂把平日的私意，告知阿鲁图。阿鲁图偏正色道："我辈也有退休的日子，何苦倾轧别人！"这一语，说得别儿怯不花满面怀惭，当下恼羞成怒，暗地里风示台官，教他弹劾阿鲁图。阿鲁图闻台官上奏，即辞避出城，亲友均代为不平。阿鲁图道："我是勋臣后裔，王爵犹蒙世袭，偌大一个相位，何足恋恋！去岁因奉着主命，不敢力辞，今御史劾我，我即宜去。御史台系世祖所设，我抗御史，便是抗世祖了。"言讫自去，顺帝也不复慰留，竟擢别儿怯不花为右丞相。所有左丞相一职，任用了铁木儿塔识。别儿怯不花也伪为陛辞，至顺帝再行下诏，乃老老实实地就了右相的位置，大权到手，谗言得逞，故右相脱脱一家，免不得要遭祸了。正是：

黜陟无常只自扰，贤奸到底不相容。

欲知脱脱等遭祸情形，待小子下回续表。

是回叙顺帝故事，活肖一庸柔之主，忽而昧，忽而明，明后而复昧；庸柔者之必致覆国，无疑也！太后卜答失里，虽未尝无过，然既自悔前愆，舍子立侄，又始终保护顺帝，俾正大位。人孰无良，乃竟忘德思怨，骤行迁废耶！且上撤庙主，下戕皇弟，反噬不仁，莫此为甚，其所为忍而出此者，由有浸润之谮，先入为主也。改元至正，与民更始，观其任贤相，召儒臣，勉阿鲁图之交儆，惜巙巙之遽殁，亦若有一隙之明。乃天日方开，阴霾复集，可见小善之足陈，卒无补于大体，特揭录之以垂炯戒，俾后世知一节之长，殊不足道云。

第二十四回

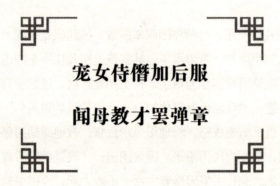

宠女侍僭加后服
闻母教才罢弹章

却说别儿怯不花执政，以与脱脱有宿憾，遂一意排挤，屡入内廷，密陈脱脱过失。顺帝尚疑信参半，嗣由别儿怯不花，陈请脱脱父马扎尔台，佯称就第养疾，意实结党营私，暗图不轨。于是顺帝转疑为信，竟下了一道严谕，放逐马扎尔台，安置西宁州。马扎尔台奉诏欲行，脱脱愿随父同往，即拜疏上陈，力请与俱。得旨准奏，乃整装出都，时马扎尔台已老，状态龙钟，起居服食，随在需人。亏得脱脱随着，寸步不离，朝视寒，夕问暖，一切供应，俱小心监察，极至膏车秣马，亦必亲自检点，因此出都以后，沿途奔走，虽未免风雨交侵，独马扎尔台一人，毫不觉苦，竟安安稳稳地到了西宁。*书此以见脱脱之孝。*

别儿怯不花闻马扎尔台父子安抵戍地，心中尚是未快，复唆使省台各员上书告变，牵及马扎尔台。顺帝时已着迷，不辨真伪，竟接连下诏，徙马扎尔台至西域，地名撒思，乃是一个著名的苦地。马扎尔台父子，不敢违旨，又只好冒险起行！到了途中，复接诏召回甘州，免他远戍。原来别儿怯不花专政后，河决地震的变异，时有所闻；河南、山东，盗贼蔓延；江淮一带，亦多暴徒，四出劫掠；湖广又遭徭乱。有几个刚正不阿的台官，劾奏宰辅非人，以致调燮失宜，乱端屡见等语，别儿怯不花也觉不安，入朝辞职。有诏令以太师就第，御史大夫亦怜真班趁着这个机会，保奏脱脱父子；略称马扎尔台谦让可风，脱脱为国宣劳，有功无过，奈何谪戍远方，迫入险地！于是顺帝稍稍觉悟，又有召回甘肃的谕旨。**孱主寡断，于此益见。**

马扎尔台从中道折回，途次不免受些感冒，及抵甘州，病日加剧，脱脱衣不解带，服侍了好几日，毕竟天定胜人，寿难再借，苟延数夕，竟尔去世。脱脱经此变故，悲愤交集，恨不得将朝右佞臣，一概除灭，抵那老父的生命。**暗伏后来报怨事。**

可巧别儿怯不花又遭台官弹击，贬戍渤海，得病而死。**这也是冥中报应。**左丞相铁木儿塔识，也殁于任中，元廷用了朵儿只**一作多尔济**，为右丞相，太平为左丞相。朵儿只系元勋木华黎六世孙，即故丞相拜住从弟，初为御史大夫，因铁木儿塔识病殁，升任左丞相，旋即调任右丞相，性颇宽简，务存大体。太平本姓贺，名唯一，至正四年，为中书平章政事，六年，超拜御史大夫。元制重蒙轻汉，凡省院台三署正官，非国姓不得授，唯一援例固辞，顺帝不允，特赐国姓，并改名太平。太平与脱脱父子，本来是没甚友谊，因闻马扎尔台身死甘州，不能归葬，未免存一兔死狐悲的观念，遂上疏力请，令脱脱奉柩归都，以全孝道。疏入不报，太平竟入廷面奏道："脱脱尽忠王室，大义灭亲，今父已病殁，不许归葬，将来忠臣义士，宁不灰心？乞陛下特恩赦还，为善者劝！"顺帝踌躇不答，太平又道："陛下曾亦记及云州故事么？"顺帝不待说毕，便道："非卿言，朕几忘怀。脱脱确系忠臣，卿即传朕面谕，遣使召归。"太平叩谢而出。

看官！这云州故事，前文未曾叙及，此次突由太平口中说出，转令阅者无从捉摸，诸君不要性急，待小子补叙出来。**借此一段文字补叙宫闱事实，即是文中销纳处。**原来元统三年，顺帝后钦察氏答纳失里，因兄弟谋逆，被迁出宫，鸩死民舍。答纳失里无出，越二年，改册皇后弘吉剌氏，名伯颜忽都，系真哥皇后侄孙女，父名孛罗帖木儿，曾封毓德王。后既册立，旋生一子，名真金，二岁而夭。

先是徽政院使秃满迭儿，曾进高丽女子奇氏入宫，作为服役。奇氏名完者忽都，秀外慧中，善伺主意，顺帝爱她秀媚，又因她善于烹茗，命司饮料，**好似一个党家奴。**她遂日夕侍侧，眉目传情，引得顺帝欲心渐炽，竟与她同入龙床，做一对鸾交凤友。**酒色二字，本系相连，不意司茶女亦邀王眷。**事为正宫皇后钦察氏所悉，怒召奇氏，箠辱了好几次。**答纳失里之不得令终，于此事亦有关系。**至后被鸩死，顺帝已欲立奇氏为继后。**大约是怜她箠辱耳。**偏偏大丞相伯颜，硬行谏阻，又是一个奇氏对头。弄得顺帝没法，只得改立弘吉剌后。这位弘吉剌后与前后大不相同，性本节俭，量独宽宏，不愿与奇氏争夕，所以奇氏仍得专宠。时来福凑，又产下一个麟儿，取名爱猷识理达腊一作阿裕锡哩达喇，益得顺帝欢心。那时奇氏因宠生骄，因骄成妒，除皇后弘吉剌氏无所嫌怨，不与计较外，凡内如太后母子，外如权相伯颜，俱视若眼中钉，尝在顺帝前说他短处。后来伯颜被黜，太后母子被逐，虽有种种原因牵涉，然大半由奇氏暗中媒蘖，所以先后发生变端，几致出人意外。加罪奇氏，不特补前文所未及，且足发正史所未明。

奇氏私愿既偿，遂与嬖臣沙剌班秘密商量，欲乘此升为皇后。不过因皇后待她有恩，恩将仇报，未免心怀不忍，因此不能决议。奇氏还是好良心。沙剌班情急智生，猛记起先代皇后曾有数人，此时援着祖制，奏请一本，何人敢有异言！祖宗贻谋不臧，转使若辈借口。当下禀知奇氏，奇氏大喜，便命他即日上奏。果然数语入陈，纶音立下，即命册立奇氏为第二皇后。大礼已成，奇氏居然象服委佗，安居兴圣西宫。

转眼间，皇子爱猷识理达腊已离怀抱，渐渐地长大起来，顺帝爱母及子，辄令皇子随侍，凡有巡幸，亦令偕行。时脱脱尚秉国钧，为顺帝所亲信，所以脱脱入内廷时，顺帝曾饬皇子拜他为师，并命他随时教育。脱脱受命不忘，格外注意，有时皇子出游脱脱家，一留数日，稍遇疾病，脱脱即亲为煎药，先尝后进。

一日，顺帝幸上都，皇子随行，脱脱亦从驾。道过云州，猝遇烈风暴雨，山水大至，车马人畜，多被漂溺，顺帝不及提携皇子，只顾着自己性命，即登山避水。脱脱见顺帝自去，忙涉水至御辇旁，抱出皇儿，负在背上，跣着足奔上山冈。顺帝正系念皇子，在山盼望，但见脱脱负子而来，好似得了活宝贝一般，即趋前抱下皇子，一面慰抚脱脱道："卿为朕子，勤劳至此，朕必不忘！"未必未必。脱脱当即谢恩，谁知过了一两年，顺帝竟信了谗言，将脱脱父子谪戍，所以太平为之不平，提出云州故事，教顺帝自己反省。顺帝被他一说，也自悔食言，遂命脱脱奉父柩还葬。

脱脱既还京师，葬父毕，拜表谢恩，复得旨命为太子太傅，综理东宫事宜。脱脱受命后，默念此次起复，定是有人从中调停，不可不密图酬报。凑巧来了侍御史哈麻一作哈玛尔，由脱脱延入，与谈年余阔别情状，甚是欢洽。看官！你道这哈麻是何等人物？他是宁宗乳母的儿子，父名图噜，受封冀国公。哈麻与母弟雪雪，早备宿卫，两人均得主宠，唯哈麻口材尤捷，益为顺帝所亵幸，累次超擢，得任殿中侍卫史。亡元者哈麻之力，故出名时不嫌求详。当脱脱为首相时，哈麻日事过从，曲意趋附，至脱脱罢职，随父出戍，哈麻在顺帝前，稍稍替他缓颊。至是与脱脱叙旧，自然把前日营护的功劳，一一说明，且添了许多诡话，说是如何记念，如何排解，**小人专会捣鬼**。脱脱秉性忠厚，总道他语语是真，非常感激。哈麻说一句，脱脱谢一声，至哈麻去后，脱脱还称他是第一个好人。独太平秉公办事，把保奏脱脱的事情从未提起，所以脱脱全然不知。

会太平以哈麻在宫，导帝为非，意欲将他驱逐，商诸御史大夫韩嘉纳。嘉纳很是赞成，便授意监察御史沃呀海寿，教他弹劾哈麻，历陈罪状。第一款，是在御幄后僭设帐房，犯上不敬。第二款，是出入明宗妃子脱忽思宫闱，越分无礼。还有私受馈遗，妄作威福诸条款，亦列入奏中。尚未拜发，偏已漏泄消息，传入哈麻耳中，哈麻即至顺帝前哭诉，略称太平、韩嘉纳有意构陷，唆使海寿出头，将臣劾奏，即乞解臣职以谢二人等语。顺帝摸不着头脑，只说是并无奏章，何必着急，哈麻复称海寿已缮就奏牍，明日即要进呈。看官！你想台官的疏奏尚未上陈，那哈麻已先闻知，预为哭诉。若使明白的主子，见哈麻如此狡黠，定要疑他潜布爪牙，暗通声气，所以事前侦悉，先使机诈。这种鬼蜮伎俩，一加斥责，便无遁形。怎奈顺帝昏馈得很，平时甚宠爱哈麻，掷骰击毬，联为狎侣，此次闻他辞职，如何肯依，免不得温语慰留。

次日视朝，果然由韩嘉纳代呈奏章，内系沃呀海寿署名，劾哈麻数大罪，顺帝不待瞧毕，便掷诸案上，悻悻退朝。韩嘉纳料知不佳，忙与太平计议。太平到了此时，也不禁气愤道："有哈麻，无太平，有太平，无哈麻，明晨当入朝面奏。"

翌日昧爽，即偕韩嘉纳入朝，俟顺帝登殿，便直陈哈麻兄弟，盘踞宫禁，权倾内外的罪状。顺帝徐徐答道："哈麻罪状，当不至此。"太平道："历代以来的奸臣，若非显行构逆，定是献媚贡谀，表面上很是爱君，暗地里都是罔上，齐桓公宠用三竖，终致乱国，宋徽宗信任六贼，遂以丧身。陛下试借鉴前车，便可知哈麻兄弟，实兆祸阶，理应即日黜逐！"**太平有识。**顺帝默然不答，韩嘉纳复出班叩首道："左相太平的奏请，关系国家兴亡，幸陛下采纳施行。"顺帝艴然道："卿何量狭，不肯容这哈麻兄弟！"**明是左袒哈麻，偏说他量狭难容，令人一叹。**嘉纳复顿首道："臣非为一身计，实为天下国家计；似哈麻兄弟欺君误国，所以请陛下斥逐。陛下果立斥哈麻兄弟，臣亦甘心受罪，以谢哈麻！"**嘉纳有胆。**顺帝尚是不悦，太平复启奏道："陛下如信用哈麻兄弟，臣愿解职归田！"顺帝道："朕知道了，卿毋多言！"说毕，拂袖还宫。

是时哈麻已详闻消息，复至顺帝前吁请罢官，惹得顺帝厌烦起来，索性一概黜退。当命侍臣拟定两道诏旨，一道是免哈麻及雪雪官职，出居草地；一道是罢左丞相太平，降为翰林学士承旨，出御史大夫韩嘉纳，为江浙行省平章政事，谪沃呼海寿为陕西廉访副使。诏既下，朵儿只亦不安于位，奏请免官。顺帝准奏，遣他出镇辽阳。仍任脱脱为右丞相，赐上尊名马，袭衣玉带，复令他管理端本堂事。端本堂系皇子肄业处，顺帝曾命李好文为谕德，归旸为赞善，教导皇子，开堂授书。

脱脱既兼握大权，尊荣如旧，闻哈麻兄弟被黜，未免代为扼腕。**脱脱丞相，私心萌矣。** 适哈麻至脱脱处辞行，并诉太平攻讦状，脱脱劝慰道："我若在朝，必不使若辈得志！你且出居数日，得有机会可乘，便当代请复官，幸勿过忧！"哈麻欢谢而去。脱脱遂将中书省内属员，一一稽考，查得参政孔思立等，俱由太平荐拔，竟不问贤否，坐罪黜退，改用乌古孙良桢、龚伯遂、汝中柏等为僚属。汝中柏系左司郎中，素与太平有隙，至是即入语脱脱，捏称太平罪恶，并言太平子也先忽都，僭娶宗女，勾结诸王，觊觎要职等情。

脱脱正私憾太平，遂将汝中柏所言列入奏稿。正待拜发，适为老母蓟国夫人所见，即语脱脱道："我知太平是好人，你何故谎言诬奏，指善为恶？"脱脱道："是由郎中汝中柏所言，想系调查确实，不致说谎。"蓟国夫人道："无论是真是假，尽可听他自由，他与你何嫌何怨，必欲将他加害！"脱脱被母一诘，转有些嗫嚅起来。蓟国夫人怒道："你如不听吾言，从此休认母了！"脱脱本具孝思，见老母含有怒色，忙跪称不敢。蓟国夫人复取了奏稿，信手撕毁，于是一场弹案化作冰消。**不没贤母。**

不意太平、嘉纳等人，正交晦运，一降一谪，尚似未足，不到半年，又有严谕颁下，削沃呼海寿官，流韩嘉纳于尼噜罕，并放太平归里。太平即襆被出都，故吏田复，劝他自裁，太平道："我本无罪，当听天由命；若无故自尽，转似畏罪而死，死亦蒙羞。"言已，即踯躅而去，径归奉元原籍。韩嘉纳秉性刚直，未免丛怨，被成诏下，又经仇人诬奏赃罪，加杖一百，才令起行，途中受了无数苦楚，杖疮复溃烂不堪，竟致殒命。小子有诗咏道：

千秋忠骨瘗荒原，地下犹含不白冤。

休怪盈廷多仗马，由来乱世莫危言。

当时廷臣等还疑脱脱主使，其实内中尚有隐情，不得归咎脱脱。欲知详细，请阅下回。

元季贤相，莫若脱脱，著书人于脱脱多誉辞，非轻袒脱脱也。自古忠臣必出于孝子之门，脱脱随父出戍，尽心侍奉，其孝可知；厥后拟劾奏太平等人，卒以老母一言，撤消奏牍，非凤具孝思者其能若是乎？或谓哈麻为佞人之尤，而脱脱信之，汝中柏为谗夫之尤，而脱脱昵之，至若皇子爱猷识理达腊，为奇氏所出，脱脱乃竭力保护，取悦宠妃。是而谓贤，孰非贤臣？不知贤者未尝无过，观过益足以知仁。脱脱之信哈麻，昵汝中柏，实为老父被戍而起，父谪远方，因而病殁，脱脱以为终天之恨，而太平等适当其冲，太平有德于脱脱，脱脱固未之闻也，未闻太平之有德，反疑太平之不仁，于是哈麻之佞，汝中柏之谗，得以乘隙而入。虽曰比之匪人，然略迹原心，尚堪共谅。若谓皇子为宠妃所出，不应视若储君，似矣；然钦察后无子，弘吉剌后有子而夭，当时顺帝膝下，只有此儿，奉命教养，自应效忠，安能遽论嫡庶乎？故本回所叙，实以脱脱为主，余人皆宾也，借宾定主，而他事皆借此销纳。尤见其天衣无缝云。

第二十五回

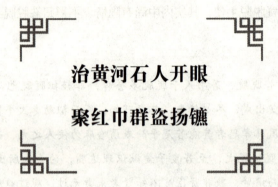

治黄河石人开眼
聚红巾群盗扬镳

却说太平归田，韩嘉纳贬死，沃哷海寿削职为民，这事从何而起？原来由脱忽思皇后泣诉帝前，致有此诏。脱忽思皇后，系明宗妃，即顺帝庶母。顺帝嗣位，尝尊称脱忽思为皇后，海寿奏劾哈麻时，曾说他出入无忌，越分无礼。<small>应上回。</small>此语被脱忽思皇后闻知，<small>想是由哈麻报闻。</small>哪里禁受得起，况哈麻复被迁谪，更觉与之有嫌，<small>卿试自问，曾与哈麻相昵否？</small>当下入白顺帝，只说海寿等挟嫌诬控，含血喷人，一面说着，一面流泪。<small>妇人常态。</small>顺帝见她凄楚情状，自然怒上加怒，遂颁发一道严厉的诏敕，这且按下不提。

且说右丞相脱脱，仍执朝政，复经顺帝亲信，其弟也先帖木儿，亦得任御史大夫。兄弟同据要津，一班大小臣工，免不得又来迎合。适中统、至元等钞币，流通日久，致多伪钞，脱脱欲另立钞法，吏部尚书偰哲笃，遂建言更造至正交钞，以钞为母，以钱为子。<small>是之谓巧于迎合。</small>脱脱集台省两院诸臣，共议可否，众皆唯唯如命。独国子祭酒吕思诚道："钱为本，钞为辅，母子并行，奈何倒置？且人民皆喜藏钱，不喜藏钞，今如历代钱，为至正钱，及中统钞，至元钞，交钞分为五项，钱钞相等，民尚喜钱恶钞；如更增新钞一种，钞愈多，钱愈少，下必病民，上必病国。"偰哲笃道："至元钞多伪，所以改造。"思诚道："至元钞何尝是伪？乃是奸人牟利仿造，以致伪钞日多。公试思旧钞流通有年，人已熟睹，尚有伪钞掺杂，若骤行新钞，人未及识，伪且滋多，岂不可虑！"偰哲笃道："钱钞兼行，便无此弊。"思诚正色道："钱钞兼行，轻重不论，何者为母？何者为子？汝不明财政，徒然摇唇鼓舌，取媚大臣，如何使得！"议正词严，为《元史》中所仅见。偰哲笃被他驳斥，由羞成愤道："汝有何议？"思诚道："我只知有三个大字。"偰哲笃复问何字？思诚却厉声道："行不得！行不得！"脱脱在座，见两人争论起来，便出为解劝，但说是容后缓图，思诚乃退。

脱脱弟也先帖木儿道："吕祭酒的议论，也有是处；但在庙堂中厉声疾色，未免失体。"脱脱也为点头。台官瞧着脱脱情形，遂于会议散班后，草就一篇奏牍，竟于次日进呈，奏劾思诚狂妄。毕竟直道难行。有旨迁思诚为湖广行省左丞。未几，即造至正新钞，颁行全国。钞多钱少，物价腾踊，至逾十倍，所在郡县，均以物质相交易，由是公私所积的钞币，一律壅滞，币制大坏，国用益困。近今亦有此弊，恐将循元覆辙。

会黄河屡决，延及济南、河间，大为民害。脱脱复集群臣会议。大众议论纷纷，莫衷一是，独工部郎中贾鲁，方授职都水监，探察河道，留意要害。至是便议称塞北疏南，使复故道，方可无虞。看官！这贾鲁所说的黄河故道，究在何处？小子欲详叙巅末，很觉烦杂，只好胪举大略，俾人人一览了然，方不至辞烦义晦，取厌诸君呢。原来黄河发源昆仑山。曲折东流，入中国甘肃境，道出长城，由北趋东，由东折南，成一大曲，名为河套，自是南下，行壶口、龙门两山谷中，为山西、陕西两省的界线，复东折入潼关，经砥柱山麓，直入河南省，始由高地陡落平原，地势散漫，迁流无定。从古时大禹治河以后，河不为患，约八百年，殷代已屡有河患，嗣后屡次横决，忽北忽南，总计自殷、周起，至元朝顺帝年间，河流变迁，不可胜纪，唯大变迁共有五六次。大禹治水，就大陆以北，分为九河，合于天津入海。大陆即今直隶省西北的宁晋泊。至周定王五年河徙，由运河达天津入海。新莽始建国三年又徙，由徒骇达利津入海，宋仁宗庆历八年又徙，又由今运河达天津入海。金章宗明昌五年又徙，分为南北两派，北派合济水入海，南派合淮水入海。元世祖至元二十五年又徙，两派河流，总合淮水入海，就是今江苏省内的淤黄河。以上所述今字，俱就著本书时立说，盖至清季咸丰五年，河道又徙入山东，合大清河入海，咸丰以前之河流出海，实在江苏省东北旧淮安府境内，至今陈迹犹留，称为淤黄河。世祖后，河又屡决，累岁筑防，终乏成效。顺帝至元元年，河决开封，至正四年，河决曹州，未几又决汴梁，五年又决济阴，乃立山东、河南等处行都水监，一意治河。贾鲁所说的塞北疏南，使复故道，就是要河流仍合淮水，照前出海的意思。原原本本，弹见恰闻。但欲依议而行，必须大兴工役，方可成事。脱脱令贾鲁估算，需用兵民二十万人，倒也未免吃惊。遂遣工部尚书成遵，与大司农秃鲁，先行视河，核实以闻。成遵等自京出发，南下山东，西入河南，沿途履勘，悉心规划，所有地势的高下，与水量的浅深，统已测量明白，绘就略图，附加臆说，于是相偕还都，径入相府，来见脱脱。脱脱立即延入，问明河道情形。成遵开口，便说河流故道，断不可复，贾鲁计议，断不可行。脱脱问是何故？成遵即将图说呈上，由脱脱阅了一周，置诸案上，大约是莫名其妙。淡淡的答道："汝等沿途辛苦，且休息一天，明日至中书省中核议便了。"两人辞去，翌晨，即赴省署中候着，不一时，脱脱到来，贾鲁亦随入，余如台省两院各官，亦先后会集。当下开议，成遵与贾鲁两人，意见互歧，彼此各主一说，免不得争论起来。各官吏等未曾亲历，兼以平日在都，也不暇留意河防，只好眼睁睁地看他辩论。一班行尸走肉的人物，乐得揶揄数语。自辰至午，两人争议未决，方由各官劝解，散坐就膳。膳毕，复行核议，仍是双方扞格。脱脱乃语成遵道："贾友恒的计划，实为一劳永逸起见，公何固执若是？"成遵道："河流故道，可复不可复，尚不暇辩；据国计民生上立论，府库日虚，司农仰屋，若再兴大工，尤恐支绌！是顾及国计。且如山东一带，连岁歉收，百姓困苦已极，倘调集二十万众，骚扰民间，是顾及民生。将来祸变纷乘，比河患还怕加重哩！"脱脱变色道："汝谓百姓将反么？"成遵道："恐防难免！"半语不让，恰也倔强。各官见成遵执性，竟与丞相斗起嘴来，未免不雅，遂将成遵劝开，令他归去。秃鲁何在，如何噤不一言。脱脱余怒未息，复语众官道："主上视民如伤，做大臣的应为主分忧。明知河流湍急，最不易治，但或迁延过去，他时为祸尤大；譬如人有疾病，迁延不治，终致毙命。黄河为中国大病，我欲将它治愈，偏有人硬来拦阻，奈何！"众官闻言，齐声答道："傅相首秉国钧，这事但凭钧裁，何庸他顾！"脱脱又道："好在今日得了贾友恒，使他治河，必能奏功。"原来友恒系贾鲁别字，脱脱契重贾鲁，所以称字不称名。补笔不漏。众官又齐声赞成。乐得逢迎。贾鲁独上前固辞。脱脱道："此事非汝不办，明日入奏便了。"言已，命驾而去，众官陆续散归。

次日入朝，成遵亦到，有几个参政大员，与遵为友，密语遵道："丞相已决计修河，且已有人负责，公此后幸毋多言。"成遵道："腕可断，议不可易！"硬汉子。既而随班入朝。及顺帝升殿，脱脱即奏言贾鲁才可大用，令他治河，必能胜任。顺帝大悦，便宣召贾鲁。鲁奏对称旨，当命他退朝候敕。成遵不便出奏，只好一同退班。越宿有诏颁发，罢成遵官，出为河间盐运使，特授贾鲁为工部尚书，充总治河防使，进秩二品，赏给银章，发大河南北兵民十七万，令归节制，便宜兴缮。原来脱脱退朝后，又将贾鲁计划，详奏一本，并有成遵框怯无能，大非鲁比等语，所以有此诏旨。

成遵奉诏，交卸原职，出都就任，自不消说。唯贾鲁受职治河，倒也竭诚行事，不敢少懈，当日出都就道，到了山东，一面征集工役，一面巡视堤防，某处派万人缮修，某处派万人增筑，统是主张障塞，不使泛溢。是塞北河。自山东驰入河南，由黄陵冈起，南达白茅，直抵黄固、哈只等口，见有淤塞地方，浚之使通，遇有曲折地方，导之使直，随地派工，锹锸兼施。又自黄陵冈西至杨青村，在北加防，在南施凿，通计修治地段，共二百八十里有奇。这位敏达干练的贾尚书，整日里往来跋涉，仆仆道旁，入夜又估工考绩，阅簿稽财，真是耐劳任怨，不惮勤劳；元廷虽派了中书右丞玉枢虎儿吐华，与知枢密院事黑厮，率兵弹压，作为贾尚书帮手，怎奈若辈只袖手旁观，不能为力，所以一切兴缮，全要贾尚书主持。归功贾鲁，亦是平允之论。至正十一年四月兴工，七月疏凿告竣，八月决水故河，九月舟楫通行。十一月诸埽堤亦成，河复故道，南汇淮水，东流入海。贾鲁以河平入告，顺帝欢慰异常，即遣使报祭河伯，并召鲁还都。鲁至京入朝，由顺帝温言慰谕，面授鲁为集贤大学士。并因脱脱荐贤有功，赐号答剌罕，令他世袭。他如从鲁治河各官，俱特旨迁赉。复敕翰林学士承旨欧阳玄，制河平碑，旌扬脱脱丞相，及贾尚书鲁功绩。真是一夫创议，万夫胪欢。

脱脱方私下告慰，不意河流方顺，兵变迭兴，有元一百数十年江山，一百数十年，指自太祖开国而言。竟从此土崩瓦解，化作乌有子虚。说也奇怪，那元代灭亡的应兆，偏似从贾鲁治河，开衅起来。语有分寸。先是至正十年，河南北已有童谣道："石人一只眼，挑动黄河天下反！"当时有人闻着，大都不解所谓，及贾鲁治河，督工开凿黄陵冈，果从地下掘起一个石人，眼睛只有一只，作启视状，役夫相率惊讶，报知贾鲁，鲁出瞧石人，也觉暗暗称奇。只面上恰毫不动容，命役夫用锄击碎，搬开了案。嗣后功成返京，全未提及，偏偏汝、颍乱起，应着童谣。小子欲历叙乱事。因头绪纷烦，只好编列一表，说明如左：

（一）颍州人刘福通奉韩山童子林儿为主，倡乱颍州。韩山童系栾城人，其祖父以白莲会烧香惑众，谪徙永平，传至山童，诡言天下大乱，弥勒佛出世，河南及江淮间愚民，信为真言。颍州人刘福通，与其党杜遵道、罗文素、盛文郁、王显忠、韩咬儿等，复诡称山童系宋徽宗后裔，当为中国主，乃集众设誓，起乱京畿，地方官即饬兵搜捕，擒住山童，福通挈山童妻杨氏，及其子林儿，遁入河南，号召党羽，至数万人，均以红巾为号，称为红巾贼，横行河南。

（二）萧县人李二，倡乱徐州。李二亦一无赖子，尝烧香聚众，联结党人赵均用、彭早住等，攻陷徐州，作为盘踞地。李二绰号芝麻李。

（三）罗田人徐寿辉，倡乱蕲水。徐寿辉系一商人，素贩布。有僧彭莹玉，好言妖异，见寿辉以状貌魁奇，称为贵相，遂与党人邹普胜、倪文俊等奉寿辉为主，攻陷蕲水及黄州路，亦以红巾为号，时人也称为红巾军。

这三路寇乱，骚扰河南及江淮间，《元史》上称为汝、颍妖寇。有先时发难的方国珍，后时响应的郭子兴、张士诚，倒也鼎鼎名，小子也应把他来历，略述于下。

（一）台州人方国珍作乱，在至正八年十一月间。方国珍素贩盐，浮海为业。时有蔡乱头为海盗，经有司缉捕，或告国珍亦尝通寇，国珍惧，遂航海为乱，劫掠漕运，执江、浙参政朵儿只班，胁使奏闻元廷，赦罪授官。诏授国珍为定海尉，国珍嫌官卑禄微，不肯受命，寻进攻温州，猖獗日甚。

（二）定远人郭子兴作乱，在至正十二年二月间。郭子兴少有侠气，喜与壮士结交，及见汝、颍兵起，亦与其党孙德崖等，举兵作乱，自称元帅，攻陷濠州。

（三）泰州人张士诚作乱，在至正十三年三月间。张士诚与弟士德、士信等，皆以操舟运盐为业，富家多视为贱役，动加侮弄，弓手邱义，窘辱尤甚。士诚大怒，率壮士十八人，杀邱义及诸富家；遂招集盐丁，占据泰州。嗣复陷高邮，戕知府李齐，自称诚王。

寇氛扰扰，战鼓咚咚，警报似雪片般飞达元廷，顺帝大惊，连忙调发兵马，分道出征。正是：

胜、广揭竿秦社覆，窦、杨起衅隋廷亡。

毕竟胜败如何，容俟下回再表。

秦亡于渔阳之戍，唐亡于桂林之卒，元亡于开河之役，论者多归咎贾鲁及脱脱，其实未然！元之乱，由上下宴逸所致，并不系于河之开不开。且治河所以保民，贾鲁塞北疏南之议，亦非全无识见，唯当时山东一带，连岁饥馑，何弗以工代赈，为一举两得之计，而乃徒发兵役，多至十七万人，未苏民困，转耗民食，此不得为无咎，而治河之得失无与焉。石人开眼，童谣本属无稽，贾鲁凿河，适与童谣相应，安知非草泽之徒，隐为埋藏，借此以图煽惑耶？本回叙治河事，词不厌详，而下语多有分寸，至于群盗之起，仅列表以明之，盖前应化简为繁，后应删繁就简，作者之着意在此，阅者之醒目亦在此，毋视为寻常铺叙也！

第二十六回

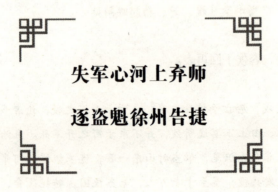

失军心河上弃师
逐盗魁徐州告捷

　　却说顺帝迭闻警报，很是焦灼，忙与首相脱脱商议。脱脱道："中州为全国腹心，今红巾贼起，适在中州，<u>中州即河南。</u>实是腹心大患。臣拟先发大兵，剿红巾贼，肃清腹地，然后依次进兵，讨平余寇。"顺帝道："各处亦统来告急，奈何！"脱脱道："各地非无守将，请陛下分道颁诏，令他就近赴援，剿抚兼施，一俟中州平定，余寇自然瓦解。这是目前最要的计策。"顺帝道："何人可遣？"脱脱道："臣受恩深重，督师平寇，报答皇恩。"顺帝道："卿系朕股肱耳目，不可一日相离，朕闻卿弟亦有才名，何妨遣他讨贼。"脱脱道："臣弟可去，但必须添一臂助。"顺帝道："卫王宽彻哥何如？"脱脱道："宸衷明鉴，谅必得人。"<u>脱脱议先剿河南，计非不是，唯乃弟素不知兵，如何说是可去？</u>

　　计议已定，便命御史大夫也先帖木儿知枢密院事，与卫王宽彻哥，率诸卫兵十余万，出讨河南妖寇，一面颁诏各路就近剿抚。也先帖木儿奉命，即日会同卫王调兵出都。

　　他本是个矜才使气的人物，握着了这么大权，益发趾高气扬，目无全虏。<u>反射下文。</u>到了上蔡，城已为寇党韩咬儿所据，当即在城下扎营，安排攻具，<u>赍</u>夜围城。韩咬儿登陴守御，见元兵四面攒聚，好似蜂蚁一般，顿吃了一大惊，怎奈事已到此，无可如何，只得带领党羽，勉强守着。元兵围了好几日，尚是不能攻入，也先帖木儿大怒，严申军令，限日破城，逾限立斩。将士闻命，相率惊惶，幸上蔡城池卑狭，寇党不过数千人，城外又无余寇接应，但教合力进攻，不难得手；当下将士效命，互约进行，四面布着云梯，冒死登城。韩咬儿顾此失彼，顿被元兵杀入，劈开城门，招纳大兵，与韩咬儿巷战起来，两下厮杀多时，把寇党大半屠戮，剩了韩咬儿孤身，还有什么伎俩，自然被元兵擒住。

也先帖木儿大喜，便遣使报捷，并将韩咬儿因解至京。顺帝诛了韩咬儿，传旨奖赏，颁给钞币数千锭。也先帖木儿得此快事，越加骄倨，小小一个孤城，且围攻了多日，方得幸胜，如何便骄倨起来？不但虐待军士，就是同行的卫王，也看他与傀儡相似，不屑协议，所有一切军政，统是独断独行。卫王以下，无人敬服，不过因受了主命，一时不便解散，没奈何随他前进。

刘福通闻咬儿被擒，忙分派死党，严守所得要害，阻住元兵。也先帖木儿麾下，虽有十多万人，大都观望不前，任你也先帖木儿如何严厉，总是不肯出力，或且潜行逃避，因此也先帖木儿无威可逞，只好逗留中道，待贼自毙。

偏偏杀运方开，寇焰愈炽。刘福通猖獗如故，固不必说；他如芝麻李等，亦相率横行；最厉害的莫如徐寿辉。寿辉据蕲水后，居然自称皇帝，僭号天完国，改元治平；以邹普胜为太师，出兵江西，攻陷饶州、信州，另派部将丁普郎等，溯江而上，连陷汉阳、兴国、武昌等处，威顺王宽彻普化，及湖广平章政事和尚，弃城遁去。转陷沔阳，推官俞述祖被擒，怒骂寿辉，被他磔死。复陷安陆府，知府丑驴阵亡。寿辉又派别将欧祥等寇九江，沿江各兵，闻风宵遁。江州总管李黼，传檄兵民，募集丁壮，与寇众血战数仗，水陆获胜，嗣因附近城堡，多被陷落，寇众四集城下，昼夜环攻，平章秃坚不花，又缒城潜走，中外援绝，势难再守，李黼犹力捍数日，至寇入东门，尚挥剑斫数十人，与从子秉昭，一同殉难。不没忠臣。

江州既陷，袁州、瑞州等，接连失守，元廷连日闻警，免不得又开廷议。当由脱脱等议定各路进兵，责成统帅，以觇后效。其时授诏讨贼的官员，约有数处：

四川行省平章政事咬住，率兵徇荆襄。

江西行省左丞相亦怜真班，率兵守江东西关隘。

知枢密院事也先帖木儿，与陕西行省平章政事月鲁帖木儿，讨南阳、襄阳贼。

刑部尚书阿鲁，讨海宁贼。

江西右丞火尔赤，与参知政事朵觯，讨江西贼。

江西右丞兀忽失等，讨饶信等处贼。

分派既定，宫廷少安。嗣闻方国珍兄弟，忽降忽叛，浙东道宣慰使都元帅泰不华战殁，乃复饬江浙左丞左答纳失里往讨国珍。

原来国珍入海，攻掠沿海州郡，官军多不战自溃。元廷遣大司农达什帖木儿等，南下黄岩，招之使降，国珍居然受命，挈二弟登岸罗拜道旁。达什帖木儿喜甚，遽授以官，国珍兄弟，欢跃而去。独浙东宣慰使泰不华，料其狡诈，夜访达什帖木儿，拟命壮士袭杀国珍。达什帖木儿不从，且斥泰不华违诏喜功，计遂不行。及达什帖木儿还都，国珍果复率党羽，入海剽掠。泰不华遣义士王大用往谕，被国珍羁住，另遣戚党陈仲达报闻，如约愿降。泰不华乃率部下数十人，偕仲达乘舟，张受降旗，乘潮而前。舟触沙不能行，猛见国珍鼓棹前来，急呼仲达与伸前议，仲达目动气索，泰不华知有异谋，手刃仲达，即前搏国珍船，射死贼目五人。国珍船中尽藏伏兵，至是齐起，跃登泰不华舟，泰不华夺刀乱挥，复毙贼数人。贼攒槊竞刺，中泰不华颈，鲜血直喷，犹直立不仆，卒被贼投尸海中，余众皆战死。事闻于朝，追封魏国公，谥忠介，命左丞左答纳失里克日进讨，不得违慢。左答纳失里也奉命去讫。此段为说明文，亦为销纳文，因欲明泰不华之忠，方国珍立狡，所以插入。

元廷又颁下诏旨，令各路统帅，便宜行事。满望他旗开得胜，马到成功，不意第一路注意人马，竟无端溃散，自沙河退驻朱仙镇，几不成军。看官欲问这统帅姓氏，就是脱脱丞相的母弟，叫作也先帖木儿。加入脱脱丞相母弟六字，句中有刺。他自上蔡得胜后，进至沙河，驻扎了两三月，未曾对仗。忽军中自起讹言，竟称刘福通纠合众寇，前来劫营，累得也先帖木儿日夕防备，连寝食都是不安。忙乱了好几日，并不见有一寇到来，顿时懊恼得很，把所有军官，斥辱一番，并令此后不得妄言，违令者斩。不把军官立斩，还算仁恕，但也亏有此着，才得逃命。一班军官，本已心怀怨望，又被他严加训斥，索性一哄而散，乘夜逃去。也先帖木儿并未预闻，到了日上三竿，升帐检阅，只有亲兵数百名，兀自守着，其余不知去向。慌忙去请卫王，卫王也骑马走了。那时也先帖木儿仓皇失措，也只好上马急奔，行了三十六策中的第一策。奔至朱仙镇，方遇卫王宽彻哥，带着一半散卒，在镇扎营。他尚莫名其妙，及与卫王相见，欲问底细，卫王又模模糊糊地说了数语，没奈何上书奏闻。嗣得诏敕，遣中书平章政事蛮子一作曼济，代为统帅，召他还京。他即将兵符缴与卫王，即日北归。

既到京师，仍受命为御史大夫。西台御史范文，抱着一腔忠愤，联络刘希曾等十二人，上书奏劾，说他丧师辱国，罪无可原。中台御史周伯琦，反劾范文等越俎上言，沽名钓誉。两篇奏章，先后进呈。顺帝竟从伯琦言，斥责范文等十二人，统降为各郡判官。又加罪西台御史大夫朵尔直班，说他授意属僚，好为倾轧，外徙为湖广平章政事。真是愦愦。朵尔直班素感风疾，及出都门，老病复发，行至黄州，又奉诏令他司饷，各路统帅，日来絮聒，总是迎合当道。卒至忧愤填胸，呕血而死。脱脱不能辞其咎。

盈廷人士，从此噤不敢言。唯脱脱虽多蒙蔽，心终忧国，默念各路已有重兵，只徐州被李二占据，尚未克复，决意自请出征，规复徐州。遂入朝面请，奉旨特许，命以答剌罕太傅右丞相，分省于外，总制各路军马，爵赏诛杀，悉听便宜行事。并命知枢密院事咬咬，中书平章政事搠思监，也可扎鲁忽赤此六字系元代官名福寿，坊间小说有赤福寿，想系福寿以上误添一赤字，遂致以讹传讹，从脱脱出师。脱脱临行时，复奏请哈麻兄弟，可以召用。恩怨太明，反致自误。顺帝自然准奏，立召哈麻为中书右丞，雪雪为同知枢密院事。两人星夜进京，来送脱脱，脱脱以国事相托，教他尽职效忠。看错了人。两人唯唯听命。脱脱便麾兵出都，渡河而南，直抵徐州，于西门外安营。

李二本是剧盗，闻丞相脱脱亲自到来，便号召群盗，一齐杀出，冲突过去；亏得脱脱军律严明，一些儿不见慌忙，各自携械抵御。正交战间，但听李二阵内，梆声一响，飞箭便应声射来。元兵前队未曾预防，被射死了数十名。脱脱恐中军惊退，忙策马向前，领兵杀上，说时迟，那时快，脱脱所乘的马首，已中着一箭，箭镞甚长，饰以铁翎，这马负着痛楚，几乎支持不住，卫士忙来扶住脱脱。脱脱叱开卫士，下马易骑，仍旧麾旗前进。麾下见主帅拼命，哪个还敢退后，一阵冲杀，竟将李二部众，逼回城中；李二忙令闭城，方阖半扉，元兵已如潮涌入，势不可当。幸徐州尚有内城，外郭虽破，内城尚可自保。李二急呼众奔入，闭门固守。

脱脱乘胜攻城，城上矢石如雨，眼见得一时难下，方命各军休养一宵，越日复督军围攻，喊声如雷，震动天地。那李二恰也厉害，把平日积贮的守具，尽行取出，对付元兵。一连数日，相持未下，脱脱以李二负嵎，持久非计，遂令军士撤退西南，专攻东北，日间命他猛击，夜间更迭退休。城内的赵均用、彭早住二人，见元兵如此举动，遂向李二献计道："元兵远来，攻战数日，必致疲乏，所以锐气渐衰，撤围自固。我等可乘夜出兵，掩杀过去，必可获胜。"李二道："今夜已来不及了，明天夜半，我率众出南门，你两人率众出西门，左右夹攻，尤为妙计。"赵、彭二人鼓掌称善。**计固妙矣，奈城内无人何。**

到了次日，城上下攻守如旧，二更时候，李二与赵、彭二人，分头出城，竟来掩袭元营。营外有元兵站着，见李二等并力杀来，一声呐喊，纷纷四走，李二等便捣入营中，来擒脱脱，谁知营内只有灯烛，并无人马。至此才知中计，忙令退兵，忽听炮声四响，元兵尽行杀到，把李二等困在垓心。李二此时，也顾不及赵、彭二人，只好拼命杀出，奔回南门，举头一望，叫苦不迭。看官，你道何故？原来城楼上面，万炬齐明，火光中现出一位紫袍金带，八面威风的元丞相。**突如其来，令人叫绝。**惊得这个芝麻李，魂飞天外，回马急逃。元兵又复追至，杀得李二手下，七零八落，李二已无心恋战，只管夺路奔走。元军尚欲追赶，但闻城内已经鸣金，遂相率勒马，由他自去。此时彭、赵二盗，料无可归，早杀开血路，逃出外城，向濠州去讫。至李二出外城，二人已去得很远。李二垂头丧气，径投沘阳，后来不知下落，想是穷途致死了。**芝麻变油，成了流质，所以无从稽考。**天已大明，各元将入城献功，斩首约数千级，并获得黄伞旗鼓等，由脱脱一齐检阅，录功行赏有差。脱脱复下令屠城，福寿上前谏阻道："剧盗如李二等，傅相尚不欲穷追，百姓何辜，偏令屠戮？"脱脱道："汝但知其一，不知其二。我围城数日，但见盗贼人民，齐心守御，料是不易攻入，所以我撤围西南，故意示懈，令他前来掩袭。我先授诸将密计，四处埋伏，截住他的归路，以便我乘隙入城。我入城时，百姓还来抗拒，被我杀退，嗣见李二等出走，尚有百姓随着，我恐城中再扰，所以鸣金收军。看来此等顽民，不便再留，一律屠戮，才无后虞。"**攻城之计，从脱脱口中自叙，又开一补述文法。**福寿不便再言，当由众将奉令，把城中老少男女，尽行杀讫。然后上书告捷。**脱脱之罪，莫如此举。**

顺帝闻报，立遣平章政事普化等，颁赏至军，且加封脱脱为太师，召使还朝，并改徐州为武安州，立碑表功。脱脱班师北归，由顺帝遣使郊迎，入见后，赏给上尊珠衣白玉宝鞍，一面赐宴私第，命皇太子亲去陪宴，这正是异数宠荣，一时无两。**盛极必衰。**

脱脱因东南盗起，漕运为难，复请于京畿立分司农司，自领大司农事，令右丞悟良哈台，左丞乌克孙良桢兼大司农卿，作为襄办。西至西山，东至迁民镇，南至保定、河间，北至檀顺州，均导引水利，立法耕种，不到一年，居然禾麦芃芃。收入京仓，可充食俸。顺帝以宰辅得人，一切国政，委他处理，自己恰日居宫中，恣情酒色，于是贡谀献媚的哈麻，又在宫中日夕伺候，想出了一条极乐的法儿，导帝肆淫。小子有诗咏道：

> 得人兴国失人亡，况复宫廷已色荒。
> 莫谓误君由嬖幸，君昏何自望臣良？

欲知哈麻所献何术，容待下回表明。

本回叙写战事，独于脱脱兄弟之出征，演述较详，其他随笔叙过，概行从简；非详于此而略于彼也；文法有宾主，上文已备言之。若不问主宾，依事类叙，徒使阅者炫目，毫无兴味，何足观乎？且不特法分宾主已也，又有宾中主，主中宾之法，如本回前半，叙也先帖木儿事，主中宾也，而脱脱实为宾中主；后半叙脱脱事，似为主文，然亦一主中宾，所足称宾中主者，实为顺帝。由是类推，则虽为夹叙之文，亦有主宾之分，与主中宾、宾中主之分，在阅者默揣而得耳。若论脱脱兄弟之战略，则乃弟远不及乃兄，文已叙明，毋庸赘说。唯著书人颇重视脱脱，故虽不掩脱脱之短，而独喜述脱脱之长。意者其亦善善从长之意乎？然元代贤相，绝无仅有，如脱脱者，固不容尽没甚功也。

第二十七回

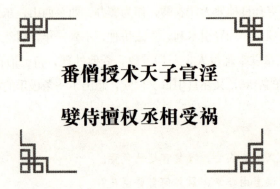

番僧授术天子宣淫
嬖侍擅权丞相受祸

却说哈麻兄弟，得脱脱荐引，复召回重用，适顺帝厌心国事，寻乐解忧，哈麻遂引进一个番僧，日侍左右；这番僧无他技能，只有一种演撰儿法，独得秘传。什么叫作演撰儿？译作华文，乃是大喜乐的意义。大喜乐三字，尚是含糊，小子从《元史》上查考，实是一种运气的房术。顺帝正考究此道，得了番僧，如获圣师，当即授职司徒，令他在宫讲授，悉心练习，到了实地试行的时候，果然比前不同，就是六宫三院的妃嫔，也暗中欣慰。

哈麻有一妹婿，名叫秃鲁帖木儿，曾为集贤院学士，出入宫禁，甚得帝宠，至是亦密奏顺帝道："陛下虽贵为天子，富有四海，其实不过一保存现世罢了。臣闻黄帝以御女成仙，彭祖以采阴致寿，陛下若熟习此术，温柔乡里，乐趣无穷，并且上可飞升，下足永年。"顺帝不待说毕，便道："你难道不闻演撰儿么？朕已粗得此诀了。"秃鲁帖木儿道："尚有一双修法，比演撰儿尤妙，演撰儿仅属男子，双修法并及妇女，陛下试想房中行乐，阳盛阴不应，上行下不交，还是没甚趣味。"*双修法得此解释，足补元史音注之阙。*顺帝喜道："卿善此术否？"*前称汝，后即称卿，其意可知。*秃鲁帖木儿道："臣且不能，现有西僧伽璘真一作结琳沁，颇善此术。"*郎舅俱能荐贤，好算是顺帝功臣。*顺帝道："卿速为朕宣召，朕当拜他为师。"*可谓屈尊尽礼。*

秃鲁帖木儿奉旨，立召伽璘真入宫。顺帝接见毕，敬礼有加，便命他传授秘诀。伽璘真道："这须龙凤交修，方期完美。"顺帝道："朕的正后，素性迂拘，不便学习，忽都皇后，史称其贤，所以借顺帝口中代为解免。其他后妃，或可勉学，但一时也恐为难呢。"伽璘真道："普天下的子女，何一非陛下的臣妾，陛下何必拘定后妃，但教采选良家女子，入宫演习，自多多益善了。"顺帝大喜，便面授为大元国师。一面亲受秘传，一面命秃鲁帖木儿督率宦官，广选美女入宫，演习种种秘术。

伽璘真一团和气，蔼然可亲，入宫数日，宫娥彩女们，无不欢迎。是谓无量欢喜佛。就是前次入宫的西番僧，也与他往来莫逆，联为知交。顺帝各赐他宫女三四人，令供服役，称作供养。二僧日授秘密法，夜参欢喜禅，无拘无束，逍遥自在。他又想出一法，令宫女学为天魔舞。每舞必集宫女十六人，列成一队，各宫女垂发结辫，首戴象牙佛冠，身披缨络大红销金长裙，云肩鹤袖，锦带凤鞋，手中各执乐器，带舞带敲，逸韵悠扬，仿佛月宫雅奏；霓裳荡漾，浑疑天女散花。临舞时先宣佛号，已舞后再唱曼歌，乐得顺帝心花怒开，趁着兴酣的时候，就随抱宫女数人，入秘密室，为云为雨，亲试这演撲儿法及双修法。佛法无边，乐何如之。两僧也乐得随缘，左拥右抱，肉身说法，还有一个亲王八郎，是顺帝兄弟行，乘这机会，也来窃玉偷香。又由秃鲁帖木儿联结少年官僚八九人，入宫伺候，分尝禁脔。秃鲁帖木儿也来偷香，不怕哈麻妹子吃醋么？顺帝赐他美号，叫作"倚纳"。倚纳共有十人，连八郎在内，得入秘密室。秘密室的别名，叫作"色济克乌格"，一作皆即几该。色济克乌格五字，依华文译解，系事事无碍的意思。后来愈加放恣，不论君臣上下，统在一处宣淫，甚至男女裸体，公然相对，艳话淫声，时达户外。两僧又私引徒侣，出入禁中，除正宫皇后外，统是一塌糊涂，不明不白。佛经所谓"皆大欢喜"者意在斯乎？

顺帝复敕造清宁殿，及前山、子月宫诸殿宇，令宦官留守也速迭儿，及都少水监陈阿木哥等监工。日夕赶造，穷极奢华。工竣后，遂于内苑增设龙舟，自制样式，首尾长一百二十尺，广二十尺，上有五殿，龙身并殿宇俱五采金装，用水手二十四人，皆衣金紫，自后宫至前宫，山下海子内，往来游戏。舟一移桌，龙首及口眼爪尾，无不活动，栩栩如生。又制宫漏高六七尺，阔三四尺，造木为匮。藏壶其中，运水上下，匮上设西方三圣殿，匮腰设玉女，捧腰刻筹，时至辄浮水上升，左右列二金甲神，一悬钟，一悬钲，夜间由神人司更，自能按更而击，不爽毫厘。鸣钟钲时，左狮右凤，自能翔舞。匮东西又有日月宫，设飞仙六人，序立宫前，遇子午时，又自能耦进，度仙桥，达三圣殿，逾时复退立如前，真是穷工极巧，异想天开。目今西人虽巧，尚不能有此奇制，不知顺帝从何处学来？岂西僧所教如演揲儿法及双修法中亦有此秘传耶？皇子爱猷识理达腊，日渐长成，见宫中如此荒淫，恨不将这班妖僧淫贼，立加诛逐，可奈权未到手，力不从心，整日间忐忑不定，乃潜出东宫，往访太师脱脱。适脱脱自保定还京，得与皇子相见，叙过寒暄，即由皇子谈及宫闱近况。脱脱叹息道："某为屯田足食起见，往来督察，已无暇晷；近且寇氛不靖，汝、颍、江、淮，日见糜烂，每日调遣将士，分守各处，尚且警报频来，日夜焦烦，五中如焚，所以并宫禁事情，无心过问了。"皇子道："现在乱事如何？"脱脱道："刘福通出没汝颍，徐寿辉扰乱江淮，方国珍剽掠温台，张士诚盘踞高邮，剧盗如毛，剿抚两难。近闻池州、太平诸郡，又被贼党赵普胜等陷没，江西平章星吉，与战湖口，兵败身死。赵普胜作乱，星吉殉节事，从脱脱叙出，亦为省文计耳。某正拟上奏，再出督师，如何宫禁中闹得这般情形，难道哈麻等日侍皇上，竟不去规谏么？"皇子道："太师休提起哈麻，他便是祸魁乱首哩。"脱脱大为惊异，复由皇子申述淫乱原因。脱脱道："哈麻如此为恶，不特负皇上，并且负某，某当即日进谏，格正君心。"皇子道："全仗太师！"脱脱道："食君禄，尽君事，这是人臣本分呢。"脱脱著元史，恃有此心。皇子申谢而别。脱脱还未免怀疑，再去私问汝中柏。汝中柏极陈哈麻不法，恼动了脱脱太师，立即命驾入朝。原来汝中柏得脱脱信用，由左司郎中，入为中书省参议。他仗着脱脱权力，遇事专断，平章以下，莫敢与抗，独哈麻不为之下，屡与龃龉。一恃相权，一恃主宠，安能协和？汝中柏衔恨已久，遂乘机发泄，极力指斥哈麻，这且不必絮述。

且说脱脱盛气入朝，至殿门下舆，大着步趋入内廷，不料被司阍的宦官，出来阻住。脱脱怒叱道："我有要事奏闻皇上，你为何阻我进去？"宦官道："万岁有旨，不准外人擅入！"脱脱道："我非外人，不妨入内。"宦官再欲有言，被脱脱扯开一旁，竟自闯入。这时候的元顺帝，正在秘密室演法，忽由秃鲁帖木儿报道："不好了！丞相脱脱来了！"顺帝喘着道用一喘字妙："我，我无暇见他！司阍，司阍何在？如何令他擅入！"顺帝行淫，秃鲁帖木得以入报，是回应事事无碍语。秃鲁帖木儿道："他是当朝首相，威焰熏天，何人敢来拦阻？"只此三语，脱脱已是死了。顺帝道:"罢了!罢了!我便出来,你速去阻住,教他在外候着!"秃鲁帖木儿出去,顺帝方收了云雨,着了冠裳,慢腾腾的出来。只见脱脱怒目立着,所有秃鲁帖木儿以下,俱垂头丧气,想已受脱脱训责,所以致此。当下出问脱脱道:"丞相何事到此?"脱脱听着,便收了怒容,上前叩谒。顺帝命他立谈,脱脱起身,谢过了恩,遂启奏道:"乞陛下传旨,革哈麻职,逐西番僧及秃鲁帖木儿等,以杜淫乱!"顺帝道:"哈麻等有何罪名?"脱脱道:"古时所说的暴君,莫如桀纣,桀宠妹喜,祸由赵梁,纣宠妲己,祸由费仲,今哈麻等导主为非,也与赵梁、费仲相类,若陛下还要信任,不加诛逐,恐后世将比陛下为桀纣哩。"顺帝道:"哈麻系卿所举荐,如何今日反来纠劾?"此语颇问得厉害。脱脱道:"臣一时不明,误荐匪人,乞陛下一律加罪!"顺帝道:"这却不必!朕思人生几何,不妨及时行乐,况军国重事,有卿主持,朕可无虞,卿且让朕一乐罢!"脱脱道:"变异迭兴,妖寇日炽,非陛下行乐之时,陛下亟宜任贤去邪,崇德远色,方可拨乱致治,易危为安,否则为祸不远了!"顺帝道:"丞相且退,容朕细思。"脱脱乃趋出内廷,守候数日,并不见有甚么诏旨。只各省警报,复陆续到来。先是张士诚据高邮,脱脱命平章政事福寿,发兵招讨,嗣得福寿禀报,士诚负固不服,且转寇扬州,杀败达什帖木儿军。于是脱脱上疏自请出兵,并再劾宫中嬖幸,冀清君侧。顺帝只左调哈麻为宣政使,余人不问。一面下诏命脱脱总制各路军马,克日南征。脱脱奉命即行,途次会齐各路来兵,次第南下。这番出师,比前番还要烜赫,所有省台院部诸司听选官属,一律随行,禀受节制。还有西域西番,亦发兵来助,旌旗蔽天,金鼓震野,数百里卷云扫雾,十万众掣电追风,真个是无威不扬,无武不耀。全为下文反射。脱脱到了济宁,遣官诣阙里祀孔子,过邹县又祀孟子。及达高邮,张士诚已遣兵抵御,两下不及答话,便即开仗,脱脱的兵将,仿佛如虎豹出山,蛟龙搅海,任你百战耐劳的强寇也是抵挡不住,战了数合,士诚兵已是败退。脱脱率军进逼,直抵城下,士诚复自行出战,奋斗半日,也不能支持,退守城中。脱脱一面攻城,一面分兵西出,规复六合,绝他援应。士诚恐城孤援绝,如入阱中,千方百计地谋解重围,或率锐出斗,或缩师夜袭,都被脱脱麾兵杀退,急得士诚惊惶万状,无法可施。

脱脱正拟策励将士,指日破城,忽闻京中颁下诏敕,命河南行省左丞相太不花,中书平章政事月阔察儿,知枢密院事雪雪,代统脱脱所部兵。脱脱正在惊异,帐外守卒，又报宣诏使到来，军中参议龚伯遂，料知此诏必加罪脱脱，忙向脱脱密禀道："将在外，君命有所不受，丞相只管一意进讨，休要开读诏书：若诏书一开，大事去了！"脱脱道："天子有诏，我若不从，便是抗命；我只知有君臣大义，生死利害，在所不计。"言毕，遂延入宣诏使，跪听诏命。与宋时之岳忠武大致相同。诏中略称丞相脱脱，劳师费财，不胜重任，着即削去官爵，安置淮安。将吏闻诏皆惊，独脱脱面不改色，且顿首道："臣本至愚，荷天子宠灵，委臣军国重事，早夜兢兢，惧弗能胜，今得释此重负，皇恩所及，也算深重了！"言毕而起，送归宣诏使。

当下召集将士，令各率所部，听后任统帅节制。又命出兵甲及名马三千，作为分赐。各将士一律垂泪，客省副使哈剌答，奋身跃起道："丞相此行，我辈必死他人手中，今日宁死相公前，借报知遇。"言至此，即拔剑在手，向颈上一横。脱脱忙出座拦阻，已是不及，只见颈血四溅，倒仆地上。脱脱抚尸大恸，众将亦不胜悲感，哭声如雷。读至此我亦泪下。

嗣命将尸首安葬，并把军符封固，遣送太不花，自率数十骑径赴淮安。途次闻母弟也先帖木儿也削职出都，安置宁夏，虽是意料所及，究不免愁上加愁，况复时当岁暮，四野萧条，寒风惨惨，雨雪霏霏，百忙中叙入景色，殊有关系，不应作闲文看。脱脱被贬在至正十四年十二月中，故特书以揭之。人孰无情，谁能遣此！驿馆中过了除夕，至正月初始到淮安，才阅数日，又接到廷寄，命徙甘肃行省亦集乃路。脱脱又不能不行，甫启程，复来了一道严厉的诏敕，不但命他转徙云南，并将他弟也先帖木儿移徙四川，他长子哈剌章，充戍肃州，次子三宝奴，充戍兰州，所有家产，尽籍没入官。脱脱闻命太息道："罢罢！哈麻，哈麻！你也太恶毒了。"就脱脱口中叙出哈麻，是行文过脉处。原来哈麻左迁，闻系由脱脱劾奏，气得三尸暴跳，七窍生烟，暗思脱脱如此可恶，定要将他处死，才肯干休。于是一面联结宠后奇氏，一面嘱托台官袁赛因不花，教他内外交谮，构陷脱脱全家，顺帝沉湎酒色，已是昏迷得很，且因前次脱脱强谏，暗怀忿怒。打断欢情，宜乎动气。至此内惑女蛊，外信佥言，如火添油，越加沸烈，遂不问是非，迭下乱命。补叙情由，言简而赅。

脱脱转徙云南，行次大理腾冲，遇着知府高惠，殷勤接见，盛筵款待，酒过数巡，高惠启口道："公系国家柱石，偶遭晦塞，转瞬间就要光明，还请勿忧。"脱脱道："某无状，已负国恩，皇上不赐某死，令某安置此方，尚称万幸。"高惠道：

"这是太谦了。"

正谈话间，忽屏后有一妙年丽姝冉冉出来，柳眉半蹙，杏脸微酡，此八字含有无数情绪，阅者接读下文，自知妙处。缩缩捏捏的，至高惠座旁站住。高惠命拜见脱脱，惊得脱脱连忙离座，答了半礼，一面忙问高惠道："这是公家何人？"高惠道："就是小女；因公不是常人，所以令小女拜谒。"脱脱愈觉怀疑，口中只连称不敢。

高惠乃令女入内，复请脱脱就座，再行斟酒道："公此来不挈眷属，一切起居，诸多不便，小女蓬门陋质，虽不值一盼，然奉待巾栉，倒还可以使用，鄙意拟即献纳，望勿却为幸！"脱脱惊答道："某一罪人，何敢有屈名媛！"高惠不待说毕，便道："公今日到此，明日即当起复，此后鸿毛遇顺，无可限量，鄙人等俱要托庇哩。"原来为此，不然，一知府女儿，何必下嫁罪人耶！

脱脱摇首道："某自知得罪当道，区区生命，尚恐难保，还望甚么显荣？"高惠道："不妨！当为公筑一密室，就使有人加害，有我在此，定可无虞。"脱脱只是固辞。教他金屋藏娇，尚不肯允，毋乃太愚。高惠不禁愤愤，俟脱脱别后，竟派铁甲军监察行踪，至阿轻乞地方，竟将他驿舍围住。是不中抬举之故。脱脱心中已横一死字，倒也没甚惊慌，怎禁得都中密诏又飞驿递到云南，这一番有分教：

巨栋自摧元室覆，大星陡落滇地寒。

欲知密诏内容，且看下回分解。

番僧进，房术行，上下宣淫，恬不知耻，脱脱在朝，宁无闻知，而《元史·脱脱列传》中，不闻其有进谏之举，是脱脱固未足道者，何以死后留名，即乡曲妇孺，亦啧啧称道之？且《列传》言脱脱信汝中柏之谮，改哈麻为宣政使，若仅缘此生隙，哈麻虽恶，度亦不过排挤出外，至于安置远方而止，胡心置诸死地，且敢冒大不韪之举，竟传矫诏乎？本回演述史事，已觉渲染生妍，至插入脱脱进谏一段，尤足补史之阙。揆情度理，应有此文，不得以虚伪少之。

第二十八回

朱元璋濠南起义
董搏霄河北捐躯

却说脱脱流徙滇边，忽又接到密诏，竟是要他的性命，还有一樽特赐的珍品。看官道是何物？乃是加入鸩毒的药酒，原来这道诏敕，实是哈麻假造出来，他此时已接连升官，进为左丞相，因脱脱未死，总是不安，所以大着胆子，假传上命，赐脱脱鸩酒，令他自尽。余少时阅坊间小说，至英烈传中载脱脱自尽事，由丞相撒敦及太尉哈麻主使，其实当时只有哈麻，并无撒敦，正史俱在，不应臆造一人。脱脱只知君命，辨什么真伪，竟遥向北阙再拜，接过鸩酒，一饮而尽，须臾毒发，呜呼哀哉！年仅四十二。强仕之年，正可为国出力，乃为贼臣害死，令人愤叹。

脱脱仪状雄伟，器宇深沉，轻货财，远声色，好贤下士，不伐不矜，且始终不失臣节，尤称忠荩，唯为群小所惑，急复私仇，报小惠，后来竟被构陷，流离致死，都人士相率叹惜。逮至正二十三年，监察御史张冲等，上书讼冤，乃诏复脱脱官爵，并给复家产，召哈剌章、三宝奴还朝，只也先帖木儿已死，无从召归。至正二十六年，台官等复上言奸邪构害大臣，以致临敌易将，我国家兵机不振从此始，钱粮耗竭从此始，盗贼纵横从此始，生民涂炭从此始；若使脱脱尚在，何致大乱到今，乞加封功臣后裔，并追赐爵谥，以慰忠魂。顺帝闻言，也觉追悔，立授哈剌章、三宝奴官职，且命廷臣拟谥。事尚未行，明师已至，连逃避都来不及，还有何心顾着此事，所以脱脱丞相的谥法，竟无着落！著书人深惜脱脱，所以详述始末。

闲文休提。单说河南行省左丞相太不花，本无军事知识，至代为统帅，尤骄蹇不遵朝命。部下兵士，看主帅如此怠玩，乐得四出劫掠，抢些子女玉帛，取快目前，还想夺什么徐州。台官因劾他慢功虐民，应即黜退，另易统帅。顺帝乃命平章政事答失八都鲁，往代太不花，又削太不花官职，令他在军效力。军中一再易帅，头绪纷繁，自然无心攻贼，外如各路招讨的大员，也大半胆小如鼷，一些儿没有功绩。于是乱党愈炽，势益燎原。

河南盗刘福通，居然奉韩林儿为小明王，僭称皇帝，建都亳州，国号宋，改元龙凤，以林儿母杨氏为太后，自为丞相。当下分兵四出，焚掠河南郡县，大为民害。元廷即命答失八都鲁，引军往援。答失八都鲁奉命西行，驰至许州，适遇刘福通派来的兵队，一阵厮杀，竟大败亏输，逃得无影无踪。

答失先已遁去，到了中牟，溃卒方稍稍还集，忽又有一路兵马到来。慌忙着人探听，乃是都中遣来的援师，统领叫作刘哈剌不花。还好，还好。答失方才少慰，出营接见，叙及败溃情状。刘哈剌不花颇有些忠勇气象，便道："连年征战，并没有一处平靖，我辈身为将帅，宁不羞死！明日决去一战，我为前茅，公为后劲，若得着胜仗，还可为我辈吐气哩。"答失八都鲁也只好依从。

翌晨，刘哈剌不花誓师出营，仗着一股锐气，往扑敌寨。敌寨不及防备，猛被元兵攻入，车驰马骤，扫了一个精光。答失八都鲁麾军趋至，已是不见一敌，只觉水碧山清。当下两军并进，从汴梁直达太康，刘福通自行出战，又被刘哈剌不花杀退，乘胜抵亳州，昼夜攻击，吓得韩林儿魂胆飞扬，与刘福通僭开后门，遁走安丰。

刘哈剌不花等入城，即飞章告捷。元廷以亳州既破，召刘哈剌不花还都，猛将既去，寇众复张，刘福通又四处驰檄，勾结各路枭雄，作为掎角。于是潜龙起蛰，鸣凤朝阳，濠州大陆，竟出了一位不文不武，亦文亦武的真人，拨乱致治，诞膺天命。这位真人姓甚名谁？就是大明太祖朱元璋。叙明太祖，下笔不苟。

元璋先世居沛，再徙泗州，及父世珍复徙濠州，居钟离县。至元璋年十七，父母相继去世，孤苦无依，乃入皇觉寺为僧，游食诸州，寻复还寺。至郭子兴起兵濠州，民间不得安居，相率趋避。元璋亦思避难，卜诸神，去留皆不吉，不禁嬉笑道："莫非要我做皇帝不成？"再卜得吉占，遂决意弃僧投军。径入濠州谒郭子兴。子兴见他状貌魁奇，留为亲兵。会元将彻里不花，引兵来攻，元璋随子兴出战，格外奋勇，竟将元兵杀败。嗣元廷复遣贾鲁进围，城几被陷，亏得元璋募集死士，出城冲杀，才把贾鲁击退。子兴大喜，署为镇抚，复将养女马氏，给与元璋为妻。后来妻随夫贵，竟做了明朝第一代的皇后，这真所谓天生佳偶了。**同是出身微贱，所以称为佳偶。**

时李二余党赵均用、彭早住，奔投子兴，所部暴横，几乎喧宾夺主。元璋以子兴懦弱，不足与共大事，乃自率里人徐达、汤和等，南略定远，计降驴牌寨民兵三千。复东行，夜袭张知院于横冈山，收降卒三万人，道遇定远人李善长，与语大悦，遂用为谋士，进拔滁州。旋闻子兴为赵均用所困，以计救免，迎子兴入滁。另遣将张天佑攻陷和州，子兴即命元璋往守，总制诸军。

既而子兴病殁，子天叙嗣，得刘福通檄文，令为都元帅，张天佑及元璋为左右副元帅，元璋不受。继念伪宋主韩林儿，气焰方盛，暂可倚借，乃用龙凤年号，号令军中。**就刘福通事折入朱元璋，就朱元璋事带过郭子兴，此是文中绾合法。唯元璋为开国英雄，而叙次如此简略，盖由详细情形，应入《明史演义》中，故本文只从简略而已矣。**忽闻怀远人常遇春来归，元璋忙令延入，见他燕颌豹额，相貌堂堂，立擢为帐下总兵，接连复报闻巢湖渠帅，有书到来，愿率水师千艘，前来投诚。元璋阅书毕，大喜道："我正虑渡江无舟，今巢湖帅廖永忠、俞通海等，愿来归附，真是天赐成功了！"当下率兵至巢湖，与廖、俞等人相见，推诚接待，彼此欢洽。留驻三日，扬帆出发，至铜城牏，遇元中丞蛮子海牙军，阻住要口，舟不得出。会天雨水涨，得从小港纵舟，出袭元兵，一鼓退敌，遂顺风直抵牛渚。牛渚南岸有采石矶，向称要隘，与牛渚为犄角，两岸统有元兵扎住，刀枪森列，壁垒谨严。元璋命先攻牛渚，后攻采石矶，众将士应声齐出，争登牛渚渡。元兵也齐来抵御，禁不住这边奋勇，渐渐倒退。常遇春徒步挥戈，杀死元兵无数，元兵遂一律逃去。牛渚既下，复攻采石，采石矶高出水面，约有丈余，众将士舣舟进攻，都被矢石击退。常遇春左手持盾，右手持矛，一跃而登，刺死守矶头目老星卜喇，单身直入。各将士见遇春登矶，自然随势拥上，霎时间攻破采石，扫荡元兵，遂乘胜进拔太平，元总管靳义赴水死节。众将迎元璋入城，乃置太平兴国翼元帅府，自领元帅事。召当涂人陶安参议戎幕，进耆儒李习为知府，揭榜安民，严申军禁，民心大悦。太平路真太平了。

休息数月，复率兵进侵集庆，连破元将大营，直逼城下。此时元将福寿为江南行

徐达

台御史大夫，奉命守集庆路，屡督兵出战，终未获胜。至城陷，百司皆溃，福寿独踞床高坐，为乱兵所杀。不没忠臣。

元璋入城，慰抚吏民，改集庆路为应天府，自称吴国公。一面遣将四出，分徇邻郡，镇江、广德等处，相继攻下。

这时候的刘福通，招集亡命，势焰日张，分兵略地。遣毛贵出山东，李武、崔德出陕西，关先生、破头潘、冯长舅、沙刘二、王士诚出晋、冀，白不信、大刀敖、李喜喜出秦陇，自居河南调度，节制各军。毛贵颇有智勇，率众东趋，连陷胶州、莱州、益都、般阳诸郡县。济南路飞章告急，顺帝遣知枢密院事卜兰奚，率同董搏霄等，兼程往援。

援军既发，御史张桢上书陈十祸，语语剀切，字字苍凉，好算元末一位大手笔。小子曾阅《元史·张桢列传》，尚能约略记述。所说根本上祸端，记有六条：一曰轻大臣，二曰解权纲，三曰事安逸，四曰杜言路，五曰离人心，六曰滥刑狱，这统是根本上的关系。所说征讨上祸端，计有四条：一是不慎调度，二是不资群策，三是不明赏罚，四是不择将帅；这统是征讨上的关系。他又逐条分释，每条数百言，内有事安逸的祸源，及不明赏罚的祸源，最说得淋漓痛快，小子试略录如下：

臣伏见陛下以盛年入纂大统，履艰难而登大宝；因循治安，不预防虑，宽仁恭俭，渐不如初。今天下可谓多事矣，海内可谓不宁矣，天道可谓变常矣，民情可谓难保矣，是陛下警省之时，战兢惕厉之日也。陛下宜卧薪尝胆，奋发悔过，思祖宗创业之难，而今日坠亡之易，于是而修实德，则可以答天意；推至诚，至可以回人心。凡土木之劳，声色之好，宴安鸩毒之戒，皆宜痛撤勇改，有不尽者，亦宜防微杜渐，而禁于未然。黜宫女，节浮费，畏天恤人，而陛下乃安焉处之，如天下太平无事，此所谓根本之祸也。以上言事安逸。臣又见调兵六年，初无纪律之法，又无激劝之宜，将帅因败为功，指虚为实，大小相谩，上下相依，其性情不一，而邀功求赏则同。是以有覆军之将，残民之将，怯懦之将，贪惏之将，曾无惩戒；所经之处，鸡犬一空，货财俱尽，及其面谀游说，反以克复受赏。今克复之地，悉为荒墟，河南提封三千余里，郡县星罗棋布，岁输钱谷数百万计，而今所存者，封邱、延津、登封、偃师三四县而已；两淮之北，大河之南，所在萧条。夫有土有人有财，然后可望军旅不乏，馈饷不竭。今寇敌已至之境，固不忍言，未至之处，尤可寒心，即使天雨粟，地涌金，朝夕存亡，且不能保，况以地方有限之费，供将帅无穷之欲哉！颍上之寇，始结白莲，以佛法诱众，终饰威权，以兵抗拒，视其所向，骎骎可畏，其势不至于亡吾社稷，烬吾国家不已也。堂堂天朝，不思靖乱，而反阶乱，其祸至惨，其毒至深，其关系至大，有识者为之扼腕，有志者为之痛心，此征讨之祸也。以上言不明赏罚。

奏入不报，权臣恨他多言，反劾他市直沽名，出为山南道廉访佥事。看官，你想顺帝如此糊涂，还能保得住一座江山么。

卜兰奚到了山东，遣董搏霄援济南，自赴益都路。搏霄提兵急进，连败寇众于济南城下。寇众却退，诏命为山东宣慰使都元帅。此时太尉纽的该，方总诸军守御东昌，闻济南已靖，促搏霄从征益都。搏霄道："我去，济南必不保；且我适有疾，不如令我弟昂霄前往。"乃将此意奏闻元廷，顺帝准奏，授昂霄为淮南行院判官，调赴益都。

未几复有朝旨，命搏霄移守长芦，搏霄不得已北行，谁知毛贵已乘隙而入，进陷济南，且率精锐蹑搏霄后。搏霄才到南皮县，望见毛贵率大队赶来，红巾迷目，铁骑扬氛。搏霄部下的将士，惊告搏霄道："彼众我寡，营垒未完，奈何！"搏霄道："我受命到此，只有以死报国，此外尚有何言！"遂拔剑出营，督军奋战，杀死敌众多名。怎奈敌人前仆后继，反张了两翼，围裹搏霄，自午至暮，搏霄兵伤亡过半，寇众突至搏霄前，刺搏霄下马，叱问道："汝系何人？"搏霄瞋目道："我就是董老爷！汝何为？"言未毕，寇众用矛攒刺，但见数道白气，冲入空中，凝作一团，向天而去。尸身上并不见有血迹，连寇众都是骇愕，惊以为神。是日，益都兵亦败，昂霄亦战死。不求同年同月同日生，但愿同年同月同日死，可为董氏兄弟注脚。事闻于朝，追封搏霄为魏国公，谥忠定，昂霄为陇西郡侯，谥忠毅。

毛贵已破董军，遂由河间趋直沽，陷蓟州，略柳林，逼畿甸。枢密副使达国珍战殁，元廷大震，廷臣纷议迁都。只有此策。亏得同知枢密院事刘哈剌不花，又复出现。督率禁军，直趋柳林，与毛贵酣斗一场，杀得毛贵大败而逃，逐出畿辅，京师稍安。毛贵退回济南，气焰渐衰，后被赵均用杀死。均用又被续继祖所杀。了毛贵。唯李武、崔德趋陕西，破商州，攻武关，直逼长安，分掠同华诸州。白不信、李喜喜等趋

177

秦陇，据巩昌，陷兴元，入围凤翔。关先生、破头潘等趋晋、冀，分兵二道：一出绛州，一出沁州，逾太行山，焚上党郡，攻破辽州，专掠辽阳，进陷上都，把元朝祖宗历代经营的宫阙，付诸一炬，尽变作乌焦巴弓！**趣语！**刘福通乘这机会，攻入汴梁，逐去守将竹贞，迎伪宋帝韩林儿居住，大河南北，袤延万里，几无一块乾净土。那时复出了一个著名人物，为元效力，转战东西，竟将所失各地，克复了一大半。**想是回光反照。**正是：

> 八方抢攘无宁日，一将驰驱得胜时。

未知此人为谁，待小子下回声明。

是回前叙朱元璋事，后叙刘福通事，两两相对，似元璋之势力，远不及福通，不知真人出世，必别有二三揭竿之徒，为之先驱：秦无胜、广，不足以亡秦而启汉；隋无窦、李，不足以亡隋而启唐，韩、刘揭竿，正为朱氏先驱之兆，犹之胜、广、窦、李等也。唯叙朱元璋事，概从简略，已见细评。至于毛贵陷山东时，独录入张桢奏疏，百忙中叙及此奏，所以明元季之失政，以致将骄卒惰，盗贼四起，祸由自召，一疏尽之，若董搏霄之殉，虽独有白光之异，且兄弟同日战死，尤为难得，故叙述亦较他人为详，可见下笔时具有斟酌，非率尔操觚者比也。

第二十九回

扫强虏志决身歼
弑故主行凶逞暴

却说刘福通奉了韩林儿，分道出兵，正在猖獗得很，其时有一颍州沈邱人，名叫察罕帖木儿，募集子弟，仗义讨贼。他本是阔阔台后裔，阔阔台收河南时，留家颍州，所以子孙相传，未尝他徙。会颍州盗起，遂募子弟数百人，与罗山人李思齐，同设奇计，袭破寇众，平定罗山。元廷闻报，授察罕帖木儿为汝宁府达鲁花赤，**达鲁花赤系元代官名**，李思齐知府事。于是所在义士，统率兵来会，得万余人，自成一军，转战南北，所向无前，颍上群盗，与战辄败，因此威名大震，莫敢争锋。

嗣因刘福通遣兵西出，攻据陕州，知枢密院事答失八都鲁入河南，节制诸军，**见上回**。闻陕州被陷，急檄察罕帖木儿、李思齐赴援。察罕帖木儿闻命独行，至陕州，见城坚不可拔，便想了一计，就营中焚着马屎，如炊烟状，作为疑兵，自率军夜袭灵宝。灵宝与陕州，倚为唇齿，此时亦被寇所陷，守城的寇党，毫不防备，被察罕帖木儿驱众登城，逐去守贼，还攻陕州。陕寇闻风远扬，复由察罕帖木儿追杀数十里，毙贼无算，以功加河北行枢密院事。

至寇党李武、崔德等逼长安，分掠同、华诸州，陕西行台长官为豫王阿剌忒纳失里，用侍御史王思诚言，移书察罕帖木儿，求发援兵。察罕帖木儿新复陕州，得书大喜，遂提轻兵五千，与李思齐倍道往援。李武、崔德等已闻察罕帖木儿大名，不敢轻敌，当下挑选健卒，前来对垒。察罕帖木儿与李思齐分队夹攻，人自为战，如鹰驱雀，似獭祭鱼，当锋者死，逃命者生，霎时间寇卒四散，李武、崔德阻遏不住，只得败阵退走。察罕帖木儿与李思齐追至南山，杀获无数，方才回军。豫王忙拜表告捷，归功两人，诏擢察罕帖木儿为陕西左丞，李思齐为四州左丞，协守关陕，并许便宜行事。了李武、崔德。

过了数月，白不信、李喜喜等，复自巩昌窥凤翔。察罕帖木儿侦悉，先分兵入守凤翔城，俟白不信等进薄城下，立率铁骑数千，蓦夜趋至。将近敌营，分军为左右两翼，掩杀过去，城中守兵，亦鼓噪出来，内外合击，呼声震天地，吓得白不信等抱头鼠窜，不知下落，余党自相践踏，死伤数万人，只有命不该死的几个毛贼，逃生去了。了白不信、李喜喜等。

关、陇方定，四川复乱。随州人明玉珍，初投徐寿辉部下，随寿辉党倪文俊攻破沔阳，留守城中。嗣见蜀中空虚，遂率舟师五十艘，进袭重庆，右丞完者都出走，城被陷没。完者都走至嘉定，会集平章朗华歹，参政赵资，招集散卒，谋复重庆，不期玉珍兵又复猝至，三人措手不及，各被擒去。玉珍胁降，皆不屈遇害，蜀人称为三忠。自是蜀中郡县，多为玉珍所据。随手叙入明玉珍及四川乱事，亦一销纳法也。

察罕帖木儿得知此信，拟开关西出，往讨玉珍，忽接京中飞敕，因毛贵内犯京畿，命他入卫，他即遣部将关保等分屯关陕要口，自率重兵东行。至山西，闻关先生、破头潘等，正从塞外大掠，饱载而归，不禁忠愤填膺，投袂而起，忙麾兵趋闻喜、绛阳，截住关先生等归路，并遣别将伏南山要隘，堵塞间道。两下里安排妥当，专待寇至，好来祭刀。所谓磨厉以须。关先生等却也小心，侦得察罕帖木儿屯兵要路，不敢前来冒犯，只得舍了大道，潜行僻径。方入南山，炮声四响，前后左右，统竖起陕西左丞的旗帜，一队队的雄师猛将，分头杀来。关先生忙令部众弃去辎重，遁入山谷，这辎重真是不少，遗弃道旁，阻碍出入，伏兵虽是得势，未免为所牵羁，只杀了数百人，即便休战，各搬辎重而回。察罕帖木儿闻寇党入山，恐他复出，急分军三道，阻住贼踪。一军屯泽州，塞盘子城；一军屯上党，塞吾儿谷；一军屯并州，塞井陉口。果然寇兵屡出，血战了五六次，统由屯兵杀败，斩首数万级，余党远遁，河东又平。了关先生、破头潘等。

顺帝闻他连捷，擢为陕西行省右丞，兼行台侍御史，扼守关陕、晋冀，镇抚汉泚、襄阳，便宜行阃外事。统录头衔，名副其实。察罕帖木儿益练兵训农，志平中原，休养了半年，即大发秦、晋人马，直捣汴梁。

是时韩林儿自安丰入汴，名目上算做皇帝，却事事为刘福通所制，在外诸将，又不服刘福通，弄得上下解体，内外离心，各路兵马，多半败没，河南诸郡，旋得旋失，因此汴梁一城，已陷入孤危。蓦闻察罕帖木儿提着大兵，水陆齐下，韩林儿等，都抖做一团。还是刘福通有些胆力，招集全城丁壮，登陴守御，自督军出城逆战，列阵以待。察罕帖木儿麾兵驰至，迎头痛击，差不多似泰山压顶，所当辄碎。福通勉强支持，杀了数十回合，究竟敌他不过，只好勒马退回。察罕帖木儿见福通败退，忙跃马前进，紧追福通。福通方入城门，策马回顾，收束部队，不防察罕帖木儿也到门限，那时闭城不及，只好舍命相搏，再行厮杀。可奈察罕帖木儿的兵将，一拥齐上，眼见得门不能闭，战亦无益，忙命兵民弃了外城，驰入内城。察罕帖木儿尚欲追入，内城门已经阖住，不能进去。于是环城设垒，悉力围攻，刘福通婴城固守。察罕帖木儿督攻数日，终不能下，乃夜于城南设伏，至天明，遣苗军略城而东。守卒出追，伏发多死，又佯令老弱立栅外城，守卒复出城来争，因纵铁骑突击，把守卒悉数擒住。嗣是屡诱不出，相持多日，城中粮食将尽，刘福通正拟出走，猛听得城头鼎沸，喊杀连天，料知外兵已入，忙挈伪主韩林儿，从东门窜去，复返安丰，守卒不及随逃，多弃械乞降。福通亦未了将了。

察罕帖木儿下令安民，即驰书奏捷，诏进察罕帖木儿为河南平章兼知行枢密院事。察罕帖木儿再修车船，缮甲兵，厉兵秣马，谋复山东。忽由冀宁递到急报，大同镇将孛罗帖木儿，自石岭关进兵，径来攻城了。此孛罗帖木儿与忽都皇后父同名异人，阅后便知。察罕帖木儿道："冀宁一带，由我手定，何物孛罗，敢来掩击！"当下调遣人马，倍道往援。看官到此，必要问这孛罗帖木儿究系何人？小子查明《元史》，就是答失八都鲁的儿子。答失八都鲁在河南统军，屡战屡败，元廷颇加诘责，答失忧患而死。其子孛罗帖木儿，曾任四川左丞，随父在军，父殁后所遗部众，归他代领，颇得胜仗，克复曹、濮诸州。至察罕帖木儿移军河南，孛罗帖木儿恰奉命移镇山西，驻扎大同，令卫京师，他想并据晋冀，扩充权力，所以发兵掩击冀宁，坐实孛罗帖木儿罪状。察罕帖木儿怎肯干休，自然调兵拒战。为将帅不和之始。元廷闻两帅互争，忙遣参知政事也先不花等，往与调停，令孛罗帖木儿守石岭关以北，察罕帖木儿守石岭关以南，两下各遵约退兵。不意隔了数日，又有旨命孛罗守冀宁，真是愦愦。孛罗帖木儿即出兵趋冀宁城下，守兵不纳，察罕帖木儿亦派兵往袭孛罗帖木儿，彼此混战一场，互有杀伤。自残同类。适以召亡。嗣是构兵数月，又经元廷遣使谕解，方各罢兵还镇。

　　察罕帖木儿以宿怨已解，一意东征，自陕抵洛，大会诸将，与议师期；发并州兵出井陉，辽沁军出邯郸，泽潞兵出磁州，怀卫军出白马，汴洛军出孟津，五道并进，水陆俱下。当时山东群盗，自相攻杀，唯伪宋将田丰，据守济宁，王士诚据守东平，最称强悍。察罕帖木儿渡河而东，大纛所经，相率披靡，复了冠州，降了东昌，将乘势攻济宁、东平。养子扩廓帖木儿—作库库特穆尔。凡《元史》上所称帖木儿三字，《通鉴辑览》俱改作特穆尔，请诸父前，以大军攻济宁，自率偏师捣东平。察罕帖木儿即拨兵五万，佐以关保、虎林赤等良将，令扩廓帖木儿统兵自行。扩廓本姓王，小字保保，系察罕帖木儿的外甥，察罕帖木儿爱他骁勇，养为己子，时已受职为副詹事。他领着五万人马，踊跃前进，途次遇着敌众，奋力冲杀，如拉枯朽，斩首万余级，直抵城下。王士诚出战又败，势渐穷蹙，忙遣人求救田丰，谁知田丰已归降察罕帖木儿。那时士诚孤立无援，也只好开城请降。原来察罕帖木儿因田丰久据济宁，颇得民心，先贻书详陈利害，劝他投诚，田丰料知难敌，所以出降。

　　济宁、东平既复，只有济南、益都一带，尚有悍寇占住。察罕帖木儿遂自将大军逼济南，另派别将攻益都。济南城守坚固，经察罕帖木儿费尽心力，至三阅月乃下。濒海诸郡，望风送款，独益都孤城不能拔。元廷进察罕帖木儿为中书平章政事，余职如故。察罕帖木儿复移兵围益都，大治攻具，诸道并进，寇众悉力拒守，忽天空白气如索，长五百余丈！自危宿起，直扫紫微垣，军中相率惊异，察罕帖木儿毫不为意，降将田丰，请他阅营，诸将以天象示儆，争来谏阻。察罕帖木儿慨然道："吾推心待人，人将自服；若变生意外，也是命数使然，何能预防？"诸将复请多带卫士，察罕帖木儿又不许，只命十一骑从行，甫入丰营，帐下伏甲突出，一将挺枪猛刺，贯入察罕帖木儿腹中。察罕帖木儿从马上跃起，大叫一声而亡。悲哉痛哉！

　　这行刺的将官，究是何人？乃是降将王士诚。原来益都贼目，叫作陈猱须，本与田丰、王士诚等一气勾通，及城围已急，复遣人密来引诱，啖以重贿，田丰、王士诚利令智昏，又复谋变，遂设计刺死察罕，察罕既殁，全军失主，幸有扩廓帖木儿代为支持，军心复固。扩廓帖木儿含哀举丧，正在发讣，京使已到，赍传诏旨，说是天变恐应在山东，戒勿轻举。扩廓奉诏大恸，当与京使说明祸变，京使匆匆去讫。

越数日，又有诏敕颁到，追封察罕帖木儿为颍川王，谥忠义，所有各军，令扩廓代父职守，袭有全权。扩廓拜命后，誓师复仇，攻城益急。田丰、王士诚已入城中，助贼协御。城外百计攻扑，城内亦百计守备，相持数月，仍不能下。扩廓大愤，密令人掘穿地道，以重赏募死士，从地道入城，自率大军从城外猛登，守贼只防外敌，掷射矢石，不意城中钻出健卒，纵起火来。若在《封神传》中，定说是土行孙、哪吒等举法。顿时全城骇乱，大军一半登城，一半尚在外兜围，登城的军士，杀入城内，擒住贼目陈猱须，并其下悍寇二百余人。兜围的军士，正在城门旁伏着，巧遇田丰、王士诚两人出逃，一声鼓响，奋起兜拿，两人中捉住一双。设伏袭人，自己亦中伏被擒，正是天道好还。扩廓扫尽贼寇，便设起香案，供父牌位，推田丰、王士诚至案前，洗剥上衣，剖心致祭。祭毕，复将陈猱须等二百余人，槛送阙下，然后再遣兵略定余邑。山东悉平，乃引兵归河南去了。

这是至正十六年起，至二十一年间事。点醒年月，万不可少。唯这四五年间，北方一带，原是兵戎倥偬，南方一带，恰亦扰乱不已。小子只有一枝笔，不能并叙，所以将北方事总叙一段，稍有眉目，才好说到南方。南方的徐寿辉，自僭据江西后，遣倪文俊陷沔阳，应五十五回及本回全文。进破中兴路。元统帅朵儿只班战死。文俊复转拔汉阳，迎寿辉入居，据为伪都。沔阳人陈友谅，粗知文墨，初投文俊麾下，为簿书掾，寻亦自领一军，几与文俊相埒。文俊佯奉寿辉，暗思行逆，被友谅察觉，袭杀文俊，并有其众，自称平章政事。盗贼行径，大率类是。一面亲督水师，顺流而下，直捣安庆。淮南行省左丞余阙，正奉诏守安庆城，号令严明，防戍慎固，江淮推为保障。至是督军堵御，屡败友谅军。友谅忿甚，飞召饶州党魁祝寇，巢湖党魁赵普胜，水陆毕集，直逼城下。阙徒步提戈，开城血战，杀毙敌兵无数，阙亦身中十余枪，方入城暂憩，西门已被攻入，火焰冲天，自知事不可为，引刀自刭。妻耶卜氏，子德生，女福童，皆赴井死。守臣韩建，亦阖门被害。居民誓不从贼，多被焚死。友谅又进陷龙兴，杀死平章政事道童，再派悍将王奉国，引兵寇信州。江东廉访副使伯颜不花的斤，自衢州往援，与守兵内外夹击，战退奉国，既而友谅弟友德，又前来接应奉国，再行攻城，日夜鏖战，不分胜负。嗣因城中食尽，至杀老弱以饷士卒，军心虽未涣散，卒因乏力支持，竟被奉国等攻入，伯颜不花的斤及守将海鲁丁等，皆战死。死事诸臣多半录入，以表孤忠。

友谅既略地千里，亦思南面自尊，称孤道寡，适寿辉欲徙都龙兴，引兵东下。至江州，友谅设伏城西，自服橐鞬出迎。及寿辉入城，门闭伏发，竟将寿辉所部亲兵，尽行杀死。只饶了寿辉，及文吏数人与之东行，仗着战舰数十艘，攻入太平。太平系朱元璋所略地，留守花云，及养子朱文逊等，力战被擒，不屈而死。

友谅志益骄纵，急谋僭窃，进据采石矶，募壮士数人，佯使白事寿辉前，俟寿辉接见，由壮士袖出铁锤，奋力猛击，扑塌一声，寿辉的头颅，化作两截，脑浆迸流，死于非命。想做皇帝的趣味。友谅遂以采石五通庙为行殿，称皇帝，国号汉，改元大义，仍以邹普胜为太师，张必先为丞相。方拟排班行礼，忽然天昏似墨，石走沙飞，似车轮般的旋风，从大江吹来。小子有诗咏道：

> 莫言天命本无常，盗贼终难做帝王。
> 试看飑风江上卷，怒威我已仰穹苍。

欲知后事如何，且至下文说明。

察罕帖木儿起自颍邱，仗义讨贼，一战而破罗山，二战而定河北，三战而复陕州，四战而下汴梁，五战而入山东，出奇制胜，所向必克，何其智且勇也！虽与李罗互斗，似犯蚌鹬相争之忌，然李罗实为祸始，不得尽为察罕咎，唯田丰诈降，祸生不测，以智勇之察罕帖木儿，竟为小丑谋毙，良将亡，胡运终矣！若徐寿辉僭号蕲水，起讫共十年，卒毙命于陈友谅之手，盗性靡常，何知仁义，以视田丰、王士诚辈，狡黠相似，而凶暴尤过之。然察罕帖木儿之死，似属可悲；徐寿辉之死，殊不足惜。观此回之用笔，不特一详一略，隐寓机缄，而一可悲一不足惜之意，亦流露于楮墨间。文生情耶！情生文耶！即文见情，是在阅者。

第三十回

阻内禅左相得罪
入大都逆臣伏诛

却说陈友谅僭称帝制，适狂风骤至，江水沸腾，继以大雨倾盆，连绵不已，弄得这班亡命徒，统是拖泥带水，狼狈不堪。大众在沙岸称贺，不能成礼，连友谅一团高兴，也变做懊丧异常。忽接朱元璋麾下康茂才来书，促他速攻应天，愿为内应。茂才与友谅，相识有年，至是奉元璋命，来诱友谅。友谅大喜，遂引兵东下，到江东桥，四面伏兵齐起，杀得友谅落花流水，单舸遁还。元璋复进兵夺江州，降龙兴，略定建昌、饶、袁各州，声势大震，自称吴王。

友谅遁至武昌，日渐衰敝。明玉珍本事徐寿辉，闻寿辉为友谅所害，未免愤恨，遂整兵守夔关，拒绝友谅，不与交通，因此友谅益成孤立。玉珍复遣兵陷云南，据有滇、蜀，僭称帝号，立国号夏，改元天统。**朱元璋、明玉珍事，俱从陈友谅事带出。**减赋税，兴科举，蜀民咸安。元末盗贼横行，专事淫掠，彼此比较，还算明玉珍稍得民心，唯偏据一方，已断胡元左臂。还有方国珍、张士诚等，出没江浙，元廷屡遣使招抚，毕竟狼子野心，反复无常，忽降忽叛，始终不服元命。其余跳梁小丑，乘乱四出。江西平章政事星吉，战死鄱阳湖，江东廉访使褚不华，战死淮安城，二人系元朝良将，身经百战，毕命疆场，于是东南半壁，捍守无人，只有那草泽英雄，自相争夺。**南方一带，亦大略表明，下文接叙内政。**

元廷虽时闻寇警，反若习以为常，顺帝昏迷如故，任他天变人异，杂沓而来，他是个全然不管，一味荒淫，所有左右丞相，不是谄佞，就是平庸；所以外患未消，内乱又炽。健笔凌云。

先是哈麻为相，其弟雪雪，亦进为御史大夫，国家大柄，尽归他兄弟二人。哈麻忽以进番僧为耻，何故天良发现，想是要变死耳。告父图噜，谓妹婿秃鲁帖木儿在宫导淫，实属可恨。我兄弟位居宰辅，理应劾佞除奸，且主上沉迷酒色，不能治天下，皇子年长聪明，不若劝帝内禅，尚可易乱为治云云。图噜也以为然，适其女归宁，遂略述哈麻言，并嘱他转告女夫，速令改过。

秃鲁帖木儿得了此信，暗思皇子为帝，必致杀身，忙去报知顺帝。顺帝惊问何故，秃鲁帖木儿道："哈麻谓陛下年老，应即内禅。"顺帝道："朕头未白，齿未落，何得谓老？谅是哈麻别有异图，卿须为朕效劳，除去哈麻！"秃鲁帖木儿唯唯而出，即去授意御史大夫搠思监，教他劾奏哈麻。搠思监自然乐从，即于次日驰入内廷，痛陈哈麻兄弟罪恶。顺帝偏说哈麻兄弟待朕日久，且与朕弟宁宗同乳，姑行缓罚，令他出征自效。隔了一宵，又变宗旨，极写顺帝昏庸。搠思监默念道："这遭坏了！"飞步退出，奔至右丞相第中。

是时右丞相为定住，见他形色仓皇，问为何事？搠思监道："皇上欲除去哈麻，密令秃鲁帖木儿授意与我，教我上书劾奏。我思上书不便，不如入内面陈，谁知皇上偏谕令缓罚，倘被哈麻闻知，岂不要挟嫌生衅，暗图陷害？我的性命，恐要送掉了！"定住笑道："你弄错了主见，没有奏章，如何援案处罚？"顺帝之意，未必如是。搠思监道："如此奈何？"定住道："你不要怕，有我在此，保你无事！"搠思监还要细问，经定住与他密谈数语，方喜谢而去。定住遂与平章政事桑哥失里，联衔会奏，极言哈麻兄弟不法状。果然奏牍夕陈，诏书晨下，将哈麻兄弟削职，哈麻充戍惠州，雪雪充戍肇州。两人被押出都，途次忤了监押官，活活杖死。宫廷不加追究，想总是相臣授意，令他如此。上文密谈二字，便已寓意，然亦可为脱脱泄愤。

顺帝即拜搠思监为左丞相，已而定住免官，搠思监调任右相，这左丞相一职，仍起复故相太平，令他继任。搠思监内媚奇后，外谄皇子，独太平秉正无私，不肯阿附。时皇子爱猷识理达腊已正位青宫，因见顺帝昏迷不悟，常以为忧，前闻哈麻倡议内禅，心中很是赞成，及哈麻贬死，内禅辍议，不禁转喜为悲，密与生母奇皇后商议，再图内禅事宜。奇皇后恐太平不允，乃遣宦官朴不花，先行谕意，令他勉从，太平不答，嗣又召太平入宫中，赐以美酒，复申前旨。可奈太平坚执如前，虽经奇皇后晓谕百端，总是拿定主意，徒把那依违两可的说话支吾过去。奇后母子，缘是生嫌，左丞成遵，参知政事赵中，皆太平所擢用，皇太子令监察御史买住等，诬劾他受赃违法，下狱杖死。太平知不可留，称疾辞职，顺帝加封太保，令他养疾都中。

会阳翟王阿鲁辉帖木儿拥兵抗命，将犯京畿，顺帝命少保鲁家引兵截击，未分胜负。皇太子禀诸顺帝，请饬太平出都督师，顺帝照准。太平知皇子图己，立即奉命出都。可巧阳翟王兵败，其部将脱骦缚王以献，太平不受，令生致阙下，正法伏诛，于是太平幸得无事。嗣后上表求归，顺帝命为太傅，赐田数顷，俾归奉元就养，太平拜谢而归。

既而顺帝欲相伯撒里，伯撒里面奏道：“臣老不足任宰相，若必以命臣，非与太平同事不可。”顺帝道：“太平方去，想尚未到原籍，卿可为传密旨，饬他留途听命。”伯撒里连声遵旨；退朝后，亟遣使截住太平，太平自然中止。不料御史大夫普化，竟上书弹劾太平，说他在途观望，违命不行。这位昏头磕脑的元顺帝，也忘却前言，竟下诏削太平官。并非贵人善忘，实系精血耗竭，因此昏昏。搠思监又受奇后密敕，再诬奏太平罪状，有旨令太平安置土蕃。太平被徙，行至东胜州，复遇密使到来，逼他自裁，太平从容赋诗，服药而死，年六十有三。太平之死，与脱脱相类。

太平子也先忽都，尚为宣政院使，搠思监阳为劝慰，阴谋加害，遂酿成一场大狱，闯出漫天祸祟，扰得宫阙震惊，一股脑儿送入冥途，连有元百年的社稷，也因此灭亡。一鸣惊人。原来奇后身边，有一宦官，与奇后幼时同里，及奇后得宠，遂召这宦官入宫，大加爱幸，如漆投胶，这宦官叫作何名，就是上文所说的朴不花。朴不花内事嬖后，外结权相，气焰熏灼，炙手可热。宣政院使脱欢，与上文脱骦异，曲意趋附，与他同恶相济，为国大蠹。监察御史傅公让等，联衔奏劾，被奇后母子闻知，搁起奏折，把傅公让等一律左迁，恼动了全台官吏，尽行辞职。仿佛同盟罢工。

治书侍御史陈祖仁上书太子，直言切谏，太子虽是不悦，奈已闹成大祸，不得不据实奏闻。顺帝方才得悉，令二人暂行辞退。祖仁犹强谏不已，定要将二竖斥逐，同台御史李国凤，亦言二竖当斥，顺帝接连览奏，怒他絮聒，竟欲将陈、李二人加罪。御史大夫老的沙，系顺帝母舅，力言台官忠谏，不应摧折，乃仅命将二人左调。唯奇后母子，怀恨不已，竟潜及老的沙。顺帝尚不忍加斥，封为雍王，遣令归国。尚有渭阳情。一面命朴不花为集贤大学士。老的沙愤愤西去，知枢密院事秃坚帖木儿，素与老的沙友善，且与中书右丞也先不花有隙，至是亦随了老的沙西赴大同。

大同镇帅孛罗帖木儿与秃坚帖木儿，又是故友，遂留他二人在军。搠思监侦知消息，竟诬老的沙等谋为不轨，并将太平子也先忽都也加入在内。注意在此。此外在京人员，稍与未协，即一网牵连，锻炼成狱。也先忽都等贬死，又遣使至大同，索老的沙等。孛罗帖木儿替他辨诬，拒还来使，搠思监与朴不花遂并劾孛罗帖木儿私匿罪人，逆情彰著，顺帝头脑未清，立下严旨，削孛罗帖木儿官爵，使解兵柄归四川。

看官！你想孛罗帖木儿本是个骄恣跋扈的武夫，闻着这等乱命，哪里还肯听受，当下分拨精兵，令秃坚帖木儿统领，驰入居庸关。知枢密院事也速等与战不利，警报飞达宫廷，皇太子率侍卫兵出光熙门，拟去邀击。行至古北口，卫兵溃散，无颜可归，只得东走兴松。秃坚帖木儿乘势直入，竟至清河列营，京城大震，官民骇走。顺帝遣国师达达，驰谕秃坚帖木儿，命他罢兵。秃坚帖木儿道："罢兵不难，只教奸相搠思监，权阉朴不花，执送军前，我便退兵待罪。"达达回报，急得顺帝没法，不得已如约而行。此时的奇皇后，也只有急泪两行，不能保庇两人，眼见他双双受缚，出畀外军。谋及妇人，宜甚死也。秃坚帖木儿见此两人，不遑诘责，立命军士将他剁死。死有余辜。乃引兵入建德门，觐顺帝于延春阁，伏哭请罪。顺帝慰劳备至，赐以御宴，并授为平章政事，且复孛罗帖木儿官爵，并加封太保，仍镇大同，秃坚帖木儿，乃驱军退还大同去了。

顺帝以外兵已退，召还太子。太子还宫，余恨未息，定要除孛罗帖木儿，遂遣使至扩廓帖木儿军前，命他调兵北讨，扩廓素嫉孛罗，便即应命发兵。孛罗帖木儿察知此事，不待扩廓兵到，先与老的沙、秃坚帖木儿两人，率兵内犯，前锋入居庸关。皇太子又亲督卫兵，守御清河，军士仍无斗志，相率惊溃。太子孤掌难鸣，遂由间道西去，往投扩廓帖木儿。孛罗等长驱并进，如入无人之境，既抵建德门，大呼开城。守吏飞奏顺帝，顺帝又束手无策，忙与老臣伯撒里商议。伯撒里拟出城抚慰，并自请一行，顺帝喜甚。忽忧忽喜，好似黄口小儿。当日伯撒里出城，会晤孛罗帖木儿，表明朝廷调遣，事由太子，非顺帝意。孛罗因请入觐。伯撒里请留兵城外，方可偕入。孛罗应允，只与老的沙、秃坚帖木儿二人，随伯撒里入朝。既见帝，并陈无罪，且诉且泣，顺帝也为泪下。尝谓妇人多泪，不意庸主逆臣，亦复如是。当下赐宴犒军，并授孛罗帖木儿为左丞相，老的沙为平章政事，秃坚帖木儿为御史大夫。寻复进孛罗为右丞相，节制天下军马。

孛罗既专政，将所有部属，布列省台，逐宫中西番僧，诛秃鲁帖木儿等十余人。此举差快人心。且遣使请太子还京，并赍诏夺扩廓官。扩廓拘留京使，奉太子名号，檄召各路人马，入讨孛罗帖木儿。孛罗大怒，带剑入宫，硬要顺帝缴出奇后。顺帝只是发抖，不能出言。孛罗仿佛曹阿瞒，顺帝仿佛汉献帝。惹得孛罗性起，指挥宦官宫女，拥奇后出宫，幽禁诸色总管府，并调也速御扩廓军。也速以孛罗悖逆不法，阳为奉命，阴遣人连结扩廓，并及辽阳诸王。待至安排妥当，竟声明孛罗罪状，倒戈相向。

孛罗帖木儿闻警，忙遣骁将姚伯颜不花，出拒通州，适遇河溢，留驻虹桥。不意夜间河水灌入，仓猝警醒，几已不及逃生，姚伯颜还恃着骁勇，凫水出营。突来了许多小筏，分载军士，首先一筏，上立大将，挺枪来刺姚伯颜。姚伯颜忙躲入水中，谁知下面已伏着水手，竟将他一把抓住。看官！你道这大将为谁？就是知院也速。他乘着水涨，来袭姚伯颜营，顺流决灌，淹入营中，以致姚伯颜中计，被他擒去，受擒以后，哪里还能活命！孛罗帖木儿愤甚，自将兵出通州，途遇大雨，三日不止，只得还都。

凑巧来了一个宦官，带着美女数人，入府进献。孛罗瞧着，统是亭亭弱质，楚楚丰姿，不由得喜笑眉开，忙问宦官道："何人有此雅意，送我许多美姬？"宦官答说，是由奇皇后遣送，为丞相解忧。孛罗大悦道："难得奇后这般好心，你去为我代谢，且致意奇后，尽可即日还宫。"奸雄如曹阿瞒犹悦张济之妻，何况孛罗。宦官受命去讫。孛罗帖木儿忙去邀请老的沙，来府宴饮，老的沙即刻赴召，主宾入席，美女盈前，正是花好月圆，金迷纸醉。迨至半酣，那美女起座歌舞，珠喉宛转，玉佩铿锵，差不多与飞燕、玉环一般神妙。怕就是学天魔舞的宫女。待酒阑客去，孛罗帖木儿任意交欢，自不必说。嗣是连日沉迷，厌闻外事，到了警报四至，乃遣秃坚帖木儿出御，自己仍淫乐如常。一日奉到急诏，促他入宫，不得已跨马驰入，甫到宫门，放缰下马，猛见数勇士持刀出来，方欲启问，刀锋已刺入脑中，脑浆直流，倒地而亡。作恶多端，总难逃过此关。原来威顺王子和尚，恨孛罗无君，密禀顺帝，结连勇士上都马、金那海、伯达儿等，暗伏宫门，一面召他入宫，乘便下手。孛罗果然中计，遂被斫死。老的沙闻孛罗被杀，急至孛罗家中，挈他眷属，出都北遁，伯达儿等复奉旨赶杀，中途追及，一阵乱剁，不分男女老幼，尽行杀死，连老的沙也化作肉糜。老的沙等不必惜，只惜美女数人，也同受死。秃坚帖木儿接着京报，引兵自遁，到八思儿地方，亦为守兵所杀。

顺帝乃函孛罗首，遣使赍往冀宁，召太子还，扩廓帖木儿扈从至京师，途次忽接奇后密谕，令他率兵拥太子入城，胁帝内禅。奇后又出风头。扩廓意不谓然，将到京城，即遣还随军，只带数骑入朝。奇后母子，复怨及扩廓，独顺帝见了太子，很是喜欢。尚在梦中。并嘉谕扩廓，令为右丞相，扩廓面辞，乃以伯撒里为右丞相，扩廓为左丞相。伯撒里是累朝老臣，扩廓系后生晚进，两下意见，未能融洽。过了两月，扩廓即请出外视师。是时江、淮、川蜀，已尽陷没，皇太子屡拟往讨，为帝所阻，至扩廓奏请视师，遂加封太傅河南王，总制关、陕、晋、冀、山东诸道，并迤南一应军马，所有黜陟予夺，悉听便宜行事。扩廓拜辞去讫。

会皇后弘吉剌氏去世，顺帝即册立次皇后奇氏为皇后。又因奇氏系出高丽，立为正后，未免有背祖制，当由廷臣会议，于没法中想出一法，改奇氏为肃良合氏，算做蒙族的遗裔，仍封奇氏父以上三世，皆为王爵。小子有诗咏奇后道：

> 果然哲妇足倾城，外患都从内衅生。
> 我读残元《奇氏》传，悍妃罪重悍臣轻。

奇氏既立为正后，母子权势益盛，免不得愈闹愈坏。有元一代，从此收场，请看下回交代。

女宠也，宦官也，权臣也，强藩也，此四者，皆足以亡国，顺帝之季，盖兼有之，而祸本则基于女宠！看此回陆续叙来，有宦官朴不花，有权臣搠思监，有强藩孛罗帖木儿及扩廓帖木儿，彼此迭起，如层峦叠嶂，目不胜接，而最要线索，则觊定奇后母子。奇后母子谋内禅，于是朴不花、搠思监，表里为奸，乘间希宠；于是孛罗、扩廓，先后入犯，借口诛奸。倘非顺帝之素耽女宠，何自致此奇祸耶？哲妇倾城，我亦云然！

第三十一回

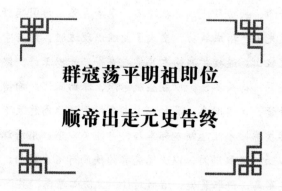

群寇荡平明祖即位
顺帝出走元史告终

却说奇后母子，既怨恨扩廓，自然专伺扩廓的间隙，以便下手。扩廓尚不及防，出都南下，军容甚盛，卤簿甲仗，亘数十里。既到河南，便传檄各路将帅，会师大举。是时两河南北，总算平靖，前时受调的军马，多半还镇，如咬住、亦怜真班、月鲁帖木儿等，死的死，老的老，或内用，或罢官，只关陕一带，尚有李思齐、张良弼、孔兴、脱列伯诸人，拥兵自固，隐蓄异图。会接扩廓帖木儿檄文，张良弼首先拒命。良弼曾为陕西参政，驻兵蓝田，当察罕帖木儿奉命总军，良弼已不受节制。察罕尝与李思齐联兵往攻，经元廷遣使调解，方才罢手。看官！你想察罕是扩廓的父亲，良弼尚欲抗拒，况轮到扩廓身上，哪里肯低头忍受？扩廓帖木儿以镇将未受调遣，不便讨贼，遂遣关保、虎林赤等，西攻良弼，一面遣人与李思齐联盟。思齐与察罕为老友，至是要受制扩廓，意亦不平。良弼又结欢思齐，愿遣子弟为质，连兵拒守，因此思齐却扩廓使，竟与良弼相连。统有私意用事，如何可以保国？关保等进战不利，扩廓帖木儿遂亲自往攻，留弟脱因帖木儿驻济南，防遏南军。良弼闻扩廓自至，忙邀同孔兴、脱列伯等会议，推思齐为盟主，合兵防御。两下角逐，互有胜负，皇太子乘隙进言，谓扩廓奉命南征，反行西进，显有跋扈情状。顺帝乃遣使驰谕扩廓，令他速即罢兵，专事江淮，扩廓复奏，须平定关陕，然后东行，廷臣大哗。太子亦自请出征，遂由顺帝下诏道：

囊者障塞决河，本以拯民昏垫，岂期妖盗横造讹言，簧鼓愚顽，涂炭郡邑，前察军帖木儿仗义兴师，献功敌忾，迅扫汴洛，克平青齐，为国捐躯，深可哀悼。其子扩廓帖木儿，克继先志，用成骏功，皇太子爱猷识理达腊，计安宗社，累请出师，朕以国本至重，讵宜轻出。遂授扩廓帖木儿总戎重寄，畀以王爵，俾代其行。李思齐、张良弼等，各怀异见，构兵不已，以致盗贼愈炽，深贻朕忧。询诸众谋，佥谓皇太子聪明仁孝，文武兼资，聿遵旧典，爰命以中书令枢密使，悉总天下兵马，一应军机政务，如出朕裁。其扩廓帖木儿总领本部军马，自潼关以东，肃清江淮，李思齐总统本部军马，自凤翔以西，进取川蜀，以少保秃鲁为陕西行省左丞相，总本部及张良弼、孔兴、脱列伯各支军马，进取襄樊。诏书到日，宜洗心涤虑，共济时难，毋负朕命！

此诏下后，扩廓帖木儿及李思齐、张良弼等，俱不受诏，仍是互相残杀。皇太子亦留都不行，但遣人运动扩廓麾下，阴使脱离关系，自归朝廷。于是关保、貊高等，都叛了扩廓，愿从朝命。皇太子禀准顺帝，罢扩廓兵柄，削太傅左丞相职衔，仍前河南王，食邑汝州，所有前统各军，概派别将分领。扩廓帖木儿仍不受命，唯退军还泽州。顺帝又命李思齐、张良弼等，东向出关，关保、貊高等，西向进逼，两路夹攻扩廓。扩廓大愤，竟引兵据太原，尽杀元廷所置官吏，居然行逆。坐实一个逆字，书法谨严。顺帝再削他爵邑，令诸军四面进蹙，扩廓也觉势孤，由太原退守平阳。

正在难解难分的时候，忽然霹雳一声，各军瓦解，把纷纷扰扰的江山，尽行扫净，发现一个大明帝国出来！又作惊人之笔。原来河北诸将，自相争战，无暇顾及南方。那时吴国公朱元璋，搜集人材，招募兵士，武有徐达、常遇春、胡大海、俞通海、李文忠等，文有李善长、刘基、宋濂、叶琛、章溢、王祎等，先略浙东，次平江表，所经各地，秋毫无犯，人心相率归向，望风投诚。帝王之师，比众不同。

元廷曾遣户部尚书张昶至江东，授元璋为江西平章政事。元璋极陈元廷失政，难与共事，说得张昶亦被感动，竟留住元璋营中，愿佐戎幕。就是海上魔王方国珍，也因他威德服人，遣使奉书，愿献温、台、庆元三郡，只陈友谅与张士诚勾结，共抗元璋。士诚遣将吕珍，攻入安丰，杀刘福通，拘韩林儿。元璋率徐达、常遇春等，倍道赴援，击走吕珍，迎林儿归居滁州。友谅闻元璋救安丰，大兴水师，来围洪都。洪都系龙兴改名，元璋留从子文正，及偏将邓愈等协守，至友谅进攻，一面率兵备御，一面飞书告急。元璋亲率大兵往援，师至湖口，友谅亦撤围东行，渡鄱阳湖，至康郎山，遇着元璋军。元璋督兵死战，纵火焚友谅舟，友谅大败，中矢而死。是战为朱氏兴亡关键，因与《元史》无甚关系，应另详《明史演义》中，故叙述从略。

友谅骁将张定边挟友谅次子陈理，遁还武昌。元璋遣常遇春督军进攻，自还应天，称为吴王，复率军自捣武昌，降陈理及张定边，湖广、江西诸郡县，次第荡平。友谅了。

再下令讨张士诚，时士诚所据地，南至绍兴，北有通、泰、高邮、淮安、濠泗，直达济宁。徐达、常遇春等奉元璋命，攻取淮安诸路，连败士诚军，濠、徐、宿诸州，相继攻下。又分兵徇浙西，拔湖州、嘉兴、杭州，东入绍兴。会韩林儿死，乃除去龙凤年号。韩林儿了。建国号吴，立宗庙社稷。复命徐达等进逼平江，士诚固守数月，援尽力穷，城遂陷没，执士诚归应天，士诚自缢死。士诚了。

方国珍前降元璋，后又据境称雄，经元璋将汤和、廖永忠等，水陆夹攻，国珍乃穷蹙乞降。汤和以国珍归应天，未几病殁。国珍了。

嗣是取福州，拔永平，杀福建平章陈友定，复进徇广州，降广东行省左丞何真，诛海寇邵宗愚，各郡县相继归降，连九真、日南、朱崖、儋耳诸城，亦俱纳印请吏，心悦诚服。于是南方大定，吴相国李善长等，连表劝进，奉吴王朱元璋为帝。当于元顺帝至正二十八年正月初四日，载明年月日，为元明绝续之界限。行即位礼，国号明，建元洪武。一个秃头和尚，居然做到皇帝，可见天下无难事，总教有心人。一班开国功臣，于是日辰刻，簇拥吴王朱元璋，出应天城，先至南郊，祭告天地，由太史官刘基，代读祝文。其文云：

唯大明洪武元年，岁次戊申，正月壬辰朔，越四日乙亥，皇帝臣朱元璋，敢昭告于皇天后土曰：伏以上天生民，俾以司牧，是以圣贤相承，继天立极，抚临亿兆，尧、舜禅让，汤、武吊伐，行虽不同，受命则一。今胡元乱世，宇宙洪荒，四海有蠢蛮之忧，八方有蛇蝎之祸；群雄并起，使山河瓜分，寇盗齐生，致乾坤弃灭。臣生于淮河，起自濠梁，提三尺以聚英雄，统一旅而救困苦。托天之德，驱陆军以破肆毒之东吴，仗天之威，连战舰以诛枭雄之北汉。因苍生无主，为群臣所推，臣承天之基，即帝之位，恭为天吏，以治万民。今改元洪武，国号大明，仰仗明威，扫尽中原，肃清华夏，使乾坤一统，万姓咸宁。沐浴虔诚，斋心仰告，专祈默佑，永荷洪麻。尚飨！

读祝毕，吴王朱元璋，率群臣行九叩礼。礼成，乃移就黄幄，南面称尊。文武百官，及都城父老，扬尘舞蹈，三呼万岁。但见天朗气清，风和景霁，居然现出一番升平气象。自是吴王朱元璋，便成了明太祖高皇帝。标清眉目。即位后，返都升殿，又受群臣朝贺，追尊列祖为皇帝，册马氏为皇后，世子标为皇太子，以李善长、徐达为左右丞相，诸功臣亦进爵有差。

越日即下诏伐元，命徐达为征虏大将军，常遇春为副将军，率师二十五万，即日北行。大军由淮入河，直趋山东，势如破竹，陷沂州，下峄州、般阳、济宁、莱州、济南、东平诸路，迎刃即解。转旆河南，入虎牢关，大破元将脱因帖木儿，即扩廓弟，乘胜攻入汴梁。元将李思齐、张良弼等，屡接顺帝诏敕，令出潼关御南军，他偏迁延不发，至明军已入河南，不得已率兵驻潼关。渔人到了，蚌鹬危矣。不防明军煞是厉害，数日即至，放起一把大火，将张良弼营兵，烧得焦头烂额。良弼遁去，思齐亦奔还凤翔。大好一座潼关，被明军占据去了。

扩廓帖木儿闻思齐等为明军所困，乘隙东出，来袭关保、貊高，两人不及防备，都被他生擒了去。还要驱兵内犯，险些儿逼入京畿。顺帝大恐，忙下诏归罪太子。复扩廓帖木儿官爵，仍前河南王左丞相，统军南下，截击明军。扩廓乃退屯平阳，逗留不发。

明将徐达已连下卫辉、彰德、广平，进次临清，大会诸将，分道北攻。至德州，复合军长驱。元兵水陆俱溃，遂进陷通州。元知枢密院事卜颜帖木儿力战被擒，不屈遇害，元廷大震。顺帝无法可施，只得集三宫后妃，至皇太子妃，同议避兵北行。左丞相失烈门暨知枢密院事黑厮，宦官赵伯颜不花等，极力谏阻，顺帝不从。赵伯颜不花恸哭道："天下系世祖的天下，陛下当以死守，奈何轻出？臣愿率军民出城拒战，请陛下固守京都。"元末有此宦官，可谓庸中佼佼。顺帝尚是沉吟，偏偏警信又到，报称明军将抵京城。那时顺帝手忙脚乱，急令后妃太子等，收拾行装，一面命淮王帖木儿不花监国，以庆童为左丞相，同守京师。挨过黄昏，便挈后妃太子等，开建德门北

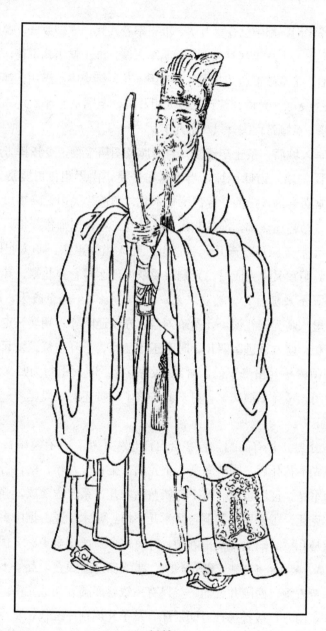

刘基

去，待明军抵齐化门，都中已仓皇万状，淮王率着残兵，守御数日，哪里当得住百战百胜的明军！至正二十八年八月二十日，明军入城，淮王帖木儿不花，左丞相庆童，及右丞相张康伯，平章政事迭儿必失，朴赛因不花，御史中丞满川，都路总管郭允中皆死难。**不没死事之臣。**元亡，统计元自太祖开国，至顺帝北奔，共一百六十二年。自世祖混一中原，至顺帝亡国，只八十九年。

徐达督诸军入城后，禁士卒侵暴，封府库及图籍宝物，令指挥张胜监守宫门，不得妄入。吏民安堵，市肆无惊，当下露布告捷，由太祖传旨奖赏，并命出师西略，徐达复率常遇春等入山西，逐扩廓帖木儿，顺道趋关中，降李思齐等。寻闻元兵犹出没塞外，乃趋还燕都，准备北伐。至洪武二年，出师拔开平，元帝奔和林，三年复北伐，元帝奔应昌。未几元帝逝世，元人谥为惠宗。明太祖以元帝顺天退位，谥为顺帝。明军又进克应昌，元嗣君爱猷识理达腊仓猝北窜，其子买的里八剌及后妃诸王等，不及随行，皆被获。**未知奇后亦受掳否？**送至应天，明太祖下诏特赦，且封买的里八剌为崇礼侯。元参政刘益，亦以辽阳降。朔漠又定，颁诏天下。四年，复遣汤和、傅友德进军四川，时明玉珍已死，子升袭位，发兵拒敌，屡战屡败，没奈何面缚舆榇，出降军前。**明玉珍父子又了。**明太祖封为归义侯。于是荡荡中华，尽入大明，《元史演义》，可从此告终了。唯还有一段尾声，不能不补叙出来，归结全书正传。

先是西域分封，共有四国，自察合台汗也先不花，并有窝阔台汗地，却成了鼎足三分。也先不花死后，国势渐衰，至元顺帝至正十九年，察合台后裔特库尔克嗣位，复简阅军马，征服叛乱。麾下有属酋帖木儿，系蒙古疏族，强健善战，所向有功。特库尔克死，子爱里阿司嗣与帖木儿不协。帖木儿遂占据中央亚细亚，自行建国，奠都撒马儿罕。嗣复逐爱里阿司，并有察合台汗国全土。适伊儿国汗亚尔巴孔，**系旭烈兀弟，阿里不哥远孙，**庸弱不振，部下多分据独立，互争不已，帖木儿又代为讨平，乘势占领，两国并合为一。只有一钦察汗国，与他抗衡。钦察汗统辖阿罗思各部，威震西方，拔都远孙月即别汗，及子札尼别汗二代，驱役阿罗思诸侯，气焰尤盛。莫斯科大公宜万一世，最得钦察汗信任，借势营殖，后来俄罗斯肇兴，实基于此。札尼别死，篡弑相继，国又大乱，阿罗思诸侯，亦各图分立。帖木儿引军入援，镇定全境，扶立脱克达米昔为钦察汗。及帖木儿还军，脱克达米昔别图拓地，侵入帖木儿境内。帖木儿怎肯干休！即亲率大军问罪，逐去脱克达米昔，另立一汗，叫作可里的克。表面上令他管辖，实际上仍归自己节制，仿佛近今国际法上，所称的被保护国。

帖木儿既并吞西域，复南略印度，侵母儿坦，陷叠尔黑。旋因突厥遗种阿斯曼国即今土耳其国部长，名巴贾塞脱，连结阿非利加洲的埃及国，夹击帖木儿属地，帖木儿即还军拒战。一战破埃及军，再战擒巴贾塞脱，略定小亚细亚全境，兵威大震，遂招集蒙古各王族，大举而东，竟欲规复中原，混一区宇，仍追效那元太祖的雄图，元世祖的宏业。无如天已厌元，不使再振，这位大名鼎鼎的帖木儿，竟中道病亡，未损明朝片土。此事已在永乐年间，他日演述《明史》，再当详细交代，本书至元亡为止，曾叙及西域四汗国事，若非补入此段，反似上文虚悬，无所归结。看官如嫌简略，请看日后出版的《明史演义》，自知分晓。小子欲就此搁笔，唯尚有俚句四首，录述于后，作为全书的总束，看官不要诮我画蛇添足哩！诗曰：

开疆容易守疆难，文治无闻运已残。
八十九年元社稷，徒留战史付人看！

累朝佞佛太无知，释子居然作帝师。
果有如来应一笑，百年幻梦被僧欺。

到底华夷俗不同，上烝下乱竟成风。
濠梁幸有真人出，才把腥羶一扫空。

大好江山付劫灰，前车已覆后车来。
须知殷鉴原非远，试看元史六十回。

本回为结束文字，故于元末各将帅，及东南诸寇盗，一齐叙过，如风扫残云，倏然而尽。至后段述及四汗国事，亦随叙随略，传所谓其兴也勃，其亡也忽者，文境殆似之矣。或谓如许大事，一回了毕，究嫌太简，不知朱明之平定南方，应属诸《明史》中，细评中已屡次说明。至若帖木儿之奄有西域，亦在元亡后数十年间，必欲于此详述，试问元、明两代，将从何处分界耶？故宜详者不厌其烦，宜简者不嫌其略，著书人固自有深意也。